Elaria Tamari

Messerscharf

Verführung

AF175603

Das Buch

Emily Monroe hat keine Ahnung, worauf sie sich bei dem Job eingelassen hat, der sie als Serviermädchen in Massimo Scordatos Villa führt. Nicht genug damit, dass der Hausherr am Ende des Abends von ihr erwartet, die Nacht über zu bleiben, erweist sich sein ihm stets zur Seite stehender Sicherheitschef Dante Napolitani auch noch als ein Sadist erster Güte. Emilys Einschätzung, dass diese Männer zu allem fähig wären, trügt nicht. Denn beide stehen ganz oben auf der Liste von Leuten, die FBI-Agent Tyler Callahan endlich hinter Gittern sehen möchte. Und so hat Emily es bald mit der Mafia und mit dem FBI zu tun.

Die Messerscharf-Reihe

Band 1: Verführung
Band 2: Vertrauen
Band 3: Verrat
Band 4: Vergeltung

Die Autorin

Elaria Tamari lebt mit ihrer Familie in Niederösterreich und hat nach ihrem Abschluss an der Technischen Universität ihre Leidenschaft fürs Schreiben entdeckt. Sie schreibt unter verschiedenen Pseudonymen SM-Erotik und Fantasy.

Elaria Tamari

Messerscharf

Verführung

Band 1

Bibliografische Information der Deutschen Nationalbibliothek: Die Deutsche Nationalbibliothek verzeichnet diese
Publikation in der Deutschen Nationalbibliografie;
detaillierte bibliografische Daten sind im Internet über
dnb.dnb.de abrufbar.

Herstellung und Verlag:
BoD – Books on Demand, Norderstedt

ISBN: 978-3-752-86276-8

Prolog

Im Schatten des Hintereingangs eines heruntergekommenen Hauses lehnend, starrte Dante gelangweilt die leere Gasse entlang. Es war kein Wunder, dass sich keine Menschenseele blicken ließ. Die Gegend war schon tagsüber alles andere als einladend, und die mehr als erbärmliche Beleuchtung machte es nachts nicht gerade besser. Offenbar fühlte sich die Stadtverwaltung nicht mehr zuständig dafür, die defekten Lampen zu erneuern. Was man ihr aber kaum zum Vorwurf machen konnte, denn schließlich hatte sie in dieser miesen Ecke der Stadt auch sonst de facto keine Zuständigkeit mehr.

Dante konnte das jedoch nur recht sein. Übermäßiges Licht brauchte er momentan sowieso wie einen Kropf, und vor allem wurde er hier von lästiger Videoüberwachung und anderen modernen Übeln der Verbrechensbekämpfung verschont.

Du hast doch keine Angst im Dunkeln?, ging es ihm durch sein unterbeschäftigtes Hirn.

Na gut, so feige war der Typ, auf den er hier schon eine halbe Stunde wartete, nun auch wieder nicht. Er würde mit Sicherheit auftauchen. Die Frage war bloß: Wann ...?

Seufzend verlagerte Dante sein Gewicht. Mann, wenn er die Wahl hätte, würde er jetzt definitiv lieber seinen Dolch herausholen und ein paar fiese Aliens abschlachten, als hier noch länger unnütz in der Gegend herumzustehen.

Da bog endlich der lang erwartete Wagen in die Gasse ein und rollte im Schritttempo an Dante vorbei, um ein Stück weiter schließlich anzuhalten. Ein Mann mit Trenchcoat und tief ins Gesicht gezogenem Hut stieg aus. Er blickte sich verstohlen um, ehe er sich eine dünne Mappe unter den Arm klemmte und auf Dante zuging.

Dante schüttelte missbilligend den Kopf.

„Du bist eine halbe Stunde zu spät dran", merkte er verstimmt an. „Und wie oft muss ich dir eigentlich noch sagen, dass dein Aufzug total lächerlich ist? Es ist kein Schwein hier, das uns beobachten könnte. Also nimm den bescheuerten Hut ab, damit ich dein Gesicht sehen kann. Und was soll eigentlich das mit dem Mantel? Hoffst du darauf, dass man einen eventuellen Zeugen nicht für voll nimmt, wenn er aussagt, er hätte Inspektor Columbo gesehen?"

„Du hast leicht reden. Gesindel wie du fällt in der Gegend ja nicht weiter auf. Aber wenn mich hier jemand sieht, würde das unangenehme Fragen aufwerfen."

„Also, wenn du mich fragst, fällst du so noch viel mehr auf. Aber bitte, ist ja deine Sache, wie du hier aufkreuzt. Solange du pünktlich erscheinen würdest!"

„Was soll ich machen, du weißt, dass mein Job sich nicht immer an die Bürozeiten hält. Ich kann nicht einfach alles stehen und liegen lassen, nur weil du anrufst."

Das stimmte zwar, änderte aber nichts daran, dass Dante es hasste, immer wieder auf ihn warten zu müssen. Schon mal, weil er grundsätzlich nicht gern sinnlos Zeit verplemperte, und mehr noch, weil er nichts gegen diese Unannehmlichkeit unternehmen konnte. Denn leider war es ihm hier nicht möglich, dem miesen Pisser einfach gepflegt Manieren einzuprügeln. Eine Eigenschaft, die er an anderen Leuten grundsätzlich nicht sonderlich schätzte, machte es sein Leben doch nur unnötig kompliziert.

„Dann hör wenigstens auf, jetzt noch weiter meine Zeit zu verschwenden und komm zur Sache. Hast du, was du besorgen solltest?"

„Ja", meinte der andere zögerlich.

„Aber?", forschte Dante nach.

Sein Gegenüber wand sich sichtlich, ehe er unvermittelt herausplatzte mit:

„Ich will aussteigen."

Im ersten Augenblick war Dante einfach nur überrascht, doch dann fing er herzhaft zu lachen an, was den Mann offenbar ein wenig beleidigte.

„Was gibt es da zu lachen?"

Schlagartig wurde Dante wieder ernst.

„Ich tu jetzt mal so, als hättest du einen Witz gemacht. Sieh es als persönlichen Gefallen von mir an."

„Das ist kein Witz."

Geschmeidig stieß Dante seinen massigen Körper von der Wand ab und machte drohend einen Schritt auf den anderen Mann zu.

„Natürlich ist es einer. Du weißt verdammt gut, mit wem du hier ins Bett gestiegen bist. Schon vergessen, wir sind katholisch. Das heißt, das Bett wird nur geteilt in einer Ehe, und die Ehe dauert 'bis dass der Tod euch scheidet'. Wenn es dir allerdings wirklich ernst damit sein sollte, dass unsere Beziehung nicht mehr zu retten ist, ließe es sich durchaus organisieren, dass der Sensenmann bei dir vorbeischaut, um deinem Wunsch nach Scheidung nachzukommen."

„Das ist jetzt wirklich nicht witzig!", beschwerte sich der andere, aber seiner etwas geschwundenen Gesichtsfarbe nach zu urteilen, wusste er nur zu gut, dass es auch nicht als Spaß gemeint gewesen war. „Hast du eigentlich eine Ahnung, welches Risiko ich eingehe, um euch diese Informationen zu beschaffen?"

Dante zuckte unbeeindruckt mit den Schultern und fischte ein Kuvert aus der Innentasche seiner schwarzen Anzugjacke, das er demonstrativ hochhielt.

„Wenn es einfach wäre, wäre dieses Kuvert hier auch nicht so gut gefüllt. Du wirst dich doch jetzt hoffentlich nicht beschweren wollen, wir würden dich nicht ausreichend entlohnen? Ich glaube, wir sind uns alle einig, dass deine Bezahlung mehr als angemessen ist."

Den Nachsatz, dass es der kleinen Ratte nicht gut bekommen würde, mehr herausschlagen zu wollen, sparte Dante sich. Er war sich sicher, dass die Botschaft auch so angekommen war.

„Ich will nicht mehr Geld. Ich will dieses Risiko nicht mehr eingehen müssen. Das Geld bringt mir nichts, wenn sie mich erwischen!"

„Ah, ich verstehe. Das Haus und das Auto sind abbezahlt, und das College für deine Kinder ist finanziert. Wie geht es Tracy und Trisha eigentlich? Strengen sie sich in der Schule auch brav an, damit die Mühen ihres aufrechten Daddys, sie aufs College schicken zu können, nicht vergebens sind?"

„Lass gefälligst meine Kinder da raus!", fuhr ihn der Mann aufgebracht an, so dass man meinen hätte können, er wolle gleich auf ihn losgehen.

Zu seinem Glück besann er sich aber eines Besseren und ging wieder etwas auf Abstand.

Schade. Wieder keine Gelegenheit, dem Jammerlappen Manieren beizubringen. Aber zurück zum Geschäftlichen.

„Was hast du dir vorgestellt? Dass das hier ein Buchclub ist, bei dem du deine Mitgliedschaft unter Einhaltung der Fristen jederzeit kündigen kannst, wenn du befindest, du hast jetzt schon genug Schwarten daheim stehen? So läuft das hier nicht. Du erinnerst dich, was ich eben zum Thema Scheidung gesagt habe? Und solange wir nicht geschieden sind, machst du weiter!"

„Wenn sie mich erwischen, habt ihr aber auch nichts mehr von mir. Und je länger ich das mache, desto fetter wird die Spur zu mir."

Na und?

Sicher, er war ein nützlicher Informant mit Mehrwert, aber mehr als ein 'Ach, wie schade. Naja, kann man nichts machen', und zurück zur Tagesordnung, wäre es für die Familie nun auch nicht, wenn er durch eigene Nachlässigkeit auffliegen würde. Schließlich hatte Dante sorgfältig darauf geachtet, dass nichts auf sie zurückfallen würde.

Seine sichtliche Unbeeindrucktheit schien seinen Gesprächspartner ein paar Zentimeter schrumpfen zu lassen, jedenfalls klang er schon viel kleinlauter, als er nun vorschlug:

„Wir müssen uns ja nicht gleich scheiden lassen. Vielleicht könnten wir es eine Zeit lang mit getrennten Schlafzimmern probieren? Eine kleine Auszeit?"

„Gib mir den Umschlag", forderte Dante, anstatt auf sein Ansuchen einzugehen.

Er warf einen kurzen Blick hinein. Ein großformatiges Foto und zwei Seiten Text.

„Ich weiß, es ist nicht viel, aber mehr haben wir über den Kerl nicht."

Dante nickte, faltete den Umschlag zusammen und steckte ihn ein.

„Ich hatte auch nicht mit mehr gerechnet. Was ist mit der anderen Sache? Gibt es da schon etwas Handfestes?"

„Äh, nicht so richtig", antworte sein Gegenüber ausweichend.

„Was soll das heißen, 'nicht so richtig'? Das Gerücht, dass etwas Großes gegen uns im Busch ist, ist jetzt schon mehrere Wochen alt, und du weißt noch immer nichts Konkretes?"

„Das ist nicht so einfach, wie du dir das vielleicht vorstellst! Wie schon gesagt, schön langsam beginnt es aufzufallen, dass euch möglicherweise jemand mit Informationen versorgt. Die Ermittlung wurde zur Geheimsache erklärt, nur ganz wenige Personen sind daran beteiligt und werden eingeweiht."

„Aber ich bin mir sicher, *du* weißt etwas", bedrängte Dante ihn ein wenig.

„Ja klar, ich habe einfach am schwarzen Brett für Undercovermissionen nachgeschaut und mich gleich eingetragen unter 'Wenn Sie Informationen verkaufen wollen, melden Sie sich bitte hier an, wir schicken Ihnen unseren Newsletter'."

„Ihr wollt jemanden verdeckt reinschicken?", fragte Dante ehrlich überrascht nach, denn er hatte keine Vorstellung, wie die Schmeißfliegen mit den Marken das anstellen wollten. Es war hinlänglich bekannt, dass bei ihnen nur Leute mit entsprechenden Verbindungen reinkamen. Vom Boss bis zum Küchenjungen waren fast alle irgendwie verwandt, und wer das nicht war, benötigte jemanden, der ihn empfahl und sich für ihn verbürgte.

Sein Gesprächspartner wich ein klein wenig zurück, als ihm bewusst wurde, dass er sich gerade verplappert hatte, und schüttelte abwehrend den Kopf.

„Mehr kann ich dir dazu wirklich nicht sagen. Beweise zu unterschlagen oder dir Akten zukommen zu lassen ist eine Sache. Einen Kollegen ans Messer zu liefern eine ganz andere."

„Wieso ans Messer liefern? Wenn du mir sagst, wer es ist, kann ich dafür sorgen, dass er nichts Belastendes findet und unbeschadet wieder abziehen kann."

„Ja klar. Oder du jagst ihm einfach gleich bei eurer ersten Begegnung eine Kugel in den Kopf und sparst dir weiteren Aufwand und das Risiko."

„Ich wäre wohl kaum Massimos rechte Hand, wenn ich Aufwand und Risiko scheuen würde. Und wenn ich ihn ohne deine Hilfe erwische, wird ihm das noch viel weniger gut bekommen. Denk darüber nach. Und auch darüber, was dein geschätzter Kollege wohl tun wird, falls er über die undichte Stelle stolpert, wenn du ihn wild ermitteln lässt. Mit allzu viel Dankbarkeit, dass du zumindest ihn nicht verraten hast, würde ich nicht rechnen."

Hastig nahm der Mann das Kuvert mit dem Geld an, das Dante ihm nun hinhielt, ehe er fluchtartig zu seinem Wagen stürmte. Kopfschüttelnd sah Dante ihm nach.

Was für ein widerlicher kleiner Pisser.

1

SAMSTAG, 8. OKTOBER 2016

Gespannt starrte Emily aus dem Seitenfenster des Kleinbusses, auf der Suche nach dem Haus, zu dem sie unterwegs waren. Wenn die Villa nur halb so beeindruckend war wie diese elendslange Zufahrt, dann musste das ja wirklich ein mehr als nobler Schuppen sein. In diesen 'Vorgarten' hätte nämlich durchaus ein ganzes Dorf gepasst. Anfangs war die Straße von einem Wald gesäumt gewesen, doch inzwischen hatten sie einen parkartig angelegten Garten erreicht. Im Licht der untergehenden Sonne konnte Emily die trotz des bereits einziehenden Herbstes immer noch üppig blühenden Blumenbeete bewundern, die in einen Rasen eingebettet waren, der einem Golfplatz alle Ehre gemacht hätte. Nicht, dass Emily schon mal auf einem Golfplatz gewesen wäre, aber nach dem, was sie ab und an im Fernsehen gesehen hatte, stellte sie sich den Rasen auf einem Golfplatz genau so vor wie diesen hier. Womöglich war dieser Garten sogar nichts weiter als bloß die Südflanke eines hauseigenen Golfplatzes. Überrascht hätte es sie nicht.

Mitten in dem Park tauchte nun das Haupthaus des Anwesens auf, ein weitläufiges, zweistöckiges Gebäude, das in einem sanften Bogen geschwungen war. Obwohl es zweifellos erst in jüngerer Vergangenheit errichtet worden war, war man hier nicht dem Trend gefolgt, einen Gutteil des Hauses mit Glas zu verkleiden und Fenster einzubauen, die einem das Gefühl gaben, in einem Schaufenster zu stehen. Die Formgebung war modern, die Bauweise aber sehr traditionell und massiv. Mittig vor dem Haus befand sich ein Platz mit einem prächtigen Springbrunnen in der Mitte, von dem aus eine ausladende Treppe zum Vordereingang führte.

Natürlich fuhr der Kleinbus aber nicht auf der Straße weiter, die sich an der Vorderseite des Hauses vorbei zu diesem Platz schlängelte, stattdessen bogen sie rechts ab und fuhren zur Rückseite des Hauses, wo sie vor der wesentlich schmuckloseren Pforte des eine Etage tiefer liegenden Personaleingangs hielten.

Das vernehmliche Seufzen der sich öffnenden Tür des Kleinbusses hörte sich in Emilys Ohren unverhältnismäßig laut und irgendwie furchteinflößend an. So sehr sie auf der fast einstündigen Fahrt hierher auch versucht hatte, es zu verdrängen und kleinzureden, es ließ sich nicht mehr länger leugnen: Sie war unglaublich aufgeregt. Denn eigentlich hatte sie keinen blassen Schimmer, was sie da drinnen wirklich erwarten würde. Gerne hätte sie die Fahrzeit genutzt, um ihre Sitznachbarin ein wenig auszufragen, aber die hatte sich leider als sehr einsilbig erwiesen, weshalb das Gespräch ungefähr zwei Sätze nach: 'Hallo, ich bin Emily Monroe, ich bin neu hier', im Sand verlaufen war.

„Ladies", wandte sich Miss Carlyle, eine der beiden Leiterinnen der *Special Dining*-Agentur, an die acht jungen Frauen im Bus.

Wie Emily erfahren hatte, machte sie sich bei besonders wichtigen Kunden wie diesem hier sogar die Mühe persönlich mitzufahren, um sicherzugehen, dass alles reibungslos und zur vollsten Zufriedenheit des Auftraggebers ablief.

„Ihr kennt das Prozedere ja. Stellt euch vor dem Eingang in einer Reihe auf, Mister Scordatos Sicherheitschef wird jeden Augenblick eintreffen. Emily, du orientierst dich an deinen erfahrenen Kolleginnen und siehst einfach zu, dass du nicht negativ auffällst. Und nicht vergessen, immer schön lächeln, dafür werdet ihr bezahlt."

Es folgte das Rascheln von Jacken und Mänteln, die angezogen wurden, dann das Klackern von Stöckelschuhen, als die Damen eine nach der anderen den Bus verließen, während Emily noch schnell an ihrem Rock herumzupfte. Der von der Agentur vorgegebene Dresscode – weiße Bluse, schwarzer, das Knie nicht bedeckender Rock, hautfarbene Feinstrümpfe, schwarze Pumps, kein Schmuck – war nicht so ganz Emilys Fall. Sie war viel mehr für bequeme Hosen und Schuhe, die in erster Linie zum Gehen und nicht zum gut Aussehen gemacht waren.

Als sie schließlich als letzte den Bus verließ, hatten die anderen schon eine ordentliche Reihe gebildet.

Seltsam, acht Frauen und kein Tratschen, kein Tuscheln.

Die Stimmung wirkte irgendwie betreten auf Emily.

Ein paar der Mädels sahen sie aufmerksam an, als sie sich ans Ende der Reihe stellte, jedoch wurde Emily nicht ganz schlau aus den Regungen, die sie offenbar bei den anderen hervorrief. Die Palette schien von Erleichterung über Schadenfreude bis zu Mitleid zu reichen. Ob es hier irgendein bizarres Einführungsritual gab, dem sich Neulinge stellen mussten?

Um ihren Fingern eine Beschäftigung zu geben, begann Emily am Revers ihres offenstehenden schwarzen Kurzmantels herumzufingern. Die Sonne war inzwischen hinter den Bäumen verschwunden, und man konnte bereits die heraufziehende Kälte einer sternenklaren Nacht spüren. Vermutlich würde es heute den ersten Frost geben.

Schade um die schönen Blumen.

Das satte Geräusch der sich öffnenden Tür rief Emilys abschweifende Gedanken schlagartig wieder zum Geschehen zurück.

Wow, die Tür war wesentlich massiver, als sie von außen den Anschein erweckte, denn das Holz war nur eine Vertäfelung für eine mehrere Zentimeter dicke Stahltür.

Als würde man Fort Knox betreten.

Ein Mann trat aus der Tür, eher durchschnittlich groß, aber kräftig gebaut. Schwarze, kurz geschnittene Haare, schwarzer Anzug, schwarzes Hemd, keine Krawatte. Dazu ein Auftreten, das einen dazu veranlassen konnte, unwillkürlich einen Schritt zurückzutreten. Das musste wohl der Sicherheitschef sein.

Emilys Blick streifte die anderen Frauen in der Reihe. Wahnsinn, derart gezwungenes Lächeln wie hier hatte sie noch auf keiner Familienfeier gesehen. Der Typ hatte hier eindeutig keine Freundinnen.

Die folgende Sicherheitsüberprüfung erwies sich als ausführlicher, als Emily gedacht hatte. Wahrscheinlich war der Kerl auch derjenige, der diese Tür ausgesucht hatte, denn der Mann nahm seinen Job eindeutig sehr ernst. Er verglich nicht bloß halbherzig Namen und Fotos von seinem Tablet mit den anwesenden Personen, um sie dann durchzuwinken, sondern führte ernsthaft bei jeder der Damen ohne jede Zurückhaltung eine gründliche Leibesvisitation durch und ließ sich an einem hier draußen eigens dafür aufgestellten Tischchen jede einzelne Handtasche bis auf das letzte Staubkorn ausräumen. Als er in einer der geleerten Taschen eine Erhebung ertastete, schnitt er sogar allen Ernstes ohne Zögern mit einem Messer das Futter auf, um sich zu vergewissern, dass nicht irgendetwas darin versteckt war. Die Besitzerin der Handtasche keuchte zwar entsetzt auf, wagte aber nicht zu protestieren, was eindeutig Bände sprach.

Schließlich waren alle anderen abgefertigt und die Reihe an Emily.

„Emily Monroe", las der Sicherheitschef von seinem Tablet ab, als sie vor ihm stand.

„Ja", bestätigte Emily höflich. „Und wie heißen Sie?",
denn niemand hatte es für nötig befunden, ihr den werten Herrn namentlich vorzustellen.

Das brachte ihr schockierte Blicke der anderen Frauen
ein, während Miss Carlyle sich sogleich sprungbereit
machte, sie gegebenenfalls zur Ordnung zu rufen. Doch
Emily ließ sich nicht beirren. Der Typ mochte furchteinflößend sein, aber das hieß noch lange nicht, dass sie sich
alles unkommentiert gefallen lassen würde.

Als sie statt einer Antwort nur einen abschätzenden
Blick erntete, fügte sie äußerst charmant hinzu:

„Nennen Sie mich ruhig altmodisch, aber ich frage
Männer grundsätzlich nach ihrem Namen, bevor sie mir
zwischen die Beine greifen dürfen."

„Emily!", fuhr Miss Carlyle sie aufgebracht an, doch
der Mann vor ihr fand ihre vorlaute Erklärung offenbar
durchaus amüsant, und hielt Miss Carlyle mit einer
knappen Geste davon ab, ihr eine Standpauke zu halten.

„Ich hätte angenommen, dass Frauen mehr tratschen
würden, aber so, wie du hier auftrittst, haben deine Kolleginnen dir ganz offensichtlich nichts von mir erzählt.
Mein Name ist Dante Napolitani. Ich bin verantwortlich
für alles, was hier im Haus vor sich geht. In eurem Fall
bedeutet das, ich sorge dafür, dass nichts Verbotenes
reinkommt und dass nichts unerlaubt hinausgeht. Im
Klartext: Ich bin der, der dir den Arsch aufreißt, wenn du
dich an der Portokasse oder am Tafelsilber vergreifst.
Und da das nun geklärt wäre, würde ich dich nun höflich
bitten, dich so hinzustellen, wie die anderen es vorgemacht haben, damit ich dich abtasten kann."

„Natürlich", erwiderte Emily, nun nicht mehr ganz so
forsch wie zuvor.

Die Botschaft: 'Leg dich bloß nicht mit mir an', war
äußerst glaubwürdig rübergekommen, mehr noch in seinem Tonfall und seiner Körpersprache als in seinen Worten.

Widerspruchslos ließ Emily es also über sich ergehen,
dass er sie von Kopf bis Fuß wirklich überall untersuchte.

Es fing noch harmlos damit an, dass er in ihren schwarzen Locken wühlte, wurde dann aber schnell grotesk, als er in ihren Mund schauen wollte und nicht davor zurückschreckte, an einer großen Füllung in einem ihrer Backenzähne zu rütteln. Was zum Teufel glaubte er dort zu finden? Eine Zyankalikapsel?

Wie auch immer, eines stand jedenfalls fest, nämlich dass der Kerl definitiv völlig frei von Scham war, weshalb der nächste peinliche Moment prompt folgte, als er befand, dass ihr BH zu dick gepolstert war, um hindurchzufühlen, und er ihr mit der Hand ungeniert in den Ausschnitt und unter den BH fuhr. Immerhin hielt er sich dort nicht auf, um sie zu befummeln, seine Berührungen ihrer nackten Brust waren tatsächlich viel mehr effizient als anrüchig. Unangenehm war es ihr trotzdem.

Als nächstes tastete er den Rest ihres Oberkörpers ab, dann die Beine an der Außenseite nach unten und an der Innenseite unterhalb ihres Rocks wieder nach oben. Am Schritt angekommen verharrte er einen Augenblick, ehe er sich geschmeidig aufrichtete und ihr fest in die Augen sah.

„Wieso so nervös?"

Erst in diesem Moment wurde Emily bewusst, dass sie die Luft angehalten hatte. Möglichst unauffällig ließ sie den angehaltenen Atem entweichen.

„Ich bin nicht nervös."

Also nicht mehr, als man es eben war, wenn sich ein fremder Mann anschickte, einem in den Schritt zu greifen.

Als Antwort schenkte er ihr die Andeutung eines Lächelns, das besagte, dass er ihr kein Wort glaubte, dann fuhr er ihr erneut mit der Hand zwischen die Beine und drückte seine Finger durch den dünnen Stoff von Slip und Feinstrumpfhose ungeniert auf ihre Scheide.

„Lass es mich anders formulieren: Kannst du mir glaubhaft versichern, dass du da drinnen nichts versteckst, oder muss ich nachschauen?"

Nur mühsam widerstand Emily dem Bedürfnis, vor ihm zurückzuweichen, um sich seiner viel zu intimen Berührung zu entziehen.

„Das einzige, was Sie da finden könnten, wäre ein Tampon."

Den Kopf ein wenig zur Seite geneigt, musterte er sie eindringlich, ehe er bedächtig seine Hand zurückzog.

„Du hast ein ziemlich loses Mundwerk", stellte er fest, während er ihr die Handtasche abnahm und neben sie trat. „Glaub bloß nicht, dass ich Hemmungen hätte, mir die Finger schmutzig zu machen", raunte er ihr von der Seite zu. „Wäre nicht das erste Mal, dass ich sie in Blut tauche."

Ein seltsamer Schauer rieselte Emily den Rücken hinab, und der rührte nicht daher, dass sie seine Drohung besonders schockierend oder auch nur überraschend gefunden hätte.

Sei nicht dumm und komm wieder runter, mahnte sie sich im Stillen.

Die Handtaschenkontrolle gab ihr Gelegenheit dazu, auch wenn sie rasch erledigt war. In ihrer Ausgehtasche trug Emily nicht viel Krimskrams mit sich herum. Geldbörse, Handy, eine Packung Taschentücher. Als er zum Schluss das kleine Etui mit einem Nagelzwicker, einer kleinen Schere und einer Feile auspackte, rechnete sie halb damit, dass gleich jemand mit einem Plexiglaskasten wie am Flughafen auftauchen würde, um diese Mordwerkzeuge darin zu entsorgen. Natürlich geschah nichts dergleichen. Vermutlich hielt Mister Napolitani es hierbei eher wie Crocodile Dundee: 'Das ist doch kein Messer. *Das* ist ein Messer.'

Jedenfalls legte er das Etui nach eingehender Untersuchung einfach neben ihre Geldbörse, und verkündete nach der abschließenden Kontrolle ihrer leeren Tasche endlich, dass alle sauber waren, und sie nun hineingehen konnten.

2

Emily folgte den anderen zu einem Raum im Untergeschoß, in dem sie sich umziehen sollten. Es war keine
richtige Umkleide, das Zimmer war nur temporär mit
mehreren Garderobenständern, Spiegeln und Hockern
ausgestattet worden.

Auf jedem Garderobenständer hing ein Kostüm, vier
davon waren in Weiß und Gold gehalten, die anderen vier
in Schwarz und Rot. Miss Carlyle verkündete, dass das
Motto des heutigen Abends »Engelchen und Teufelchen« war, und teilte sie wenig überraschend so ein,
dass die vier Blondinen unter ihnen ein Engelskostüm
bekamen, während Emily mit ihren schwarzen Locken
zusammen mit zwei Rothaarigen und einer Brünetten bei
der Teufelsfraktion unterkam.

Und da sie schon beim Thema waren: Was zum Teufel
sollte das eigentlich sein?! Natürlich hatte Emily gewusst,
dass die Kostüme recht freizügig sein würden, was eben
auch der Grund dafür war, dass die Entlohnung hier um
Längen üppiger ausfiel als überall sonst, wo sie bisher
serviert hatte. Aber nun, da sie es in Händen hielt, war sie
doch ein wenig schockiert, was sie da anziehen sollte.

„Sei bloß froh, dass du letztes Mal nicht hier gewesen
bist, Schätzchen", meinte die Rothaarige neben ihr, als
diese ihr Zögern bemerkte. „Da ist das Motto »Karneval

in Rio« gewesen. Der Federschmuck für den Kopf hat gefühlte hundert Kilo gehabt. Ich bekomme jetzt noch einen steifen Nacken, wenn ich nur daran denke. Das heute ist wenigstens bequem."

Anstatt zu antworten nickte Emily nur schwach. Was man nicht alles tat, wenn man jung war und das Geld brauchte.

Na schön, dann also mal rein in den Fummel.

Das Anziehen war keine Angelegenheit. War ja auch nicht viel dran an dem Kostüm. Das Oberteil bestand im Wesentlichen aus den schwarzen Flügeln, dazu ein winziges Fetzchen Stoff, um die über die Schultern laufenden Gummiträger hübscher zu gestalten. Doch selbst obwohl sie damit barbusig ging, fand Emily das Teil bei weitem nicht so schlimm wie den Rock, der zu dem Outfit gehörte. Man mochte es kaum glauben, aber hier wäre weniger wirklich besser gewesen. Was sollte all der Tüll? Der schwarze Satin, der dieses rote Tüllmonster an der Oberseite abschloss, stand praktisch senkrecht von ihrem Körper ab. Aber Hauptsache das Teil bedeckte nicht mal die Hälfte ihres Pos, weil alles in die Breite ging. War das Ding direkt aus einem Manga oder Anime herausgepurzelt? Hatte auf dem Papier wohl besser ausgesehen als in echt.

Mitten aus dem Tüll wuchs schließlich noch ein rotschwarz gescheckter Schwanz mit einer Drahtseele heraus, so dass er nicht einfach nur schlaff herabhing, sondern man ihn in Form biegen konnte. Nur war der Schwanz ziemlich lang, und die Konstruktion bei weitem nicht so stabil, dass er nicht bei jeder Bewegung sehr nervig herumgeschwungen wäre. Emily löste das Problem kurzerhand dadurch, dass sie ihn irgendwie S-förmig bog, über die Schulter legte, und das Ende zur Fixierung einmal um ihren Oberarm wickelte.

Ja, so war es viel besser. Blieb nur zu hoffen, dass sie damit auch an der Modepolizei in Gestalt von Miss Carlyle vorbeikam. Die war nämlich bereits damit beschäftigt, durchzugehen und zu überprüfen, ob alles ihren, beziehungsweise den Vorstellungen des Gastgebers, entsprach.

Wie wäre es, wenn die Gute stattdessen losziehen und denjenigen verhaften würde, der zwei unterschiedliche Schuhe für eine gute Idee gehalten hat?, dachte Emily missmutig, als sie die High Heels aus der Schachtel nahm, denn einer war rot mit Bleistiftabsatz, der andere schwarz mit einem breiten, hufeisenförmigen Absatz. Aber in Anbetracht der restlichen modischen Katastrophen sollte sie wahrscheinlich noch froh sein, dass wenigstens beide gleich hoch waren.

Schnell steckte Emily zum Abschluss den Haarreif mit den roten Hörnern ins Haar, als Miss Carlyle auf sie zusteuerte. Ihre schulterlangen Locken würde sie einfach offenlassen, das passte besser zu einem Teufelchen, als sie streng zusammenzubinden.

Miss Carlyle musterte Emily und ihren eigenwilligen Schwanz verwundert, befand dann aber: „Warum nicht, sieht eigentlich ganz pfiffig aus."

Dann wandte sie sich an die gesamte Truppe.

„Okay, sind alle fertig? Ihr werdet heute als Paare servieren, immer ein Engelchen und ein Teufelchen, und ihr bleibt die ganze Zeit zusammen. Keiner rennt allein herum, ich will kein einsames Engelchen oder Teufelchen sehen. Mary geht mit Kylie, Taylor mit Kate und Lana mit Olivia. Emily, du gehst mit Lisa, sie ist schon öfters hier gewesen und weiß, wie der Hase läuft. Sie wird dich instruieren.

Noch Fragen?

Nein?

Gut, dann ab mit euch."

3

Jede ein Tablett mit Champagnergläsern in der Hand haltend, standen die Engelchen und Teufelchen wenig später im Salon, bereit die Gäste zu empfangen. Von ihrem Platz aus hatte Emily durch die offene Flügeltür die noch menschenleere Eingangshalle samt Freitreppe in den oberen Stock im Blick. Eine ganze Weile tat sich jedoch erst einmal gar nichts, bis schließlich jemand oben auf der Treppe erschien.

„Ist das Mister Scordato?", flüsterte sie Lisa unauffällig zu, die Schulter an Schulter neben ihr stand.

„Ja", bestätigte diese knapp.

„Nicht nur stinkreich, sondern auch noch verdammt gutaussehend", sinnierte Emily.

Und das lag nicht nur an dem zweifellos maßgeschneiderten Smoking, der ihn äußerst elegant aussehen ließ. Sportliche Figur, tiefschwarzes, volles Haar, wache, dunkle Augen, im besten Sinne schöne Gesichtszüge mit südländischem Teint und dazu ein charismatisches Auftreten.

„Dem laufen die Frauen bestimmt reihenweise hinterher."

„Sollen sie doch", murmelte Lisa mit unverhohlener Verachtung.

„Neidig, weil unsereins keine Chance bei ihm hat?"

„Schön wär's."

„Hä?"

„Das wirst du schneller herausfinden, als dir lieb ist."

Fragend blickte Emily zu Lisa hinüber, als keine weitere Erklärung folgte, woraufhin diese ihr einen kleinen Rempler mit dem Ellenbogen gab, um sie daran zu erinnern, Haltung zu bewahren.

Unvermittelt erstarrte Lisa jedoch, und Gänsehaut schoss über ihren ganzen Körper.

Emily folgte ihrem Blick, und landete wenig überraschend bei Napolitani, der sich gerade am Fuß der Treppe zu Mister Scordato gesellte.

„Alles in Ordnung?", fragte Emily besorgt. „Du siehst auf einmal so blass aus."

„Ja, sicher doch", antwortete Lisa leicht abwesend.

„Wirklich? Vielleicht sollten wir kurz in die Küche gehen und du trinkst einen Schluck. Nicht, dass du hier noch umkippst."

„Nein", wehrte Lisa mit gesenkter Stimme entschieden ab. „Es geht jeden Augenblick los, wir können hier nicht weg."

„Sicher können wir, wenn es dir nicht gut geht."

Verärgert riss Lisa den Kopf herum und sah sie mit funkelnden Augen an.

„Ich habe doch gesagt, es geht mir gut. Und jetzt sei still, ehe wir noch eine auf den Deckel bekommen, dass wir hier nicht fürs Tratschen bezahlt werden! Ich weiß ja nicht, wie es bei dir ist, aber ich bin auf diesen Job angewiesen. Und wenn wir schon dabei sind, ich wäre dir sehr dankbar, wenn du es vermeiden könntest, noch einmal derart Mister Napolitanis Aufmerksamkeit auf dich zu ziehen, wie vorhin am Eingang, solange du neben mir stehst. Glaub mir, es lebt sich wesentlich angenehmer, wenn er keine Notiz von einem nimmt."

Warum genau?

Doch Emily verkniff sich die Frage, denn Lisas Körperhaltung machte mehr als deutlich, dass das Gespräch für sie beendet war und sie Emily einfach ignorieren würde, sollte sie sie doch noch einmal ansprechen. Solange der Sicherheitschef hier herumkrebste und Lisa sich beobachtet fühlte, würde von ihr nichts mehr zu erfahren sein.

Die Arbeit selber war einfacher, als Emily angenommen hatte. Es waren gerade mal fünfzehn Gäste, also weit weniger stressig, als in einem vollen Lokal servieren zu müssen. Natürlich war hier alles wesentlich vornehmer, als sie es gewohnt war, aber mit dem Crashkurs zum Thema »Dinieren in der Oberschicht«, den sie von Miss Carlyle vorab erhalten hatte, war sie gut vorbereitet auf ihre Aufgaben. Und letztlich unterschied es sich dann doch nicht so sehr von der Kneipe ums Eck, denn an den Po gegrapscht wurde ihr da wie dort. Bloß, dass die feinen Pinkel dabei nicht so johlten wie die Schichtarbeiter, obwohl sie ihr hier sogar auf die nackte Haut griffen.

Auf den Champagnerempfang folgte ein fünfgängiges Menü mit Weinbegleitung, lauter erlesene Tropfen, von denen jedes Glas ein kleines Vermögen wert war. Ob sie es ihr wohl vom Lohn abziehen würden, wenn sie etwas davon verschüttete? Vermutlich würde das, was sie heute Abend hier verdiente, nicht einmal reichen, um ein Achterl davon zu vergüten. Wahrscheinlich würde sie zusätzlich noch wochenlang Teller waschen müssen, um den Wert abzuarbeiten.

Was für seltsame Gedanken man doch wälzte, wenn man sonst nichts zu tun hatte und obendrein ein wenig nervös war.

Doch entgegen Emilys Befürchtung fiel sie niemandem negativ auf, obwohl sie etwas aus der Übung war. Es war doch schon einige Zeit her, dass sie ein Tablett in der Hand gehabt hatte.

Nach dem Dinner verlagerte sich die Gesellschaft erneut in den Salon, wo Emilys Aufgabe nun darin bestand, dekorativ aber unaufdringlich Drinks anzubieten. Was leider bedeutete, dass sie die meiste Zeit möglichst reglos am Rand stehen musste. Alle paar Minuten ging eines der Engelchen-Teufelchen-Paare eine Runde durch das Zimmer, aber da sie vier Paare waren, kam Emily nur rund alle zehn Minuten dazu, sich mal kurz die Beine vertreten zu dürfen.

Aus einem anderen Zimmer war gedämpft das Schlagen einer großen Pendeluhr zu vernehmen.

... acht, neun, zehn, ...

Emily lauschte erwartungsvoll, doch es kam kein weiterer Schlag mehr.

Mist, sie hatte gehofft, dass es schon später wäre. Während des Abendessens war die Zeit noch recht zügig vergangen, da sie dabei ständig beschäftigt gewesen war, aber seit sie in den Salon übersiedelt waren, krochen die Minuten nur so dahin. Nicht nur, dass es furchtbar öde war, wie eine Statue herumzustehen, war es mit den hohen Schuhen, an die Emily nicht gewöhnt war, auch ziemlich mühsam, ruhig zu verharren und nicht ständig von einem Bein aufs andere zu treten.

Und die Drinks auf ihrem Tablett weigerten sich auch beharrlich, weniger zu werden. Das war eindeutig ein Nachteil von diesen herausragenden, Jahrgang lang-bevor-sie-geboren-worden-war Spirituosen, denn die wollten ja genossen werden. Wäre das Zeug aus dem Supermarkt gewesen, hätten die Leute vielleicht etwas mehr gebechert und Emily hätte mehr herumlaufen können, um Nachschub zu holen. Vielleicht hätte irgendwer im Zustand fortgeschrittener Alkoholisierung sogar lauthals interessante Geschichten zum Besten gegeben, aber so war es einfach nur stinklangweilig.

Irgendwann war es aber doch soweit, dass sie sich zusammen mit Lisa kurz in ein kleines Nebenzimmer verdrücken durfte, um ihr Tablett frisch zu befüllen.

„Was meinst du, wie lang das noch dauern wird?"

„Meistens verabschieden sich die Gäste gegen Mitternacht, aber wenn wir Pech haben, sind ein oder zwei Sitzenbleiber dabei, und wir stehen um drei Uhr morgens noch immer herum."

„Na hoffentlich nicht, meine Füße bringen mich jetzt schon um."

Lisa hielt kurz in ihrer Tätigkeit inne. Ihr Blick war seltsam mitleidvoll, als sie Emily ansah.

„Ich bin mir ziemlich sicher, dass Mister Scordato heute dafür sorgen wird, dass seine Gäste nicht allzu lange bleiben."

„Ich habe zwar keine Ahnung, woraus du das ableitest, aber wenn es stimmt, ist es Musik in meinen Ohren. Wieso also schaust du mich an, als wäre gerade meine Katze vom fünften Stock aus dem Fenster gefallen?"

Hastig wandte Lisa sich wieder ihren Gläsern zu. Offensichtlich rang sie nach Worten, die sich dann vermutlich so anhören würden, dass sie gerade an etwas ganz anderes gedacht hatte.

„Weshalb verachtest du Mister Scordato eigentlich so?", kürzte Emily das Gespräch ab.

Lisa schüttelte den Kopf.

„Darüber möchte ich nicht reden. Du wirst es ohnehin bald selber herausfinden."

Schon wieder dieser Spruch, den sie schon am Beginn des Abends gebracht hatte. Aber diesmal waren sie allein, und Emily nicht gewillt, sich so leicht abwimmeln zu lassen.

„So wie du das sagst, beschleicht mich das Gefühl, ich wäre lieber vorgewarnt", bohrte sie bestimmt nach.

Verlegen wandte Lisa den Blick ab.

„Mister Scordato ... pflegt die Nacht nach solchen Veranstaltungen nicht allein zu verbringen."

„Davon steht aber nichts im Vertrag!", empörte Emily sich.

„Weil es auch nichts mit dem Abendessen zu tun hat, für das wir gebucht worden sind. Es ist nicht Sache der Agentur, wenn der Kunde nach Dienstende eines der Mädchen anspricht und sie beschließt, nicht mit den anderen zurückzufahren."

„Das ist also die offizielle Darstellung?", meinte Emily, erbost darüber, wie leicht Miss Carlyle es sich hierbei machte. „Aber einen solchen Hass hat man nicht auf jemanden, der bloß freundlich gefragt hat."

„Zu einem Mann wie Mister Scordato sagt man nicht nein. Wer sich weigert, bekommt von der Agentur kein Engagement mehr, hier nicht und auch sonst nirgendwo. Wie ich bereits gesagt habe, ich bin auf diesen Job angewiesen. Ich habe zwei Kinder, die ich allein durchbringen muss, und ohne das Geld, das ich hier verdiene, wüsste ich nicht, wie ich das schaffen soll."

Bitterkeit lag in Lisas Blick, als sie hinzufügte:

„Natürlich gibt es auch ein schönes 'Trinkgeld', wenn man brav mitspielt. Nicht, dass ich mir nicht sowieso schon wie eine Hure vorkommen würde, auch ohne, dass er mir Geld in die Unterwäsche steckt. Ich glaube, dafür hasse ich ihn am meisten, dass er so tut, als wäre das alles in Ordnung, weil er mich seiner Ansicht nach angemessen dafür entlohnt. Als ob man Menschen wie Spielzeug kaufen könnte."

Auf einmal blieb ihr rastloser Blick auf Emily hängen und sie schaute sie fest an.

„Und heute wirst du sein Spielzeug sein. Er liebt die Abwechslung und greift sich die Neuzugänge immer gleich am ersten Abend raus."

Emily machte große Augen, als sie das hörte, dann schüttelte sie abwehrend den Kopf.

„Oh nein, das kann er sich gleich abschminken, auch wenn er noch so fesch ist. Ich brauche das Geld bloß, um mein Auto wieder fit zu machen. Und im Zweifelsfall fahre ich lieber weiterhin mit dem Bus, bis ich es irgendwie anders zusammenkratzen kann, als mit einem reichen Playboy für Geld ins Bett zu steigen."

Lisa sah sie traurig an.

„Nicht, dass ich es dir nicht wünschen würde, dass du das wirklich durchziehst: zu gehen und dieses Arschloch einfach sitzen zu lassen. Aber ich fürchte, du musst dich darauf einstellen, dass es so nicht laufen wird. Wie gesagt, es gibt Männer, die weist man nicht ab. Auch wenn man es noch so sehr möchte."

———✦———

Aber wirklich nicht, dachte Emily, während sie sich im Salon wieder die Beine in den Bauch stand und Mister Scordato beobachtete, der unweit von ihr auf einem Sofa Platz genommen hatte und sich rege mit seinen Gästen unterhielt.

Sich hier praktisch nackt in einem lächerlichen Kostüm hinzustellen, war eine Sache, aber mit dem Kerl in die Kiste zu hüpfen eine ganz andere. Das war weit von dem entfernt, was in der Jobbeschreibung gestanden hatte, und wenn irgendwer ernsthaft glaubte, sie würde das mitmachen, dann hatte er sich aber gründlich verrechnet. Denn im Gegensatz zu Lisa war sie hierauf nicht im Mindesten angewiesen. Sicher, es war keineswegs der Plan gewesen, hier her zu kommen, nur um sich lebenslanges Hausverbot einzuhandeln, indem sie den werten Hausherren durch eine Abfuhr zutiefst vergrämte. Sollte es aber so kommen, dann war es eben so. Pech gehabt.

Dass Lisa glaubte, es wäre unmöglich, sich da herauszuwinden, war verständlich, nachdem sie selbst daran gescheitert war. Aber bei ihr würde er auf Granit beißen, denn sie hatte echt nicht vor, sich von einem wie Scordato einschüchtern zu lassen, auch wenn der noch so sehr meinte, sich alles und jeden kaufen zu können.

In einem Punkt aber sollte Lisa jedenfalls Recht behalten: kurz vor Mitternacht begannen die ersten Gäste aufzubrechen, und Mister Scordato sorgte äußerst galant dafür, dass alle anderen die Gelegenheit nutzten, sich ihnen anzuschließen. Keine zwanzig Minuten später geleitete er den letzten Gast zur Tür.

Die Tür fiel hinter dem letzten Gast ins Schloss und das freundliche Lächeln von Massimo Scordatos Gesicht.

„Wurde aber auch Zeit, dass die Speichelleckerei endlich vorbei ist."

Er drehte sich auf dem Absatz zu seinem Cousin, Schrägstrich Bodyguard, Schrägstrich Sicherheitschef um, der wie so oft dezent wenige Schritte hinter ihm stand.

„Wenden wir uns amüsanteren Dingen zu. Wer ist das kesse Teufelchen da neben Lisa?"

„Emily Monroe, neunundzwanzig, kein Mann, keine Kinder. Sie ist erst vor kurzem aus der tiefsten Provinz in die Stadt gezogen und arbeitet als Sekretärin bei einem Gastronomiefachhandel. Das ist ist ihr erster Auftrag von der Agentur."

„Neunundzwanzig? Die ist ja schon fast so alt wie wir."

„Beschwer dich nicht. Wenn dir das nicht gefällt, musst du Miss Carlyle eben sagen, dass dir ihr Alterslimit von dreißig zu hoch ist und sie dir was Jüngeres schicken soll. Aber wenn du sie nicht willst, kannst du dir ja auch eine andere aussuchen. Lisa zum Beispiel, die fällt bestimmt aus allen Wolken, wenn schon wieder sie dran ist anstatt Emily, wie alle fix annehmen. Und es würde auch den Rest der Hühnerschar ganz schön in Aufruhr versetzen, wenn auf die Regel, dass es immer die Neue trifft, kein Verlass mehr ist."

„Klingt zwar grundsätzlich amüsant, aber davon habe ich im Moment nicht besonders viel. Nein, hol mir Emily. Sie macht ja optisch durchaus was her, und nach diesem öden Abend steht mir der Sinn eindeutig nach den Freuden eines noch unverbrauchten Opfers."

„Dann stell dich mal auf eine Herausforderung ein. Du hast hier nichts, was du nutzen könntest, um sie zu manipulieren. Außerdem scheint sie sich auch nicht leicht einschüchtern zu lassen. Und es kann gut sein, dass sie schon eine Ahnung hat, was auf sie zukommt, da hilft dir also nicht einmal der Überraschungseffekt. Die beiden Grazien haben nämlich ziemlich lang gebraucht, nur um ein paar Gläser aufzufüllen, und als sie wieder herausgekommen sind, hat Emily dich sehr eigenartig angesehen. Ich vermute mal, dass Lisa geplaudert hat."

„Gut zu wissen. Ein wenig unerfreulich, aber nicht weiter tragisch. Und stimmt, was wir über sie wissen, gibt nichts her. Kümmer dich darum, dass sie ihre Entscheidung nochmal revidieren wird, falls sie sich von mir nicht überzeugen lässt."

„Ist bereits in die Wege geleitet. Du kannst dir sicher sein, dass sie sich dazu entschließen wird, hierzubleiben."

„Ausgezeichnet. Dann treffen wir uns in ein paar Minuten oben."

Während Massimo über die Freitreppe nach oben ging, begab Dante sich in den Salon, wo Miss Carlyle die Damen schon Aufstellung beziehen hatte lassen, damit er das übliche Trinkgeld verteilen konnte. Aus der Innentasche seines Sakkos zog er einen dünnen Stapel Kuverts und legte jedem Mädchen eines davon auf ihr Serviertablett. Es waren jedoch nur sieben Kuverts.

„Du bekommst dein Kuvert von Mister Scordato persönlich", teilte er dem neuen Mädchen mit. „Er erwartet dich oben. Die anderen können sich umziehen gehen."

Bis auf Emily verschwanden alle eilig, ganz offensichtlich froh, dass dieser Kelch heute an ihnen vorübergegangen war.

„Wieso möchte Mister Scordato mich sehen?", fragte sie leicht verunsichert.

„Das erfährst du, sobald wir bei ihm sind."

Das Mädchen war sichtlich unzufrieden mit dieser Antwort, aber immerhin clever genug, ihn nicht weiter damit zu nerven. Er bedeutete ihr, mit ihm zu kommen, wobei er sie vorangehen ließ, damit er sie im Auge behalten konnte. Zum Zeitvertreib studierte er sie interessiert, während sie so vor ihm herlief, wobei ihm auffiel, dass ihre Bewegungen eindeutig nicht mehr so geschmeidig waren, wie bei ihrem Eintreffen. Was freilich nicht weiter überraschend war. Wenn man gezwungen war, stundenlang auf solchen Absätzen herumlaufen, taten einem gewiss die Füße weh.

Warum Frauen sowas freiwillig anzogen, und welch große Leidenstoleranz manch eine bei Schuhen entwickelte, blieb ihm dabei ein Rätsel. Schön wäre es, das Ganze mit Masochismus erklären zu können, nur endete der Dantes Erfahrung nach, sowie es nicht mehr um Schuhe ging. Sobald man ihnen ein wenig auf den Zahn fühlte, entpuppten sich die Damen meist äußert schnell als ziemlich wehleidig, und davon, dass eine das jemals genossen hätte, konnte sowieso nicht die Rede sein. Also, nein, Masochismus war kein brauchbares Erklärungsmodell.

Eine andere Theorie wäre, dass Frauen sich in Schuhe derart verlieben konnten, dass sie deshalb bereit waren, das auf sich zu nehmen. Bei seinem Job erlebte er am laufenden Band, wozu Frauen sich überreden ließen, wenn sie überzeugt waren, dass Liebe im Spiel war. Von Prostitution über Drogenhandel bis Beihilfe zum Mord war da wirklich alles dabei.

Möglicherweise gar keine so schlechte These, nur leider brachte sie Dante nichts. Es war mehr als unwahrscheinlich, dass sich jemals eine Frau Hals über Kopf so in ihn verlieben würde, dass er alles von ihr verlangen könnte, denn so etwas passierte nun mal nicht von allein. Sicher, mit etwas Ehrgeiz hätte er dagegenhalten können, was diese kleinkriminellen Wixer konnten, die damit ihr Geld verdienten, das konnte er schon lange, aber genau das war der Punkt: Ihm fehlte hierbei jeglicher Ehrgeiz. Schon allein bei der Vorstellung, wie viel Mühe es bereiten würde, einer Frau glaubhaft zu machen, dass er sie wirklich liebte, schliefen ihm die Füße ein. Nein, das wäre eindeutig ein zu aufwändiges Experiment, nur um herauszufinden, ob sich sein Versuchskaninchen dann von ihm genauso bereitwillig quälen lassen würde, wie von seinen Schuhen. Da blieb er doch lieber beim Status quo, der ja im Prinzip ganz in Ordnung war. Denn bereitwillig oder nicht, solange die Damen mitmachten, und das taten sie letztlich immer, war dafür gesorgt, dass er auf seine Kosten kam.

Oben angekommen lotste Emilys Begleiter sie zur dritten Tür auf der linken Seite der Galerie. Er klopfte einmal an, öffnete die Tür, und bedeutete Emily einzutreten.

Der Raum war nur spärlich beleuchtet, das meiste Licht kam von einem riesigen Fernseher, auf dem gerade ein Videospiel lief, ein Ego-Shooter, aber nicht fotorealistisch, sondern gezeichnet. Mitten auf dem Bildschirm tobte gerade eine seltsame, feuerspuckende Kreatur, die irgendwie an einen Höllenhund erinnerte. »Badass Fire Skag« war darüber zu lesen, in der Zeile darunter ein halbvoller, roter Balken.

Drei Magazine und vier Handgranaten später war der rote Balken verschwunden, und das Vieh ging zusammen mit einem aus ihm herauskommenden Regen von Gegenständen zu Boden. Erstaunlich, wie viel Geld und Munition und anscheinend sogar ganze Waffen so ein Höllenhund mit sich herumtrug. Der musste zuvor wohl schon einige Abenteurer gefressen haben.

Scordato erhob sich von der zweisitzigen Ledercouch und übergab den Controller an seinen Sicherheitchef, damit er das System herunterfuhr und abdrehte, während er endlich seine Aufmerksamkeit Emily zuwandte. Doch anstatt etwas zu sagen, musterte er sie nur nachdenklich.

„Guten Abend, Sir. Ich bin Emily Monroe", ergriff Emily vorsichtig die Initiative, als sich das Schweigen in die Länge zog. „Sie wollten mich sprechen?"

„Wo hast du das denn her?", fragte Scordato überheblich mit einem ziemlich höhnischen Grinsen, das sein schönes Gesicht gleich viel weniger anziehend machte.

Verwirrt wanderte Emilys Blick zu Napolitani, der vor der Tür Stellung bezogen hatte.

„Aber Ihr Mitarbeiter hat doch ..."

„... sicher nicht gesagt, dass ich mich mit dir unterhalten möchte", fiel Scordato ihr ins Wort. „Konversation steht auf der Liste von Dingen, die ich mit dir machen möchte, ganz weit unten. Erst recht, nachdem du gerade demonstriert hast, dass du sowieso nicht richtig zuhörst. Oder aber du bist schlichtweg dumm wie Brot, wenn du nicht mal fähig bist, einen einzelnen, simplen Satz zu behirnen, beziehungsweise ihn dir fünf Minuten zu merken."

„Er hat gesagt, dass ich mein Kuvert von Ihnen persönlich bekommen würde und sie mich oben erwarten", zitierte Emily spitz.

Diese Beleidigung würde sie nicht auf sich sitzen lassen.

„Aber angesichts Ihrer geringen Meinung von mir hat sich das mit dem Trinkgeld vermutlich erübrigt und ich sollte jetzt gehen."

„Sieh an, sie ist ja gar nicht so blöd", wandte Scordato sich an seinen Angestellten, der unverändert mit der Massivität eines Findlings den Ausgang blockierte.

Das sich plötzlich einstellende Bewusstsein, dass sie diesen Raum nicht eher verlassen würde, als es Mister

Scordato genehm war, verursachte Emily ein flaues Gefühl im Magen. Zumal ihr schön langsam klar wurde, warum Lisa diesen Mann so verabscheute. Die Galantheit, die er kurz zuvor noch seinen Gästen entgegengebracht hatte, sowie die Korrektheit dem Personal gegenüber, waren nicht einmal mehr zu erahnen, offenbar nichts weiter als eine hübsche Fassade.

Der Blick, mit dem er sie nun dagegen ansah, verhieß definitiv nichts Gutes. Offenbar malte er sich gerade lebhaft irgendwas aus. Etwas, das bei ihr bestimmt keine Begeisterung hervorrufen würde, wenn sie seine Mine richtig deutete. Wobei ihr Missfallen mit hoher Wahrscheinlichkeit schon der halbe Spaß an der Sache für ihn war.

„Nein, du kannst bleiben", entschied Scordato mit herablassender Großmütigkeit. „Vielleicht sogar etwas länger."

Das flaue Gefühl in ihrem Magen verdichtete sich zu einem Knoten. Auf einer Arschlochskala von eins bis zehn hatte der Typ sich mit wenigen Sätzen von null weg bereits mindestens eine Sieben verdient. Und die Maske des höflichen, zuvorkommenden Geschäftsmannes fing mit Sicherheit gerade erst an zu bröckeln, da war gewiss noch viel Luft nach oben.

„Nachdem du ja doch zuhören und einfache Anweisungen verstehen kannst, könntest du dir zu deinem Trinkgeld noch etwas dazuverdienen."

Aber unbedingt, wer könnte ein derartiges Angebot ausschlagen, wenn man schon so nett gefragt wird?

Scordato ging zu seinem Schreibtisch, zog die oberste Lade auf, und holte ein Bündel Geldscheine heraus.

„Eins, zwei, drei, vier, fünf, sechs, sieben, acht, neun, zehn", zählte er die Hundertdollarscheine auf dem Weg zurück zu Emily, um sie ihr dann provokant vor die Nase zu halten. „Tausend Dollar, wenn du ein paar Überstunden machst, und den Rest der Nacht hierbleibst."

Emily schnaubte abfällig.

„Danke, aber ich verzichte. Kann ich jetzt gehen?"

„Reagierst du immer so ungehalten, wenn dir jemand ein lukratives Jobangebot macht? Wieso diese Eile? Du hast heute Nacht ja wohl keinen Termin mehr, schließlich habe ich Open-End bei der Agentur gebucht."

„Ich möchte die anderen nicht warten lassen", erklärte Emily knapp, denn sie hatte wirklich keine Lust, das ausführlicher mit ihm zu diskutieren.

„Die warten sowieso nicht auf dich", stellte Scordato jedoch lapidar fest.

„Wie bitte? Sie haben Miss Carlyle gesagt, dass sie nicht auf mich warten muss, noch bevor Sie mich gefragt haben, ob ich bleiben möchte?"

„Nein, das habe ich nicht. Aber Miss Carlyle weiß, dass die Mädchen generell länger bleiben, wenn ich sie zu mir heraufbitte. Ich meine, machen wir uns doch nichts vor, keine von euch würde in so einem Fummel herumlaufen, wenn sie das Geld nicht dringend brauchen würde. Da sagt man zu tausend Dollar extra dann auch nicht nein. Wie lang musst du sonst für so viel schuften? Vier Wochen? Fünf Wochen?"

„Drei", korrigierte Emily verärgert. „Und es ist mir verdammt nochmal egal, wie es generell läuft, ich habe keinerlei Ambition hierzubleiben, nur weil Sie mir tausend Dollar dafür anbieten."

„Drei Wochen", überlegte Scordato laut, ohne auf ihre launige Abfuhr einzugehen. „Okay, ich mach dir folgendes Angebot: tausend Dollar fix, wenn du bis in der Früh bleibst, und nochmal vierhundert Trinkgeld oben drauf, wenn du deine Aufgaben zu meiner Zufriedenheit erledigst. Dann hast du in einer Nacht einen ganzen Monatslohn verdient."

„Hallo? Haben Sie mir nicht zugehört? Ich will ihr dreckiges Geld nicht, von mir aus können sie es sich sonst wo hinstecken. Und es ist mir egal, wie viel sie drauflegen. Ich bin Kellnerin, keine Hure!"

Wahrscheinlich würde sie doch Hausverbot bekommen, aber pfeif drauf, davon war nicht die Rede gewesen, als sie diesen Job angenommen hatte.

Einen Moment sah Scordato sie verblüfft an, ehe er in Gelächter ausbrach.

„Ist sie nicht herzig?", wandte er sich erneut an Napolitani. „Erst meint sie, ich hätte sie eingeladen, um mich mit ihr nett zu unterhalten, und nun glaubt sie auch noch, ich wolle mit ihr schlafen."

Napolitani stimmte in das Gelächter mit ein, und zog damit Emilys Aufmerksamkeit auf sich. Erneut stieg bei seinem Anblick vor der Tür ein beklemmendes Gefühl in ihr hoch. Der Raum bot so viele einladende Fleckchen, auf die man sich hätte stellen können, aber nein, er stand groß und breit mitten vor der Tür. Die Botschaft war so eindeutig, sie wäre nicht mehr aufgefallen, wenn er sie auf ein Schild geschrieben hätte:

Du kommst hier nicht raus.

So gut es ging drängte Emily den Schrank vor der Tür aus ihrem unmittelbaren Bewusstsein, um ihre volle Aufmerksamkeit wieder auf seinen Chef lenken zu können. Gegen ihn musste sie sich durchsetzen, dann würde sein Handlanger ihr auch keine Probleme mehr bereiten.

„Wagen Sie es ja nicht, es so darzustellen, als ob ich etwas von Ihnen wollen würde. Schließlich haben Sie mir das Geld angeboten."

„Sicher habe ich dir Geld angeboten, das ist so üblich, wenn jemand für einen arbeitet. Ansonsten nennt man das nämlich Sklaverei. Aber von Sex ist nie die Rede gewesen, zumindest nicht, bis du damit angefangen hast. Keine Ahnung, wie du darauf kommst."

„Ihnen eilt ein gewisser Ruf voraus."

Scordato grinste mit dem Charme eines Haifischs und streckte einen Arm mit offener Handfläche zu seinem Angestellten aus.

„Wir haben da eine stehende Wette", erklärte er ganz beiläufig. „Wenn die Mädels dichthalten, muss ich zahlen, wenn eine aus dem Nähkästchen plaudert, zahlt Dante."

Gratulation zur Verleihung einer Acht auf der Arschlochskala.

Mit einem knappen Schulterzucken und einem flüchtigen Ausdruck, der wohl als: ‚Tja, Pech gehabt, kann man nichts machen', gedeutet werden konnte, griff Napolitani in die Innentasche seines Sakkos, zog einen Hundertdollarschein heraus und übergab ihn ungerührt an seinem Boss. Offenbar war sein Job als Sicherheitchef besser bezahlt, als man annehmen würde. Oder aber die Frauen waren alle derart von ihm eingeschüchtert, dass es nur äußerst selten vorkam, dass er zur Kasse gebeten wurde.

Den Geldschein zwischen seinen Fingern drehend kam Scordato wieder zu ihr.

„Zurück zum Thema: Sehe ich etwa aus wie ein Mann, der für Sex bezahlen müsste?", fragte er provokant, als er dicht vor ihr stand.

„Nein", räumte Emily ein, während der angenehme Duft seines Rasierwassers ihre Sinne betörte, denn dass er attraktiv wirkte, konnte sie ihm nicht absprechen.

Zumindest, solange er den Mund hielt.

„Was aber noch lange nicht heißt, dass Sie es nicht trotzdem tun", setzte sie spitz nach. „Sie können es sich ja offenbar leisten."

Wieder dieses unheimliche Grinsen.

Dann wandte er sich unvermittelt von ihr ab und schlenderte zu seinem Schreibtisch.

„Ich weiß ja nicht, was Lisa dir erzählt hat, aber alles, was ich von dir erwarte ist, dass du noch ein paar Stunden bleibst und meine Anweisungen befolgst."

Er ließ sich in seinen Drehsessel fallen.

„Und nein, ich werde dich nicht anweisen, mit mir irgendwelche sexuellen Handlungen auszuführen."

Emily musterte ihn argwöhnisch.

„Sicher, Sie zahlen mir über tausend Dollar, nur damit ich ein paar Stunden ein Tablett herumtrage."

„Warum nicht? Wie du richtig festgestellt hast, ich kann es mir leisten. Im Vergleich dazu, was mich der restliche Abend schon gekostet hat, sind das bloß noch Peanuts. Das ist mir ein wenig Entspannung nach solchen Veranstaltungen allemal wert. Außerdem werden deine Aufgaben doch ein bisschen anspruchsvoller sein als im offiziellen Teil des Abends", räumte Scordato ein. „Das soll dir entsprechend abgegolten werden."

Emily war verunsichert. Ohne Zweifel war er ein Arschloch, aber das machte ihn nicht automatisch zum Lügner. Vor allem erweckte er nicht im Geringsten den Eindruck, dass er annahm, sich solcher Methoden bedienen zu müssen. Dafür war er viel zu sehr von sich selbst überzeugt.

Einen Augenblick war Emily fast versucht, es sich ungeachtet seines Auftretens doch anders zu überlegen und auf sein Angebot einzusteigen. Die Gelegenheit war zugegebenermaßen verlockend, und he, viele Leute hatten einen Widerling als Boss, da musste man manchmal eben einfach durch.

Bloß, ihr Instinkt warnte sie eindringlich davor. Diesem Mann war nicht zu trauen, selbst wenn er ihr nicht plump ins Gesicht log.

Unsicher sah Emily sich um. Ihr Gefühl sagte ihr, dass sie am Ende der Nacht feststellen würde, dass es das nicht wert gewesen war.

„Es tut mir leid, dass ich Ihnen eindeutige Absichten unterstellt habe", gab Emily sich reuig, „das ist offenbar unangebracht gewesen."

Ihr Gegenüber lächelte zufrieden.

Freu dich mal nicht zu früh.

„Trotzdem würde ich jetzt gerne nach Hause fahren. Der Abend war lang, ich bin schon ziemlich müde, und ehrlich gesagt kann ich es kaum erwarten, aus diesen Schuhen herauszukommen. In meinem Zustand hätten Sie bestimmt nicht mehr viel Freude mit mir, und ich kann es mir nicht leisten, für die Reinigungskosten aufzukommen, wenn ich im Stehen einschlafe und Ihren teuren Rotwein auf den gewiss noch teureren Teppich schütte."

„Darüber brauchst du dir keine Gedanken zu machen", wischte Scordato ihren Einwand beiseite, „der Zustand meiner Einrichtung soll allein meine Sorge sein. Und du musst die Schuhe nicht anbehalten."

„Das ist sehr freundlich von Ihnen", versuchte Emily es weiter auf die handzahme Art, vielleicht hatte sie damit ja mehr Erfolg als mit dem Konfrontationskurs, den sie zuvor gefahren war. „Aber ich möchte heute wirklich einfach nur noch in mein Bett fallen und schlafen."

Als keiner der beiden Männer auch nur irgendeine Reaktion zeigt, fügte Emily zaghaft hinzu:

„Kann ich jetzt gehen?"

Sein Lächeln saß noch immer perfekt, aber seine Stimme bescherte ihr eine Gänsehaut, als Scordato antwortete:

„Natürlich kannst du gehen, wenn du dir sicher bist, das Angebot nicht annehmen zu wollen. Das ist ganz allein deine Entscheidung. Niemand hält dich hier gegen deinen Willen fest."

Reizend.

Schon allein die Tatsache, dass er das ausdrücklich für erwähnenswert hielt, ließ es Emily kalt den Rücken herunterlaufen.

„Dann gehe ich jetzt. Ich wünsche Ihnen noch eine gute Nacht, Sir", verabschiedete sie sich förmlich und wandte sich zum Gehen.

Nur um festzustellen, dass dieser Felsen von einem Mann nach wie vor die Tür blockierte und keinerlei Anstalten machte, sie durchzulassen.

Scheiße.

„Eins noch", meldete sich Scordato hinter ihr nochmals zu Wort. „Wenn du durch diese Tür gehst, ist das Angebot, das ich dir gemacht habe, null und nichtig. Solltest du es dir danach doch noch anders überlegen, dann lautet das neue Angebot bloß noch vierhundert Dollar fix mit der Option auf einen Tausender als Trinkgeld, wenn du deinen Job wirklich gut machst. Aber du kannst dich schon mal darauf einstellen, dass ich dann wesentlich weniger leicht zufriedenzustellen sein werde, als wenn du gleich bleibst."

„Warum sollte ich es mir anders überlegen?", fragte Emily argwöhnisch, während sie sich langsam wieder umdrehte.

Diese Anmerkung hatte er bestimmt nicht ohne Grund eingeworfen. Vermutlich hatte er noch ein Ass im Ärmel, das er nun ausspielen würde. Womit ihr Bauchgefühl wieder einmal rechtbehalten hätte.

„Naja, du hast gesagt, du bist müde, und der Weg in die Stadt ist weit. Du kannst dich darauf einstellen, es frühestens bis zum Morgengrauen zurück zu schaffen. Sofern du jetzt gleich losmarschierst, zügig gehst und du dich unterwegs nicht verläufst auf den unbeleuchteten Landstraßen. Die Beschilderung ist leider ganz schlecht, und der Handyempfang ebenfalls."

„Sie glauben doch nicht ernsthaft, dass ich nach Hause laufen werde?"

„Nachdem ich nicht ernsthaft glaube, dass du fliegen kannst, nehme ich schon an, dass du laufen wirst. Naja, vermutlich eher gehen, da du wohl nicht in Turnschuhen hergekommen bist und du jetzt schon über die Absätze klagst. Aber jedenfalls zu Fuß. Wenn du bis in der Früh bleiben würdest, könnte ich jemanden beauftragen, dich nach Hause zu bringen, doch um diese Zeit lässt sich da leider nichts machen."

„Als jemand, der einen Chauffeur hat, haben sie es vielleicht noch nicht gehört, aber es gibt schon lange eine tolle Erfindung, die nennt sich Taxi."

„Doch, davon habe ich gehört. Nur weiß ich nicht, was so toll daran sein soll, rund eine Stunde an einer stockfinsteren Landstraße in der Kälte darauf warten zu müssen, dass einen jemand abholen kommt. So du es überhaupt schaffst, eines hier her zu bestellen."

„Vielen Dank für den Hinweis", antwortete Emily bissig, „aber ich bevorzuge es, mein Glück zu versuchen."

„Es ist deine Entscheidung", erwiderte Scordato, scheinbar geschlagen, aber mit einer unterschwelligen Siegessicherheit, die Emily gar nicht schmeckte.

Eine kleine Geste von ihm und – Sesam öffne dich – der Felsen gab die Tür frei.

„Ich begleite dich hinaus", erklärte Napolitani und bedeutete ihr, voranzugehen.

„Emily", rief Scordato ihr erneut hinterher, als sie bereits durch die Tür ging.

Gab der Typ denn niemals Ruhe?

Sie wandte sich ihm halb zu, ohne dass ihre Füße die Richtung änderten. Sie würde jetzt gehen, egal was er sagte.

„Bist du schon mal im Casino gewesen?"

„Ja. Wieso?"

Der Kerl nervte echt.

„Dann solltest du ja wissen, wie es beim Glücksspiel läuft. Das Haus gewinnt am Ende immer. Man tut gut daran auszusteigen, bevor der Einsatz zu hoch wird."

Emily schüttelte den Kopf und stapfte wenig damenhaft davon. Hinter sich hörte sie Scordato lachen.

„Wir sehen uns", schallte es ihr nach, ehe die Tür sich schloss und endlich Ruhe war.

5

Von ihrem Aufpasser eskortiert, marschierte Emily zurück zur Garderobe. Höchste Zeit, sich vom Acker zu machen. Der Typ hatte sie ja nicht alle. Was jetzt zwar nicht wirklich überraschend kam, aber dass er sich so unverhohlen als der Mistkerl präsentieren würde, der er tatsächlich war, das hätte sie nun doch nicht erwartet. Weshalb sie auch noch immer misstrauisch war, ob er sie tatsächlich so einfach ziehen lassen würde. Momentan schien es zwar so, aber glauben würde sie das erst, wenn sie wirklich draußen war.

Immerhin war sie inzwischen schon bei der Garderobe angelangt. Schwungvoll riss sie die Tür auf – und erstarrte.

„Was zum Teufel ist den hier passiert?", fragte sie entsetzt.

„Es tut mit furchtbar leid, Signora", stammelte ein äußerst blass aussehendes Hausmädchen, „ich bin irgendwie rückwärts dagegengestoßen, und dann ist alles umgefallen ..."

Doch Emily hörte ihr bloß mit halbem Ohr zu, während sie bestürzt ihr klatschnasses Gewand in der Lacke am Boden anstarrte. Der Garderobenständer lag darüber, daneben kugelte ein leerer Kübel herum.

Sie hockte sich hin und hob fassungslos den Mantel hoch, als ihr etwas bewusst wurde. Die Sachen waren alle komplett durchtränkt, auch die, die oben auf lagen. Außerdem war das Wasser anscheinend völlig klar gewesen, es war weder Seife noch Dreck zu sehen. Und warum hatte der Kübel eigentlich nicht in dem dafür vorgesehenen Platz auf dem Putzwagen gestanden? Entweder die Gute machte ihren Job heute zum allerersten Mal, oder das Ganze war schlicht kein Unfall gewesen.

Bedachte man, wer hier der Hausherr war, was für eine seltsame Uhrzeit das zum Aufwaschen war und wie beschämt und schuldbewusst das Hausmädchen sie ansah, war Emily absolut sicher, dass letzteres zutraf. Ihr Bauchgefühl hatte ihr gleich gesagt, dass Scordato vorhin viel zu leicht kleinbeigegeben hatte, und auf ihren Bauch war fast immer Verlass.

Leider half ihr das Wissen, dass Scordato durchaus auch mit gezinkten Karten spielte, um sicherzugehen, dass das Haus auf jeden Fall gewann, wie er das so schön ausgedrückt hatte, nicht im Mindesten weiter. Er hatte Fakten geschaffen, die sich nun nicht mehr ändern ließen. Und es würde sie schwer wundern, wenn sein Mann fürs Grobe in dieser Situation als Ritter in schillernder Rüstung auftreten und sie retten würde.

Unversucht lassen würde sie es aber trotzdem nicht, von ihm Hilfe zu verlangen. Sie ließ den klatschnassen Mantel fallen und baute sich vor Napolitani auf. Die Hände in die Hüften gestemmt, sah sie ihn fordernd an. Er sollte bloß nicht auf die Idee kommen, dass sie so wie all die anderen vor ihm kuschen würde.

„Und was machen wir jetzt, da Ihr Hausmädchen mein Gewand ruiniert hat?"

Unbeeindruckt warf er an ihr vorbei einen Blick auf das Malheur am Boden.

„Nicht, dass ich mich mit Klamotten groß auskennen würde, aber ruiniert scheint mir doch maßlos übertrieben zu sein. Natürlich kommen wir für die Reinigung auf, wenn du das möchtest. Ich bin mir sicher, dass Maria sich gleich darum kümmern wird, damit bis in der Früh wieder alles gewaschen und trocken ist."

„Selbstverständlich, Signore", versicherte das Hausmädchen eilig.

„Und was soll ich bis dahin anziehen?", fragte Emily leicht genervt, doch der Typ zuckte nur unbehelligt mit den Schultern.

„Woher soll ich das wissen? Aber das Kostüm musst du jetzt jedenfalls ausziehen, damit wir es zeitgerecht an den Verleih retournieren können."

„Na wenn Sie es nicht wissen, dann mach ich Ihnen einen Vorschlag: Ich geh mir dieses lächerliche Kostüm ausziehen, und Sie machen sich inzwischen auf und suchen mir was zum Anziehen. Irgendetwas wird sich doch wohl finden lassen in diesem riesigen Haus. Ich nehme es auch gern eine Nummer größer, falls sie nichts genau Passendes auftreiben können, ich bin da nicht so anspruchsvoll."

„Habe ich Butler auf der Stirn stehen?"

„Sie haben doch gesagt, Sie wären für alles verantwortlich, was in diesem Haus vor sich geht", konterte Emily bissig.

„Ach so, du willst also, dass jemand die Verantwortung dafür übernimmt. Soll ich das Hausmädchen vielleicht für dich auspeitschen, als Strafe für ihre Schusseligkeit?"

Emily sah ihn entgeistert an. Selbst als Scherz war das so abseitig, dass sie kaum glauben konnte, dass er das wirklich gesagt hatte.

Es war doch ein Scherz gewesen?

Okay, er nahm sie sicher bloß auf den Arm, denn das konnte unmöglich sein Ernst sein.

Nur, das Hausmädchen schien sich dessen keineswegs so sicher zu sein, denn sie war schlagartig noch mehr erbleicht.

„Ich will keine Schuldzuweisungen, ich will etwas zum Anziehen", wiederholte sie ihre Forderung nachdrücklich.

„Na wenn das so ist, gibt es für mich ja keinen Handlungsbedarf."

„Wollen Sie mich verarschen?!", fuhr Emily ihn an.

Schön langsam riss ihr echt der Geduldsfaden.

„Sie erwarten von mir, dass ich mit dem Finger auf diese arme Frau zeige, die bestimmt ohnehin nur getan hat, was ihr aufgetragen worden ist, und verlange, dass Sie sie auspeitschen, damit ich etwas zum Anziehen bekomme?"

„Das hast du dir zusammengereimt. Ich erwarte gar nichts von dir. Von mir aus kannst du gern einfach das Kostüm ausziehen und endlich verduften. Hauptsache, du hörst auf, weiter meine Zeit zu verschwenden."

„Ach so, warum haben Sie das denn nicht gleich gesagt?", erwiderte Emily mit aufgesetzter Erleichterung, die nun deutlich ins Sarkastische kippte. „Dass ich die freie Wahl zwischen Pest und Cholera habe!"

„Genau genommen ist die erste Option, ihr die Pest an den Hals zu wünschen", meinte er süffisant, mit einem dezenten Fingerzeig auf das Hausmädchen.

Emily seufzte resigniert. Das konnte doch alles nicht wahr sein. Aber schön langsam sah sie ein, dass sie sich an diesem Kerl die Zähne ausbeißen würde. Keine Chance, dass der ihr auch nur einen Millimeter entgegenkam.

„Sie soll die Sachen mitnehmen", gab Emily klein bei. „Ich werde hierbleiben."

Was sollte sie auch anderes tun? Wenn Mister-Nice-Guy beabsichtigte, sie umgehend nackt vor die Tür zu setzten – und sie hatte inzwischen keinen Zweifel mehr, dass er das wirklich machen würde – dann war auf ein Taxi warten sowieso keine Option mehr.

„Oh, Madame will nun doch bleiben. Reichlich späte Einsicht. Du hättest besser daran getan, dich schon oben dafür zu entscheiden."

„Ja, schon gut", meinte Emily gereizt, „bringen Sie mich nun hinauf oder nicht?"

Doch er schüttelte den Kopf.

„Noch nicht."

Enerviert sah sie ihn an.

„Das Kostüm", erinnerte er sie knapp.

Emily sah sich kurz um, aber der Raum bot keinerlei Rückzugmöglichkeit.

„Hätten Sie die Güte, sich umzudrehen?"

„Nein."

Kopfschüttelnd begann sie sich auszuziehen. Hatte sie ernsthaft etwas anderes erwartet?

Sie warf die Teile des Kostüms eines nach dem anderen in eine große Schachtel, die er ihr hinhielt. Als sie fertig war, schloss er die Schachtel mit dem zugehörigen Deckel und stellte sie beiseite.

„Jetzt können wir gehen", verkündete er.

„Moment, was ist nun mit etwas zum Anziehen für mich?", protestierte Emily.

„Brauchst du nicht."

„Sie erwarten von mir, dass ich so herumlaufe?", fragte sie empört, denn sie war splitterfasernackt.

Ein leichtes Grinsen spielte um seine Lippen, als er großmütig anbot:

„Ich kann dir ein Paar Stöckelschuhe besorgen, damit du keine kalten Füße bekommst."

„Danke, aber ich verzichte", lehnte sie verächtlich ab.

Sie war gerade so froh gewesen, endlich aus diesen unsäglichen Schuhen herauszukommen. Ihre Ballen brannten jetzt schon höllisch, sie hatte nicht vor, sich das noch länger anzutun, wenn es sich irgendwie vermeiden ließ. So kalt würde der Boden schon nicht sein.

„Ganz wie du willst."

Er hielt ihr die Tür auf.

„Lass uns gehen."

Misstrauisch sah Emily ihn an, als sie bei ihm vorbeiging. Irgendwie klang er ihr einen Tick zu selbstzufrieden. Hätte sie die Schuhe vielleicht doch nehmen sollen?

6

„Sieh an, wer wieder da ist", empfing Scordato sie, ohne auch nur einen Blick zu der sich öffnenden Tür zu werfen, um zu verifizieren, wer da hereinkam. Er hatte wieder vor seiner Spielkonsole Platz genommen. Diesmal drückte er allerdings gleich auf Pause und kam zu ihr.

„Ich wusste, du würdest es dir anders überlegen."

„Sie haben mir ja auch keine Wahl gelassen."

„Ich weiß nicht, wovon du sprichst", gab er sich unschuldig.

„Natürlich nicht."

„Dann sind wir uns also einig? Du bekommst ein Honorar von vierhundert Dollar, dafür bleibst du bis in der Früh hier und erfüllst mir jeden Wunsch."

„Könnten Sie Ihre Erwartungen vielleicht etwas genauer umreißen?"

„Ich erwarte, dass du alles tust, was ich will, und keine blöden Fragen stellst."

„Nur damit das klar ist, ich werde aber *keinesfalls* mit Ihnen schlafen."

Er grinste sie seltsam an.

„Wenn du dir sicher bist, dass du dir das entgehen lassen willst …"

„Kein Sex!", wiederholte Emily nachdrücklich. „Auch kein Blasen, keine Handarbeit, oder was Ihnen sonst dazu einfällt."

Er wäre zwar keineswegs ihr erster One-Night-Stand gewesen, und rein optisch bei weitem nicht der schlechteste, aber da er absolut nichts vorzuweisen hatte, was in Emily Begehren geweckt hätte, konnte er sie mal kreuzweise.

„Okay", stimmte er überraschenderweise ohne weitere Diskussion zu, und legte die Hand vor den Schritt seiner Smokinghose. Er hatte sich nicht umgezogen, nur Jacke und Schleife abgelegt und die obersten Knöpfe des Hemds geöffnet.

„Ich werde mein bestes Stück in deiner Gegenwart ganz artig in der Hose lassen."

Er hielt ihr die andere Hand hin.

„Also, sind wir uns einig?"

Seine Haltung ließ Emily unwillkürlich an die Karikatur eines Schwurs denken. Verhalten streckte sie ihm ihre Hand hin. Zwar schrillten sämtliche Alarmglocken bei ihr, dass dem Kerl nicht zu trauen war, aber was sollte sie machen? Wenn sie nicht nackt vor der Tür landen wollte, hatte sie wohl keine andere Wahl.

„Ja", stimmte sie wenig enthusiastisch zu.

Mit einem festen Händedruck besiegelte Scordato ihren Pakt.

„Gut. Wir fangen mit einer kleinen Einschulung an, damit du weißt, was Sache ist. Die Regeln sind äußerst einfach: Du tust, was ich sage. Punkt. Hast du das verstanden?"

„Natürlich, ich bin ja nicht blöd."

Er grinste sie süffisant an.

„Nein, aber recht widerspenstig. Und da wir bereits festgestellt haben, dass du, nun sagen wir mal, mit reichlich verhaltener Begeisterung dabei bist, fangen wir erst einmal damit an, dir eine Motivation für zufriedenstellendes Betragen zu geben. Denn nur, damit das gleich klar ist, ich werde nicht noch einmal so geduldig wie vorhin darauf warten, dass du die richtige Entscheidung triffst."

Auf ein knappes Nicken von ihm öffnete Napolitani eine zweiflügelige Glastür auf der Fensterseite, die auf einen kleinen, halbrunden Balkon führte, der von schlicht gearbeiteten Gitterstäben gesäumt wurde. Ein eisiger Windstoß fuhr ins Zimmer, der Emily in ihrem Evakostüm augenblicklich eine Gänsehaut bescherte.

„Sag bloß, dir ist jetzt schon kalt? Du warst doch noch nicht einmal draußen."

Schockiert starrte Emily Scordato mit großen Augen an.

„Sie erwarten nicht wirklich von mir, dass ich da hinaus gehe?!"

„Vielleicht bist du doch nicht so schlau wie ich gedacht habe, wenn du nicht mal eins und eins zusammenzählen kannst", befand Scordato herablassend. „Na schön, dann nochmal die deppensichere Variante: Du gehst jetzt da raus und wartest brav, bis ich dich wieder hereinhole."

„Sind Sie irre? Da draußen wird es kaum null Grad haben!"

„Minus zwei, um genau zu sein. Aber mit dem Wind fühlt es sich wohl eher wie minus fünfzehn an."

„Ist das jetzt Ihre Rache, weil ich nur geblieben bin, damit ich eben nicht raus in die Kälte muss?"

„Nein. Das ist bloß eine Demonstration, damit dir auch völlig klar ist, wo du landest, wenn du deinen Teil der Abmachung nicht erfüllst. Zum Mitschreiben: Wenn du nicht spurst, schmeiß ich dich ohne weitere Diskussion raus und du kannst sehen, wo du bleibst."

„Wow, ich bin schon überzeugt gewesen, dass Sie ein echtes Arschloch sind, als ich vorhin gegangen bin, aber damit verdienen Sie auf einer zehnteiligen Arschlochskala endgültig eine astreine Zehn."

Damit entlockte sie ihm ein äußerst amüsiertes Lachen.

„Danke für die Blumen. Aber wenn du mir jetzt schon eine Zehn verleihst, solltest du die Wartezeit draußen vielleicht dazu nutzen, dich mit dem Gedanken anzufreunden, die Skala heute Nacht nach oben hin zu erweitern."

Bestürzt wich Emily ein klein wenig vor ihm zurück. Selbst unter den Leuten, die so verrückt waren, das als Kompliment zu verstehen, hätte sie bei den meisten so eine Aussage milde lächelnd als leere Drohung abgetan. Aber ihm traute sie zu, dass er wirklich ernst damit machen würde.

„Na los, wird's bald", forderte Scordato sie auf, nachdem er mit sichtlicher Zufriedenheit ihr verschrecktes Gesicht registriert hatte. „Oder muss Dante erst nachhelfen?"

Darauf wollte Emily doch lieber verzichten, also zwang sie widerstrebend ihre Beine, sich auf die Tür zuzubewegen, bis sie direkt davorstand. Napolitani lehnte neben ihr an einem der Türflügel und grinste belustigt. Wie schön für ihn, dass er das so amüsant fand.

„Sie haben die Stöckelschuhe nicht zufällig dabei", fragte sie in einem Anfall von Galgenhumor, ohne ihren Blick von der sie erwartenden eiskalten Nacht vor ihr abzuwenden.

„Sorry, Süße, die Chance hast du vertan."

„Hab' auch nicht damit gerechnet."

„Also, gehst du allein, oder soll ich dich über die Schwelle tragen?", witzelte er mit fast zärtlicher Stimme.

„Nein. Zu intim dafür, dass wir uns noch siezen."

„Ach, bei arrangierten Ehen kann das schon mal vorkommen. Aber wenn dir das nun wieder zu altmodisch ist, kannst du mich auch einfach duzen. Meinen Vornamen kennst du ja inzwischen."

„Ich würde etwas Distanz zwischen uns bevorzugen."

„Ganz wie du willst."

Aufgeschreckt wandte sie ihm den Kopf zu. Das waren exakt die gleichen Worte wie vorhin, als sie die Schuhe abgelehnt hatte.

„Darf ich meine Meinung noch ändern?"

„Du lernst erstaunlich schnell", gestand er ihr amüsiert zu. „Aber in diesem Fall ist es tatsächlich egal. Ich werde dich um keinen Deut besser behandeln, wenn du mir mit schönen Anreden schmeichelst. Es steht dir also frei, dich ohne Druck zu entscheiden. Aber nur als Tipp, Dante geht leichter von den Lippen als Mister Napolitani, wenn du am wimmern bist."

Was er nicht sagte. Das waren doch wunderbare Aussichten für die restliche Nacht.

Mit aller Willenskraft zwang Emily sich über die Schwelle.

Dante schloss die Glastür und blieb noch einen Moment davor stehen, während Massimo es sich bereits wieder auf seiner Couch vor der Spielkonsole bequem machte. Die Frage, ob Dante mitspielen wollte, sparte Massimo sich. Er kannte seinen Cousin gut genug, um zu wissen, dass das animierte Geballer für ihn nicht halb so interessant war wie die Show, die gerade auf dem Balkon ablief.

„Wie lang lassen wir sie draußen", fragte Massimo beiläufig, den Blick weiterhin auf den Fernseher gerichtet, während Dante sich einen Fauteuil so zurechtrückte, dass er sowohl zu Massimo als auch zum Balkon schaute.

„Ich sag es dir, wenn es soweit ist."

Durch die Lampe über der Tür war der Balkon gut erhellt, so dass Dante aus dem nur spärlich beleuchteten Raum ausgezeichnet beobachten konnte, wie die Ärmste draußen der Kälte zu trotzen versuchte. Zufrieden ließ er sich tiefer in seinen Sessel sinken und verfolgte aufmerksam das Geschehen.

K-k-k-kalt!

Emily hatte Wind noch nie leiden können, und das hier bestätigte sie nur in ihrer Meinung, welch widerliches Wetterphänomen dies doch war. Was hätte sie jetzt nicht für ein wärmendes Fell gegeben, denn die lächerlichen paar Härchen, die ihr Körper verbissen aufstellte, versagten mehr als kläglich darin zu verhindern, dass der Wind die Wärme von ihrer Haut fortriss.

Und dabei war der Wind noch nicht einmal das Schlimmste. Der Balkon, auf dem sie stand, war nichts weiter als ein Metallgerüst mit steinernen Bodenplatten, und die Eiskristalle, die auf dem Boden und dem Geländer schimmerten, legten nahe, dass sich sämtliche Teile des Balkons bereits auf Umgebungstemperatur abgekühlt hatten.

Warum nur hatte sie die verdammten Schuhe nicht angenommen, die Dante ihr angeboten hatte?

Das Wissen, dass dies unmöglich vorauszusehen gewesen war, tröstete sie nicht wirklich, während die Kälte wie Nägel in ihre Fußsohlen stach. Und zu allem Überfluss tänzelte sie jetzt erst wieder auf den Ballen herum, um die Kontaktfläche mit dem Boden möglichst gering zu halten. Allerdings nun ohne den Komfort eines Absatzes, der ihre Ferse stützte. Weshalb auch nicht anzunehmen war, dass sie dies lange durchhalten würde. Zumal das Klappern ihrer Zähne immer heftiger und das Zittern ihres Körpers immer unkontrollierter wurde, was diese ohnehin mühsame Übung nicht gerade erleichterte.

Wie lange hatten die beiden Psychopathen wohl vor, sie hier draußen darben zu lassen? Dass Scordato sich wieder vor seine Spielkonsole gepflanzt hatte, war jedenfalls nicht gerade als Hoffnung spendendes Zeichen zu werten. Und Dante? Der schien zwar nichts anderes zu tun, als sie reglos zu beobachten, aber das hieß auch nichts, denn das hatte er bereits den ganzen Abend über getan. Da allerdings im Stehen. Dass er sich nun ebenfalls hingesetzt hatte, war also auch kein gutes Zeichen.

„Es wird Zeit, sie wieder reinzulassen."

„Kann ich den Endgegner noch schnell fertigmachen?"

„Das hängt davon ab, ob du heute noch was von ihr haben möchtest, oder ob du die restliche Nacht damit verbringen willst, sie wieder aufzupäppeln", erklärte Dante trocken.

„Du weißt echt, wie man Leuten den Spaß verdirbt", seufzte Massimo und warf den Controller weg.

„Was soll ich machen, das bringt der Job nun mal mit sich."

„Ha, das kannst du jemand anderem erzählen. Da wird eher umgekehrt ein Schuh daraus, du hast dir doch dein liebstes Hobby zum Beruf gemacht. Schließlich warst schon als Kind ein elender Sadist."

„Sei froh, wer würde denn sonst die Drecksarbeit für dich machen?"

„Mir fällt niemand ein, dem ich das lieber anvertrauen würde. Bereit für neue Schandtaten?"

„Aber immer doch."

Gemächlich erhob sich Dante und schlenderte zur Balkontür. Anstatt sie jedoch zu öffnen, blieb er erst einmal davor stehen und betrachtete das frierende Häufchen Elend da draußen. Ihr Blick fand den seinen, unverwandt und direkt.

Interessant.

Entweder war sie einfach zu stolz, um zu betteln, oder aber helle genug, bereits durchschaut zu haben, dass das bei ihm vergebene Liebesmüh war.

Vorwurfsvoll, aber schweigend, starrte sie ihn an, als er die Tür schließlich öffnete, den Kiefer fest zusammengepresst, um das Zähneklappern zu unterdrücken.

„Hast du dich geschminkt, als ich kurz nicht hingesehen habe? Deine Lippen sind vorher doch rot und nicht blau gewesen", spottete er.

Sie schenkte ihm einen vernichtenden Blick, so intensiv, dass er sich sicher war, dass sie ihm an die Gurgel gegangen wäre, wenn sie sich auch nur den geringsten Erfolg dieses Vorhabens ausgerechnet hätte.

Was für ein herrlicher Anblick.

Endlich einmal eine echte Kämpferin, die nicht sofort den Kopf in den Sand steckte. Denn sobald sie begriffen hatten, was Sache war, dauerte es bei den Mädchen im Allgemeinen nicht lange, bis sie Stolz, Anstand, Prinzipien, oder was einem sonst wichtig sein könnte, sangund klanglos über Bord warfen, nur um möglichst glimpflich davonzukommen. Die meisten fingen eher früher als später zu heulen und zu betteln an.

Nicht, dass das für sie beide von Belang gewesen wäre. Dass Massimo sich niemals selber die Hände schmutzig machte, war nicht im Geringsten durch so etwas wie einen Funken Anstand begründet. Er war vielmehr genau die Art von Drecksau, die keine Hemmungen hatte, auf jemanden einzuschlagen, der schon am Boden lag. Metaphorisch gerne selber, und wenn es doch einmal handfest wurde, dann war immer noch Dante zur Stelle, um das für ihn zu erledigen.

Am Boden landen würde freilich auch diese kleine Kratzbürste heute noch, aber bis dahin würde Massimo, während er sie nach Lust und Laune nach seiner Pfeife tanzen ließ, bestimmt viel Zeit haben, diesen von ohnmächtigem Hass erfüllten Blick zu genießen, auf den er so abfuhr.

„Los, rein mit dir. Du willst ja wohl nicht, dass es drinnen genauso kalt wird wie draußen", forderte Dante sie endlich auf.

Bibbernd trat Emily ein. Es war auf jeden Fall eine Wohltat, aus dem eisigen Wind ins Haus zu kommen, aber so verdammt kalt, wie ihr war, würde ein wenig lauwarme Luft nicht reichen, um ihren Körper in absehbarer

Zeit wieder einigermaßen auf Wohlfühltemperatur zu bringen.

Wie schön wäre doch jetzt ein warmes Bad. Oder eine Sauna. Ein Solarium ... Völlig egal, Hauptsache warm und im Idealfall groß genug, ihren ganzen Körper gleichzeitig zu wärmen.

Den Gedanken: ‚Was würde ich dafür geben‘, ließ sie jedoch gar nicht erst aufkommen. Sie würde nichts davon bekommen, zumindest nicht zu einem Preis, den sie zu zahlen bereit war, davon war sie überzeugt. Stattdessen würde sie sich darauf einstellen, dass sie die nächsten Stunden nackt und unterkühlt in einem anscheinend nicht beheizten Raum verbringen würde. Denn Pessimismus war das einzige, womit sie hier mit etwas Glück weiteren bösen Überraschungen vorbeugen konnte.

Scordato, der an seinem Schreibtisch lehnte, winkte leicht mit dem Zeigefinger, damit sie zu ihm kam. Neben ihm lagen ein paar Geldscheine auf dem Tisch.

„So, ich hoffe, du bist dir nun im Klaren darüber, wo du die nächsten Stunden verbringen möchtest. Und vor allem, wo du sie bestimmt nicht verbringen möchtest.“

„Sie wissen schon, dass das Nötigung ist, was sie hier betreiben“, beschwerte sie sich, immer noch unkontrolliert zitternd.

Er lachte kurz herzhaft, lehnte sich dann aber drohend zu ihr vor.

„Und du weißt schon, dass ich dich wegen Verleumdung, übler Nachrede, Rufmord und allem, was sonst irgendwie geht, in Grund und Boden verklagen werde, wenn du das irgendwo laut aussprichst. Dann kannst du den Rest deines erbärmlichen Lebens unter einer Brücke hausen, wo es dann genauso lauschig ist, wie vorhin da draußen.“

Emily knirschte unwirsch mit den Zähnen. Da war sich ja jemand verdammt sicher, dass er reich und deshalb unantastbar war.

„Zurück zum Thema“, setzte Scordato seine ursprüngliche Rede unbehelligt fort. „Ich habe mir überlegt, dass es dir vielleicht helfen wird, deine Aufgaben mit etwas mehr Enthusiasmus zu erfüllen, wenn dein potentielles Trinkgeld für dich greifbar wird. Denn Geld, das man bereits in Händen hält, will man schließlich nicht so ohne weiteres wieder hergeben."

Er nahm die Scheine auf und fing an, sie zu einer Rolle zu drehen.

„Es gibt nur ein kleines Problem dabei, nämlich, dass du das Geld schlecht die ganze Zeit in der Hand halten kannst, das würde dich wohl doch etwas behindern, und einstecken kannst du es leider auch nirgends."

Er hielt das fertig gedrehte Bündel hoch und seufzte gekünstelt.

„Da bleibt dir wohl nur eine Möglichkeit, es bei dir zu tragen. Mach den Mund auf."

„Sie ticken ja wohl nicht richtig!", fuhr Emily ihn angeekelt an. „Ich nehme doch kein Geld in den Mund, das ist ja widerlich, wer weiß, wo das schon überall herumgekommen ist."

„Stell dich nicht so an, ist doch eh gewaschen", meinte Scordato lapidar.

„In der Waschmaschine oder in einer Strohfirma?", konterte Emily spitz.

„Willst du das wirklich wissen?", fragte er charmant. „Bei diesen zwei möglichen Antworten hast du eine Chance von fünfzig zu fünfzig, dass Dante dich danach leider erschießen müsste, wenn ich dir das erzähle."

„Sehr witzig", beschwerte Emily sich, auch wenn sie keineswegs sicher war, wie ernst er das vielleicht doch gemeint haben könnte.

„Genug der Diskussion, das wird schön langsam langweilig. Zum allerletzten Mal, entweder du gehorchst, oder du kannst dich verziehen. Und diesmal gibt es keine zweite Chance, dann landest du wie du bist auf der Straße und bleibst dort."

„Ich habe doch gesagt, dass ich bleiben will."

„Du versuchst schon wieder Zeit zu schinden. Das kann ich nicht tolerieren. Muss ich wirklich auf die kindische Methode zurückgreifen, bis drei zu zählen, damit du endlich spurst?"

„Nein, müssen sie nicht. Wenn Sie es kindisch finden, dann lassen Sie es einfach."

„Eins. Wenn du bei drei nicht getan hast, was ich von dir verlangt habe, fliegst du raus."

Finster starrte Emily ihn an. Innerlich kochte sie, aber was sollte sie machen?

„Zwei. Und ich würde dir nicht raten, es darauf ankommen zu lassen, dass ich drei sagen muss."

Seine Drohung machte Emily noch wütender, und einen Moment überlegte sie, es zum Trotz sehr wohl darauf ankommen zu lassen. Aber dann fiel ihr Blick auf Dante, auf dessen Gesicht sich, diskret aber doch, eindeutig freudige Erwartung abzeichnete.

Nein, das war die Sache vermutlich nicht wert.

Mit einem wütenden Schnauben öffnete sie den Mund. Sie hatte nicht vor zu gehen, also würde sie sich wohl oder übel letztlich doch fügen müssen. Und wenn sie Scordato damit ärgerte, es bis zum allerletzten Moment auszureizen, mochte das kurzfristig zwar befriedigend für sie sein, aber mittelfristig würde sie es bestimmt bereuen. Soviel hatte sie schon begriffen.

„Na bitte, so schwer ist es doch gar nicht", verkündete Scordato, während er ihr die Scheine zwischen die Zähne schob. „Und schön festhalten. Von allem, was herausfällt, kannst du dich nämlich auf jeden Fall verabschieden."

Am liebsten hätte Emily ihm das ganze Bündel vor die Füße gespuckt, und erklärt, dass sie sein dreckiges Geld nicht brauchte, nur würde sie das bestimmt auch nicht von dieser widerlichen Demütigung erlösen. Also ließ sie es bleiben und fügte sich mehr oder weniger in ihr Los.

Das fängt doch schon mal ganz interessant an.

Selbstzufrieden lobte sich Massimo dafür, was für einen guten Fang er hier doch heute gemacht hatte. Waren es zuletzt doch eher Lämmer gewesen, die ihm in die Falle gegangen waren, konnte er sich heute über eine richtige Wildkatze freuen. Selbst halb erfroren, wie sie angesichts ihrer Gänsehaut und der bläulichen Lippen zweifellos war, hatte diese Frau noch genug Feuer, es mit ihm aufnehmen zu wollen. Ein sinnloses Unterfangen freilich. Aber es machte einen Heidenspaß, dabei zuzusehen, wie sie es dennoch probierte.

„Weißt du, wie man Feuer macht?", fragte er, und deutete auf den offenen Kamin, als sie ihn irritiert ansah.

Nun nickte sie.

„Na dann los, sieh zu, dass es warm wird hier drinnen."

Ihr Blick lag zwischen Verwunderung und Misstrauen, als sie ihn nochmal ansah, aber dann setzte sie sich in Bewegung.

Hm, irgendwie machte es bei ihr mehr Spaß, wenn sie sprechen konnte. Die meisten hatten ja nichts Interessantes zu sagen, von daher gefiel es ihm im Allgemeinen besser, sie einfach zuverlässig zum Schweigen zu bringen. Aber bei ihr war es anders.

Was für ein seltenes Ereignis.

Es war durchaus sein Ernst gewesen, als er ihr gesagt hatte, sie wäre nicht zum Reden hier, das interessiere ihn nicht. Aber, Überraschung, es gefiel ihm, wie sie stets Widerworte und spitze Bemerkungen parat hatte. Einerseits weil es einen gewissen Unterhaltungswert hatte, aber vor allem zeichnete es sie als einen ihm würdigen Gegner aus. Und einen respektablen Gegner zu demütigen war einfach um Längen besser, als selbiges mit einem erbärmlichen Opfer zu tun. Kurzum, das mit dem Knebel aus Geld hatte sich gerade als schlechte Idee erwiesen. Es fühlte sich an, als hätte er einem Vogel, den er eigentlich fliegen sehen wollte, die Flügel gestutzt.

Was aber zum Glück nicht weiters tragisch war. Schließlich genoss er gerade den Luxus, das Geschehen in diesem Raum nach Lust und Laune dirigieren zu können.

———➤———

Ein Pfiff forderte Emilys Aufmerksamkeit. Sie blickte über die Schulter.

Aha, Scordato wollte, dass sie zu ihm kam.

War ja klar, denn das Feuer hatte gerade begonnen richtig zu brennen und auch Wärme abzugeben. Aber sie hatte auch nicht damit gerechnet, hier sitzenbleiben und sich aufwärmen zu dürfen.

Als sie bei ihm ankam, hielt er ihr eine flache Kristall-schüssel hin.

„Wenn du mir genug vertraust, das Geld bis zur Aus-zahlung nochmal aus der Hand, Pardon, aus dem Mund zu geben, dann kannst du es hier ablegen", informierte er sie galant.

Emily nahm die Scheine aus dem Mund und hielt sie mit spitzen Fingern wie einen ausgekauten Kaugummi über die Schüssel.

„Ich vertraue Ihnen nicht mal soweit, wie ich spucken kann", blaffte sie. „Darf ich das jetzt trotzdem da rein schmeißen?"

Den Kopf ein wenig schief gelegt sah er sie mit leich-ter Erheiterung an.

„Dir ist das Geld wirklich egal."

„Haben Sie das auch endlich geschnallt?"

„Tja, mir ist es aber auch egal. Außerdem ist es jetzt abgelutscht. Vielleicht will Dante es ja haben?"

„Ein bisschen Spucke stört mich nicht", meinte Dante gelassen, als er die Schüssel übernahm, „da musste ich schon ganz andere Sachen abwaschen."

„Da fliegt es fort. Sicher, dass es dir jetzt nicht doch leid darum ist?"

„Bestimmt nicht so sehr, wie es Ihnen leid darum sein dürfte, dass ihr Köder nicht funktioniert hat."

Er machte eine wegwerfende Handbewegung.

„Ich brauche keinen Köder. Du tust sowieso, was ich dir anschaffe, ob es dir gefällt oder nicht."

Er trat ganz nah an sie heran, sein Hemd war nur Millimeter von ihrer Brust entfernt, sein Gesicht dicht an ihrem. Emily wappnete sich dafür, dass er sie wohl gleich berühren würde, aber er tat es nicht. Stattdessen sah er ihr nur von oben herab intensiv in die Augen.

„Und zu wissen, dass du es selbst für Geld nicht tun würdest, verdoppelt den Spaß für mich sogar."

Abrupt trat er wieder von ihr zurück und ließ sie leicht verdattert stehen.

Mann, der Typ war echt komplett daneben.

Umso schwerer zu glauben, dass er sich die ganze Nacht so strikt daran halten würde, sie nicht anzufassen.

„Gut, nachdem das Finanzielle nun endgültig geklärt ist, kommen wir doch zu deiner nächsten Aufgabe. Dante, gib ihr das Serviertablett und stell sie irgendwo dekorativ auf."

Warum nur hatte sie das Gefühl, dass das zu harmlos klang?

„Und lass deiner Phantasie ruhig freien Lauf."

Aha, darum.

Mit einem mulmigen Gefühl drehte Emily sich zu Dante um.

7

„Was ist, Prinzesschen, du schaust nervös aus."

„Sollte ich das sein?", fragte Emily verunsichert.

Dante grinste, aber nicht auf die freundliche Art.

„Also viel ist bei deinem kleinen Plausch mit Lisa wohl nicht herausgekommen, wenn du das noch fragen musst. Stell dich dort vor den Kamin."

Das war mal eine Aufforderung, der sie gern nachkam, denn ihr war immer noch schweinekalt. Das prasselnde Feuer betrachtend genoss sie einen behaglichen Moment die wohltuende Wärme.

„Hier, schnall dir das an."

Was war das denn? Ein Tablett mit einem Gürtel und komischen Kettchen daran? Na schön, der Ledergürtel gehörte offensichtlich um die Taille. Das Schließen war etwas fummelig, da sich die Schnalle vorne unter dem Tablett befand, welches natürlich trotz der 'Gürtelschlaufen' nicht von allein stehen blieb, aber es ging.

Nun zu den Kettchen. Die sollten das Tablett wohl waagerecht halten, nur woran wurden sie befestigt? Sie waren viel zu kurz, als dass sie auch nur annähernd um den Hals gereicht hätten. Dafür waren Klammern am Ende, die sie mangels Kleidung jedoch auch nirgends befestigen konnte.

„Du schaust so ratlos. Soll ich dir helfen?", bot Dante an.

„Da muss ein Teil fehlen, das ..."

Der Rest des Satzes verpuffte, als Emily scharf die Luft einsog. Mit nur einer schnellen Bewegung hatte Dante ihr eine der beiden Klammern kurzerhand an ihre linke Brustwarze geklemmt, die wegen der Kälte nicht nur wie eine Eins stand, sondern obendrein auch noch überaus empfindlich war.

„Sag bloß, du kennst keine Nippelklemmen", spottete Dante. „Willst du mir vielleicht auch noch erzählen, du hast noch nie mit Handschellen gespielt?"

Als sie ihn nur finster anstarrte ohne etwas zu sagen, zog er an der Kette.

Fest.

Emily japste gepeinigt auf, aber kein Schrei kam über ihre Lippen. Die Genugtuung würde sie ihm nicht gönnen.

„Falls du es nicht bemerkt hast, das ist eine Frage gewesen, also erwarte ich mir auch eine Antwort. Ach ja, und du musst dir keine Sorgen machen, dass die Klammern bei Belastung abgehen könnten. Das sind Backteaserklammern, die greifen umso fester, je stärker man daran zieht."

Wunderbar, das erklärte das Erlebnis, das sie gerade gehabt hatte.

„Ich habe es mal ausprobiert", gab Emily in aufsässigem Ton zu, auch wenn es ihn eigentlich nichts anging. „Aber es ist nichts für mich. Hat mich nicht angeturnt."

Tatsächlich hatte sie es mit ihrem damaligen Freund sogar in beide Richtungen ausprobiert, aber das Fazit war in beiden Fällen bloß gewesen: ganz nett, kann man durchaus machen, muss man aber nicht unbedingt. Weshalb sie über ab und an mal Handschellen und ein klein wenig mit der Hand den Hintern versohlen auch nie hinausgekommen waren.

„Tja, schade für dich", meinte Dante, „als Masochistin hättest du hier richtig viel Spaß haben können. So wird es eben einfach nur qualvoll."

Die zweite Klammer lag in seiner Hand, aber diesmal waren seine Bewegungen langsam. Er wollte, dass sie es kommen sah, vermutlich, um sich an der Furcht in ihren Augen zu erfreuen.

Du kannst mich mal!

Mit einem langen, beruhigenden Atemzug schloss Emily die Augen.

Leises Gelächter war zu vernehmen. Aber nichts geschah.

Emily versuchte, sich nur auf ihren Atem zu konzentrieren.

Noch immer nichts.

Lass die Augen zu und atme einfach gleichmäßig weiter.

Nein, sie hielt es nicht mehr aus, sie musste wissen, was da vor sich ging.

Genau in dem Moment, als sie die Augen öffnete, ließ Dante die zweite Klammer zubeißen, und Emily schnappte erneut überrumpelt nach Luft. Der Mistkerl musste die ganze Zeit mit der Klammer im Anschlag gewartet haben.

„Du hast nicht wirklich geglaubt, dass du mir so leicht davonkommst?"

Unvermittelt legte er ihr eine Hand mitten aufs Dekolletee, woraufhin prompt wieder dieser seltsame Schauer, den sie schon bei der Türkontrolle erlebt hatte, durch ihren Körper lief. Eigentlich missfiel es ihr, dass er sie so berührte, ohne dass sie es ihm gestattet hätte, aber gleichzeitig fand sie seine Unverfrorenheit auch irgendwie erregend.

Doch dann begriff sie auf einmal, dass es ihm gar nicht darum ging, sie zu begrapschen, und der kleine Schauer weitete sich zu einem funkenschlagenden Gewitter aus. Denn mit der anderen Hand langte er nach den beiden Ketten und begann daran zu ziehen, nicht ruckartig diesmal, aber dafür stetig immer fester.

„Sieh mich an!", forderte er, als Emily unter dem heftiger werdenden Schmerz den Kopf abwandte. „Ich will die Qualen, die du leidest, in voller Pracht in deinen Augen und deinem Gesicht sehen."

Er erhöhte den Zug noch mehr.

„Und ich werde solange weitermachen, bis ich mit dem Anblick zufrieden bin."

Widerwillig wandte Emily ihm das Gesicht wieder zu und sah im direkt in die Augen.

Oh fuck ...

Auf einmal fiel es ihr wie Schuppen von den Augen. Nun verstand sie die Blicke der anderen Frauen, die ihr den ganzen Abend über aufgefallen waren. Scordato mochte ein echt widerwärtiger Kerl sein, den alle verabscheuten, aber derjenige, vor dem man sich wirklich fürchten musste, war eindeutig Dante. Und zwar nicht, weil er als Scordatos Erfüllungsgehilfe ohne jegliche Hemmungen einfach nur auf dessen Befehl handelte. Sondern weil er ganz offensichtlich ein waschechter Sadist war, der ihr Leid sichtlich in vollen Zügen genoss. Mochte sein Ausdruck auch eher unbewegt sein, aber seine Augen leuchteten wie die eines Kindes unter dem Weihnachtsbaum, während er aufmerksam verfolgte, wie ihre feuchten Augen langsam eine Träne ansammelten, bis sie schließlich über ihre Wange ran.

Sichtlich zufrieden ließ er von ihr ab.

„Genug der Spielchen", ließ er sie wissen, „Massimo wartet auf seinen Drink."

Aus einer länglichen Tasche am Boden holte Dante einen gut fünf Zentimeter dicken und rund einen Meter langen Stock aus dunklem, schwerem Holz hervor. Eine Seite war ein wenig angespitzt, die andere war flach.

Was zum Teufel hatte er denn damit vor? Hoffentlich erwartete er nicht von ihr, Teller zu jonglieren, das würde für das Porzellan nicht gut ausgehen. Und für sie in der Folge gewiss auch nicht.

Seine Idee, was mit dem Stock anzufangen sei, war aber wohl eine andere, denn er trat hinter sie und hielt das eine Ende an den Kamin, ehe er sie aufforderte zurückzutreten, bis sie die Spitze in der Schulter spürte. Dann nahm er ihn weiter runter und maß den Abstand an ihrer Hüfte aus.

„Bleib genau so stehen", wies er sie an, ehe er sich erneut an seiner Tasche zu schaffen machte und weitere Stäbe unterschiedlicher Länge hervorholte.

Mit zwei Stöcken, der eine sehr kurz, der andere ein wenig länger, und beide an ihren Enden recht spitz, trat Dante schließlich wieder vor sie.

„Stell dich auf die Zehenspitzen und mach die Beine breit", forderte er, während er den einen Pflock äußerst geschickt zwischen den Fingern seiner rechten Hand tanzen ließ.

Fasziniert folgte Emily der Bewegung mit ihren Augen.

„Höher."

Keine Reaktion, stattdessen starrte sie bewundernd weiter gebannt auf das herumwirbelnde Holz.

Bis der Tanz abrupt endete und Dante ihr den Spitz unters Kinn stach.

„Höher habe ich gesagt", grollte er.

Verwirrt blinzelte Emily ein paar Mal.

Er hatte etwas gesagt?

Musste ihr irgendwie entgangen sein. Sein geschicktes Fingerspiel hatte eine geradezu hypnotische Wirkung auf sie gehabt. Ob er wohl auch gern mal schärfere Gegenstände so behände zwischen seinen Fingern tanzen ließ?

Ach so, er wollte, dass sie sich auf die Zehenspitzen stellte.

„Gut. Das reicht. Dann werde ich jetzt mal eine hübsche Statue aus dir machen."

Er ging vor ihr in die Hocke, hielt die beiden Stäbe vor ihre Oberschenkel und justierte die Höhe. Dann ließ er sie die Beine öffnen, und schob die Stäbe dazwischen. Zaghaft kam Emily seiner Aufforderung nach, die Beine wieder zu schließen. Die Stöcke hielten, aber Dante war keineswegs zufrieden.

„Enger zusammen", forderte er, und umfasste ihre Oberschenkel.

Schmerzhaft bohrten sich die Spitzen immer tiefer in ihre Haut, während Dante ihre Beine zueinander drückte. Emily war sich nicht sicher, ob sie stark sein und das Wimmern unterdrücken sollte, oder ob sie es nicht besser einfach herausließ, damit Dante schneller auf seine Kosten kam.

Es wurde schließlich ein Mittelding.

Als nächstes nahm Dante sich ein Hölzchen, das wie ein kurzer Bleistift aussah.

„Bereust du es schon, mein großzügiges Angebot, dir Schuhe zu geben, so brüsk abgelehnt zu haben?"

„Ja", gab Emily zerknirscht aber unumwunden zu.

Er ließ den Stift mit der Spitze über ihre Wange gleiten.

„Dann wird dir das hoffentlich eine Lehre sein. Um sicher zu gehen, werde ich aber trotzdem dafür sorgen, dass es dir gleich noch mehr leidtun wird."

Er wendete den Stift und ließ ihn nochmal mit der flachen Seite über ihr Gesicht wandern.

„Aber weil du so brav Reue zeigst, will ich dir ein kleines Geschenk machen und den Stift mit der Spitze nach unten unter deine Ferse klemmen."

„Danke", antwortete Emily etwas unsicher.

Das war zwar eigentlich das Letzte, was sie ihm sagen wollte, aber wichtiger war ihr, ihm keinen Grund geben, es sich doch anders zu überlegen. Es würde so schon schlimm genug sein, auf den Miniplateaus stehen zu müssen, auch ohne, dass sie einen Stachel hatten.

Und das war ja noch lange nicht das Ende der Tortur. Nun waren die langen Stecken dran. Zwei davon verspreizte Dante auf Höhe ihres Beckens mit der Wand. Dann noch zwei für ihre Schultern. Nein, natürlich nicht zwischen Wirbelsäule und Schulterblatt, wo sie gut gehalten hätten. Er setzte den Stock genau dorthin, wo das Schulterblatt leicht herausstand, was an sich schon eine eher instabile Auflagefläche bot, die obendrein auch noch jede Bewegung ihres Arms mitmachte. Ergo musste sie sich auch stärker dagegen lehnen, damit das verfluchte Ding sicher hielt. Emily versuchte zwar sich einzureden, dass sie immerhin noch relativ gut dran war, weil die Stöcke in ihrem Rücken wenigstens bei weitem nicht so spitz waren wie die zwischen den Oberschenkeln. Aber es half ihr nicht wirklich, sich besser zu fühlen, während das Holz hart auf ihre Knochen drückte. Etwas tröstlicher war da schon, dass Dante anscheinend gerade sein Werk inspizierte. Was hoffentlich hieß, dass es das gewesen war.

„Passt", verkündete er. „Wir sind fast fertig. Einen habe ich aber noch für dich."

Na toll, so eine Formulierung leitete doch gemeinhin einen schlechten Witz ein.

Er griff in die Brusttasche seines Hemds ... und holte drei Zahnstocher hervor?

Oh Mann, Emily wollte eigentlich gar nicht wissen, was er damit wieder vorhatte. Aber natürlich fragte sie keiner.

„Ein Wort zur Warnung", ließ Dante sie stattdessen wissen. „Wenn du einen Stock fallen lässt, werde ich dafür sorgen, dass du es bitter bereust."

Was du nicht sagst. Und das von einem Herzblatt wie dir.

Dann tauchte er unter ihrem Tablett ab.

Entrüstet sog Emily scharf die Luft ein, als seine Finger ihre Venuslippen teilten.

„Das war aber wohl nicht abgemacht!", beschwerte sie sich bei Scordato, der vor einer Weile ihr gegenüber auf einem Fauteuil Platz genommen und das Geschehen interessiert beobachtete hatte.

Der zuckte jedoch nur unbeeindruckt mit den Schultern und grinste überheblich.

„Das hat nichts mit Sex zu tun. Das ist bloß Intim-schmuck, und dazu haben wir gar nichts abgemacht. Also ist es auch nicht ausgenommen."

Einen kurzen Moment gab Emily sich der Fantasie hin, wie sie Scordato sein widerliches Grinsen aus der Visage prügelte. Das Bild zerplatzte jedoch augenblicklich, als Dante ihr die drei Zahnstocher zwischen ihre Venuslippen klemmte, was vor allem bei den äußeren beiden ein echtes Erlebnis war.

Mieser, sadistischer Hurensohn, fluchte Emily stumm vor sich hin.

Wütend starrte sie Dante an, als er wieder hochkam. Eine Schande, dass sie nicht die Gabe besaß, mit Blicken töten zu können. Wäre gerade echt nützlich gewesen. Und zu allem Überfluss besaß der Mistkerl auch noch die Frechheit, ihren bösen Blick einfach komplett zu ignorieren. Stattdessen ließ er sie kommentarlos stehen und holte aus der Bar eine edel aussehende Flasche mit einer dunklen Flüssigkeit darin, sowie ein Glas. Beides hielt er über ihr Tablett.

„Ich weiß, es ist nicht leicht, still zu verharren und den Schmerz auszuhalten, wenn man sich durch eine einzige Bewegung davon befreien könnte", informierte Dante sie in beiläufigem Ton. „Aber glaub mir, du bist mittelfristig besser dran, wenn du dich nicht dazu hinreißen lässt."

Gequält stöhnte Emily auf, als ihre Brüste das Gewicht der noch gut gefüllten Flasche und des schweren Glases übernehmen mussten. Reflexartig wollte sie nach dem Tablett greifen, aber das war nicht in Dantes Sinne.

„Wenn du das Tablett auch nur berührst, verpasse ich dir gleich noch zwei Pflöcke unter jeden Arm."

Irgendwie schaffte Emily es, die Bewegung gerade noch rechtzeitig zu stoppen, ohne die Stöcke an ihrer Schulter dabei zu verlieren.

„So ist es brav. Du schenkst Massimo jetzt einen Drink ein, und dann wirst du, wie es sich für eine Statue gehört, reglos dastehen. Und zwar so lange, bis dir jemand etwas anderes anschafft."

Eilig griff Emily nach der Flasche und hob sie, begleitet von einem erleichterten Seufzen, hoch. Aus dem Augenwinkel registrierte sie Dantes kritischen Blick, während sie zögerlich das Glas befüllte. Eine Tätigkeit, die sich leider nicht ewig in die Länge ziehen ließ.

„Das reicht", beendete Dante schließlich ihr Tun. „Stell die Flasche wieder hin."

So behutsam es nur ging, ließ Emily das Gewicht der Flasche wieder auf das Tablett übergehen. Das Endresultat war natürlich dennoch das gleiche. Aber wenigstens nahm Dante nun das Glas weg.

„Wenn du in Versuchung gerätst, denk an die Schuhe", raunte er ihr noch zu, ehe er Scordato sein Glas brachte. Sich selber holte er dagegen bloß Wasser, mit dem er es sich ebenfalls in einem Fauteuil gemütlich machte.

Ich weiß, es ist nicht leicht, still zu verharren und den Schmerz auszuhalten, wenn man sich durch eine einzige Bewegung davon befreien könnte, hallte es in Emilys Geist wieder.

Sadistischer Klugscheißer.

Und natürlich hatte er ihr auch nicht einmal verraten, was denn die furchtbaren Konsequenzen sein würden, wenn sie es nicht aushielt, auf diesen Bleistiftabsätzen ruhig stehen zu bleiben und sich selber Holzspeere auf empfindliche Körperregionen zu pressen.

Aber das musste er auch gar nicht. Der Hinweis auf die Schuhe reichte tatsächlich, sie zum Durchhalten zu motivieren. Sie hatte geglaubt, es sich bequemer machen zu können, und sie hatte draußen am Balkon bitter dafür gebüßt. Und sie büßte es noch immer.

Zumindest, wenn man bereit war anzunehmen, dass Dante ihr die Schuhe nicht sowieso ausgezogen hätte. Wahrscheinlich eine naive, viel zu gutgläubige Annahme.

So gesehen machte es dann aber eigentlich auch keinen Sinn, hier brav stehen zu bleiben und sich zu quälen. Wer sagte, dass sie die angedrohten schrecklichen Konsequenzen nicht so oder so zu spüren bekommen würde? Zumal sie das nicht einmal überprüfen konnte, denn er hatte ihr schließlich nicht verraten, was sie erwartete, wenn sie nicht durchhielt.

Äußerst praktisch für ihn.

Vielleicht sollte sie wirklich einfach aus diesem Stangensalat steigen und sagen, dass es ihr reichte. Wie viel schlimmer konnte das den Verlauf der restlichen Nacht schon machen?

Sehr viel schlimmer, warnte ihr Bauchgefühl sie.

An einem Mann wie Dante durfte sie keine rationalen was-soll-er-denn-schon-machen-Überlegungen anstellen. Er ergötzte sich sichtlich daran, ihr Schmerzen zuzufügen und sie leiden zu sehen. Und nichts und niemand hier würde sie davor schützen, dass er dies auch nach Herzenslust auslebte. Scordato am allerwenigsten. Der ergötzte sich nämlich seinerseits daran, Dante bei seinem Treiben zuzusehen.

Nein, sie würde das heroisch durchstehen, auch wenn es noch so schwer war. Es würde sie nicht vor weiteren Repressalien schützen, das war ihr klar. Aber sie würde sich zumindest nicht noch einmal wie bei den Schuhen eine Mitverantwortung für ihr Leid anhängen lassen.

„Trinken wir noch ein Glas?"

„Lieber nicht. Ich bin schließlich noch im Dienst."

Massimo lachte, nachdem Dante ohnehin pflichtbewusst bloß Wasser getrunken hatte.

„Dann würde ich aufpassen, dass dein Boss nichts davon mitbekommt, dass du während der Arbeit säufst."

„Sollte ich wohl", stimmte Dante zu.

Sein Blick wanderte von Massimo zu Emily.

„Er kann nämlich ein ziemliches Arschloch sein, wenn Leute ihn enttäuschen."

Lachend nahm Massimo ihm im Vorbeigehen das Glas ab und deutete an, ihm damit eine Kopfnuss geben zu wollen.

Genüsslich stellte er die massiven Gläser auf das Tablett seiner Servierstatue. Das Mädchen war wirklich tough, das musste er ihr lassen. Es war schon eine Leistung, dass sie sich tatsächlich so lange nicht bewegt hatte, und das gleich beim ersten Anlauf. Normalerweise pflegten die Mädchen bei Dantes erster Prüfung durchzufallen. Sprich, bevor sie die Konsequenzen für Versagen kannten. Danach war der Schnitt zwar deutlich besser, was aber natürlich nicht hieß, dass das Ganze ohne Jammern und Klagen abgelaufen wäre. Sie jedoch hatte die ganze Zeit über keinen Mucks von sich gegeben, auch jetzt nicht, als er die Gläser abgestellt hatte. Einzig ihr geräuschvoller Atem verriet hörbar die Qualen, die sie zweifellos gerade litt.

„Ist dir noch kalt?", fragte er höflich, ehe er mit dem Zeigefinger über ihre Stirn fuhr, und die kleinen Tropfen, die dort perlten, zu einem Bächlein sammelte, das in der Folge ihre Schläfe und dann die gerötete Wange herabrann, ehe es von ihrem Kinn auf ihre Brust tropfte und sich dort im restlichen Schweiß verlor.

„Schwitze ich etwa Eiszapfen?", murrte sie ungehalten.

Amüsiert trat Massimo neben sie und hielt prüfend die Hand hinter sie. Ja, man konnte sagen, dass sie es gut warm hatte, gerade mal einen Meter vom Feuer entfernt.

„Du hast Glück, dass draußen noch keine wachsen, sonst hätte ich dir jetzt einen besorgt. Ich bin mir sicher, dass Dante damit etwas Nettes eingefallen wäre."

„Gibt es auch einen Typ von Legasthenie, bei dem man nicht links und rechts, sondern nett und bösartig durcheinanderbringt?"

Mann, das Mädchen war echt fantastisch! Stand da wie ein Eis am Stiel in der prallen Sonne und hatte immer noch die Kraft, ihm giftige Blicke und unverschämte Antworten zu schenken. Was brauchte es wohl, sie zu respektvollem Verhalten zu bringen? Er reizte ihn durchaus, Dante damit zu beauftragen, es herauszufinden. Das wäre vielleicht endlich einmal eine gewisse Herausforderung für ihn. Schließlich galt hier die Einschränkung, dass er seinen Dolch stecken lassen musste. Wäre auch gleich ein prima Geschenk zu seinem bevorstehenden dreiunddreißigsten Geburtstag. Der Mann war so furchtbar schwer zu beschenken, da käme so eine Gelegenheit gerade recht.

„Keine Ahnung", sinnierte er, „aber wenn dich so etwas interessiert, könnten wir alternativ ein Experiment machen, mit dem Ziel, dich dazu zu bringen, Minuten mit Stunden zu verwechseln."

„Das Experiment können Sie als abgeschlossen abhaken. Hat funktioniert", bekannte Emily mit gepresster Stimme.

„Sieh mal einer an, zieht das Kätzchen nun doch die Krallen ein? Die Vorstellung, hier noch länger so zu stehen, gefällt dir wohl nicht. Ich nehme allerdings nicht an, dass der Verlust deines Durchhaltevermögens schon unmittelbar bevorsteht, so pampig wie du gerade noch gewesen bist. Was bedeutet, auf deinen Zusammenbruch zu warten könnte länger dauern, als mir lieb ist. Wie wäre es, wenn wir uns beide ein paar unnötige Kilometer sparen, indem du einfach gleich deinen Stolz über Bord wirfst und mich anflehst, dich aus dieser misslichen Lage zu erlösen?"

Uh, schon wieder dieser vernichtende Blick, diesmal mit einer ganz besonderen Intensität. Einfach faszinierend. Wenn sie auch nur die geringste Chance gesehen hätte, an ihn herankommen zu können, ohne dass Dante sie dabei zerlegte, hätte sie sich bestimmt längst auf ihn gestürzt, dessen war Massimo sich sicher. Doch so war ohnmächtige Wut alles, was sie ihm entgegenschleudern konnte. Was für ein Anblick.

Aber, alles hat ein Ende, und so auch dieser Blick. Seufzend senkte sie die Lieder und schluckte einmal schwer, als müsse sie die Galle runterwürgen, die ihr beim Gedanken daran, was sie gleich sagen würde, hochgekommen war.

„Bitte, Mister Scordato, haben Sie Erbarmen mit mir und befreien Sie mich von dieser Qual", bat sie mit leicht erschöpfter, gesenkter Stimme.

Das kostete Massimo nur ein herablassendes Lachen.

„Soll das ein Witz sein? Du bist so glaubwürdig wie ein Tauber beim Telefonieren. Ich erkenne hier keine Qualen, du wirkst gerade mal ein wenig angestrengt. Wenn du wirklich Erlösung von mir willst, dann bettle gefälligst darum! Ansonsten lasse ich dich nämlich wirklich stehen, bis das erste Holz irgendwann krachend zu Boden fällt, damit Dante dich dann nach eigenem Gutdünken dafür disziplinieren kann."

Die Drohung kam an. Eiserner Wille und Stolz hin oder her, sie fürchtete sich eindeutig vor Dante. Völlig zu Recht.

„Bitte, Sir, befreien Sie mich von dieser unerträglichen Aufgabe", begann sie zu flehen, und diesmal nahm er ihr die aufkommende Verzweiflung auch ab. „Es tut so weh, ich halte die Schmerzen nicht mehr länger aus. Der Rücken, die Brüste, die Beine, die Füße, alles tut einfach nur weh, und die Hitze vom Feuer brennt unerträglich auf meiner Haut. Ich will das nicht mehr länger ertragen müssen! Bitte!"

Na bitte, geht doch.

Er wischte einen Tropfen von ihrer Wange. Es war bloß Schweiß, keine Träne, aber darüber sah er hinweg. Die Nacht war schließlich noch jung, und für den Moment war er zufrieden mit dem, was er bekommen hatte.

Ihr Antlitz war gezeichnet von Erschöpfung, mit gequältem Blick sah sie ihn bittend an, aber es lag keine echte Hoffnung darin. Sie schien einfach nur abzuwarten, was nun wieder passieren würde. Kluges Mädchen, nicht auf ihn zu vertrauen, denn damit brachte sie ihn um die Möglichkeit, mit ihrer Hoffnung zu spielen.

Egal, dann würde er sich eben etwas anderes einfallen lassen. Schließlich hatte er sich ja eine Herausforderung gewünscht für diese Nacht.

„Dante, wärst du so gut, das arme Mädchen aus ihrer misslichen Lage zu befreien?"

„Wenn es sein muss", meinte Dante bedauernd, und schälte sich aus seinem Sessel.

Zugegebenermaßen war er ziemlich beeindruckt, mit welch eiserner Disziplin die Kleine standgehalten hatte. Was für eine Schande nur, dass Massimo es vorzeitig beendet und sie begnadigt hatte. Er hätte wirklich zu gerne gesehen, wie sie trotz aller Mühen irgendwann doch eingeknickt wäre. Das wäre zum Schluss hin gewiss ein Riesenspaß geworden, denn damit all die Qualen, die sie bis dahin schon gelitten hatte, nicht vergebens gewesen wären, hätte sie zweifellos verbissen mit aller Kraft bis zum bitteren Ende gekämpft.

Doch leider hatte Massimo mal wieder nicht die Muße gehabt, so lang wie eben nötig geduldig abzuwarten.

Andererseits, was beklagte er sich? Dieser ganze Zirkus hier war Massimos Steckenpferd. Er war lediglich hier, weil sein Cousin das so wollte, denn wie üblich zog der reiche Knabe es vor, sich aufs Dirigieren und Anweisungen erteilen zu beschränken, anstatt mal selber etwas in die Hand zu nehmen.

„Und, in welcher Farbe hast du dir die Schuhe vorgestellt?", raunte er der eisernen Lady zu, während er seinen Blick von allen Seiten über ihren ziemlich sportlichen Körper gleiten ließ, um nochmal die Anspannung zu bewundern, die darin lag, ehe er die Stangen wegnehmen und alles dahin sein würde.

Sie verdrehte zwar die Augen, doch offenbar hatte sie ihre Lektion vorhin gelernt, denn die Antwort kam prompt und ohne Ausflüchte.

„Schwarz natürlich."

„Natürlich?", fragte Dante nach.

„Du würdest mir keine andere Farbe geben", erklärte sie lakonisch.

„Sieh an, kaum dass ich dich ein paar Minuten leiden lasse, fühlst du dich mir schon verbunden genug, mich nun doch zu duzen."

„Wahrscheinlich hat mich das Stockholm-Syndrom erwischt", gab sie trocken zurück. „Und es waren mehr als ein paar Minuten."

„Ersteres glaube ich kaum, dafür siehst du mich bei weitem noch zu verächtlich an. Und es ist dir wohl länger vorgekommen, als es tatsächlich gewesen ist."

„Als ob es dich interessieren würde, wie ich dich anschaue! Dass wir intim werden hast du ungeachtet dessen ganz allein beschlossen, als du mich so schamlos befingert hast", beschwerte sie sich ärgerlich.

„Wo, du meinst zwischen deinen feuchten Falten?"

Er langte unter das Tablett, legte seine Hand auf ihren Venushügel, und tauchte mit dem Mittelfinger zwischen ihre weichen Lippen, um die Zahnstocher herausschnippen zu können.

Moment mal, was war das denn?

Sie war feucht? Und nicht nur ein wenig, sondern so richtig!

Völlig überrascht verharrte Dante einen Moment perplex, doch schon im nächsten Augenblick lief sein sadistisches Hirn auf Hochtouren und klopfte diese Information auf ihr Verwertungspotential ab.

„Daher weht also der Wind", verkündete er. „Unser kleines, keusches Rühr-mich-nicht-an will sein schmutziges Geheimnis schützen."

Schnipp, der erste Zahnstocher flog.

„Das muss sehr geheim sein, ich habe nämlich keine Ahnung, wovon du sprichst", beteuerte sie gequält.

Zack, der nächste.

„Wirklich? Na wenn das so ist, dann verrate ich es dir."

Plop, und der letzte. Genüsslich ließ er seinen Finger mit festem Druck über die ganze Länge ihrer Spalte gleiten.

„Spürst du das? Du bist feucht geworden."

„Spinnst du?! Das ist bloß Schweiß", stritt sie es vehement ab, doch ihr Körper, der sich seiner Hand dezent aber doch entgegenreckte, strafte ihre Worte Lügen.

„Schweiß, hm?"

Er hob die Hand an ihr Gesicht und wischte seinen klebrigen Mittelfinger an ihrer Wange ab.

„Ziemlich arges Zeug, das du da ausschwitzt."

Nachdenklich trat er neben sie und betrachtete die vier stumpfen Holzspeere zwischen ihr und der Wand.

„Sieht so aus, als wäre das Ganze bei weitem nicht so schlimm gewesen, wie du uns glauben machen willst. Kann es sein, dass dir mächtig einer abgegangen ist dabei, uns so an der Nase herumzuführen?"

„Was? Nein!", rief sie, während sie sichtlich beunruhigt zusah, wie er sein Sakko auszog.

„Schön zurücklehnen", mahnte er sie, ehe er seine Jacke über die Stange an ihrer rechten Schulter hängte.

„Du sadistisches Drecksschwein!", fluchte sie unter sichtlichen Schmerzen, als sie sich die Spitze noch fester in die Schulter drücken musste, um zu verhindern, dass das zusätzliche Gewicht die Stange über ihre schweißnasse Haut zu Boden rutschen ließ. „Du weiß genau, dass deine Behauptung nicht wahr ist! Jemand der so darauf steht andere leiden zu sehen wie du, wird doch wohl den Unterschied zwischen echt und vorgetäuscht erkennen!"

Er trat wieder vor sie und betrachtete sie eindringlich.

„Und wie erklärst du mir dann, dass du feucht geworden bist?", fragte er provokant.

„Keine Ahnung. Eitriger Ausfluss?", schlug sie gequält vor.

Dante lachte.

„Wie wäre es mit: Geil auf Schmerzen?"

„Du solltest nicht von dir auf andere schließen. Insbesondere, da du auf der ungleich angenehmeren Seite stehst."

„Ich ziehe meine Schlüsse bloß aus dem, was ich so sehe. Kann es sein, dass du mich angeflunkert hast, als ich dich nach den Handschellen gefragt habe?"

„Nein, ich habe nicht gelogen."

„Tatsächlich? Na da hat die Flasche, mit der du rumgemacht hast, die Handschellen dann offensichtlich nicht richtig zu benutzen gewusst."

Die Kleine nahm einen tiefen Atemzug, um sich zu sammeln, aber es gelang ihr nicht mehr vollständig. Der Punkt, an dem die schwammige Androhung von Konsequenzen die selbst aufrechterhaltenen Schmerzen nicht mehr rechtfertigte, schien fast erreicht.

„Beendest du es, wenn ich es zugebe?", fragte sie schwach.

„Wie, du erwartest, dass ich für ein paar Lippenbekenntnisse auf das Vergnügen verzichte herauszufinden, wie weit du bereit bist dich selbst zu quälen, um standhaft zu bleiben?"

„Lass sie doch ihr Geständnis ablegen", mischte Massimo sich ein. „Ich würde es gerne aus ihrem Mund hören."

Ihr Blick sprang etwas unsicher zwischen Dante und Massimo hin und her. Man merkte ihr an, wie sie erst die Verachtung runterwürgen musste, aber dann sagte sie es an Massimo gewandt tatsächlich:

„Ja, du hast mich durchschaut. Schmerzen machen mich geil."

Dante schüttelte verächtlich den Kopf. Welch ein Bullshit, sie glaubte keine Silbe von dem, was sie gerade von sich gab. Auch, wenn die Beweislage reichlich erdrückend war. Was ihre Aussage im Übrigen ohnehin überflüssig gemacht hatte.

Nicht, dass das für Massimo von Belang gewesen wäre. Für ihn zählte nur, dass sie sich vor ihm in den

Staub geworfen und damit etwas getan hatte, wofür sie sich noch lange Zeit in Grund und Boden schämen würde. Ein trauriger Ersatz für das, worauf er sich gefreut hatte. Aber wie gesagt, das hier war Massimos Party.

„Los Dante, befreie sie von den Folterinstrumenten, sie hat fürs Erste genug gelitten."

Ein letztes Mal ließ Dante seinen Blick über dieses vergängliche Kunstwerk gleiten.

„Du hast Glück, dass ich hier nur Anweisungen ausführe", flüsterte er der nun nicht mehr ganz so stolzen Maid zu, ehe er sich daran machte seine Stöcke wieder einzusammeln.

Wenigstens war ihr Gestöhne dabei nett anzuhören.

Schließlich war er bei dem Tablett angelangt. Er stellte die Flasche und die Gläser auf den Couchtisch. In ihrem Gesicht lag ein Hauch von Erleichterung, als seine Hand sich nun ihrer Brust näherte.

Interessant.

Was auch immer der Wahrheitsgehalt ihrer Aussage zu den Handschellen sein mochte, die Gute hatte gewiss noch nie Nippelklemmen draufgehabt, soviel stand fest.

Na dann wollte er ihr mal ein fulminantes erstes Mal bescheren. Langsam öffnete er die erste Klammer.

Es war eine wahre Freude zuzusehen, wie der zuvor dumpfe Schmerz mit einem Mal heftig aufflammte und völlig unvorbereitet über sie hereinbrach.

Geduldig beobachtete Dante, wie sie mit der Empfindung kämpfte, bis sie abklang. Um dann die zweite Klammer abzunehmen. Die leise Angst in ihren Augen, ehe er sie öffnete, entschädigte ihn dabei dafür, dass sie diesmal vorbereitet war, und weit weniger unkontrolliert reagierte.

„Komm her und setzt dich", forderte Massimo die Kleine auf, während Dante das Tablett wegräumte.

Leicht schwankend kam sie seiner Aufforderung nach und setzte sich ohne Murren wie er es befohlen hatte vor ihm auf den Boden.

„Bring ein Glas Wasser für sie mit", wies Massimo ihn an.

Als er damit zurückkehrte, tätschelte Massimo dem Mädchen den Kopf, als wäre es ein Hund.

„Wir wollen ja nicht, dass du uns kollabierst. Schließlich ist die Nacht noch jung."

Dante reichte ihr das Wasser. Sie sah wirklich nicht besonders gut aus, erst die Kältetherapie und dann die reglose Schwitzkur mit Akupunkturbehandlung, das hatte ihren Kreislauf wenig überraschend ziemlich strapaziert. Trotzdem zögerte sie zunächst ein wenig, das Wasser anzunehmen, stattdessen sah sie die beiden Männer verunsichert an. Doch der Durst siegte schnell über vermeintliche Bedenken, was da wohl alles drinnen sein mochte. Gierig stürzte sie den gesamten Inhalt des Glases in einem Zug runter.

„Hol ihr noch eines. Und bring ihr auch einen von diesen Sportriegeln mit", gab Massimo sich spendabel.

„Damit du wieder zu Kräften kommst", wandte er sich an sein Hündchen. „Du wirst es brauchen."

8

Emily hatte geglaubt, der Abend im Salon wäre lang gewesen, als sie sich gute zwei Stunden mit einem Tablett in der Hand die Beine in den Bauch gestanden hatte. Aber das war gewesen, bevor sie geahnt hatte, was das noch für eine l a n g e Nacht werden würde. Man hätte fast meinen können, die Zeit hätte ihr Fortschreiten mit dem gleichen Widerwillen begangen wie sie diesen unsäglichen Job, den man ihr so nachdrücklich aufgedrängt hatte. Und ja, es hatte sich wirklich als ein mehr als mieses Engagement herausgestellt. Es war anstrengend, schmerzhaft und bisweilen auch ziemlich demütigend gewesen.

Und das Allerschlimmste dabei: Auf irgendeine schräge Art hatte es sie wirklich angeturnt, was Dante ihr alles zugemutet hatte, denn sie war unglaublicher Weise ernsthaft die ganze Nacht über geil gewesen. Was das Ganze jedoch bloß noch zäher gemacht hatte, wartete sie doch schon seit Stunden bloß darauf, sich endlich irgendwo ungestört zurückziehen und das drängende Verlangen befriedigen zu können. Nur, die Vorstellung, es allein tun zu müssen, war auch nicht so der Renner, wenn sie hier doch einen Kerl in Reichweite hatte, der das mit Sicherheit vorzüglich für sie besorgen könnte. Wären die Umstände anders gewesen, hätte sie sich in ihrem momentanen Erregungszustand von einem wie Dante mit Freuden abschleppen lassen.

Was heißt abschleppen lassen, sie hätte ohne zu Zögern ihn abgeschleppt.

Aber dank Scordato befand sie sich nun in dieser beschissenen Situation, in der ihr Stolz ihr strikt verbot zuzugeben, dass sie so heiß auf Dante war, dass sie ihm zwischenzeitlich am liebsten die Kleider vom Leib gerissen hätte. Was inzwischen ob ihrer Erschöpfung allerdings kein Thema mehr war. Doch während sie bereits ziemlich streichfähig war und die Uhrzeiger langsam auf halb sechs zukrochen, zeigten die beiden soziopathischen Leuteschinder leider noch immer keinerlei Anzeichen von Müdigkeit, die ein baldiges Ende der Tortur verheißen könnten.

Scordato kam zu ihr, umfasste ihr Kinn mit seiner Hand und betrachtete ihr Gesicht von allen Seiten.

„Du siehst ganz schön fertig aus", stellte er abwertend fest.

Ihr Blick war leer, als sie auf Knien zu ihm aufsah. Es war mittlerweile einfach zu anstrengend, ihm noch länger ihre Verachtung zu demonstrieren.

„Na schön, lassen wir es für heute gut sein. Zeit für die Auszahlung. Mitkommen!"

Mühsam stand Emily auf und folgte ihm zu seinem Schreibtisch, wo er sich in den Drehsessel fallen ließ.

„Eine letzte Aufgabe habe ich aber noch, bevor du gehen kannst."

Natürlich. Wäre ja auch zu schön gewesen, wenn nun wirklich Schluss gewesen wäre.

„Und die wäre?", fragte Emily gleichgültig.

Nach allem, was sie in den letzten Stunden schon mitgemacht hatte und müde, wie sie war, lohnte es sich nicht mehr, sich noch groß aufzuregen.

„Du bist nicht die Einzige, die heute Nacht Überstunden gemacht hat. Bevor du dein Geld erhältst, soll Dante seinen wohlverdienten Lohn bekommen. Und du wirst ihn ausbezahlen."

Das klang verdammt noch mal gar nicht gut.

„Und wie?", fragte sie argwöhnisch.

„Na wie wohl? Indem du dich jetzt hier auf den Tisch legst und die Beine für ihn breit machst natürlich."

Mit einem Schlag war Emily wieder hellwach und bereit zu explodieren.

„Aber sicher nicht, Sie erbärmlicher Wixer mit Alzheimer!", polterte sie ungeachtet ihrer eigenen Bedürfnisse, denn hier ging es ums Prinzip. „Schon vergessen? Kein Sex! Das haben wir ausdrücklich abgemacht!"

Selbstherrlich lächelte er sie an.

„Kein Sex mit *mir*. Das haben wir abgemacht."

Einen Moment war Emily einfach nur fassungslos, aber sie fing sich sogleich wieder.

„Sie verlogener Hurensohn!", zürnte sie. „Sie können mich mal kreuzweise! Es ist mir scheißegal, wie Sie sich unsere Abmachung zurechtbiegen, ich werde mich hier für niemanden flachlegen! Da können Sie drohen und bis drei zählen, soviel Sie wollen!"

„Okay", meinte Scordato ungerührt. „Wenn du dich nicht freiwillig flachlegst, wirst du dich eben flachlegen lassen."

Aber wirklich nicht!

Wenn dieses widerliche, hinterhältige, verlogene Arschloch glaubte, sie würde sich diesen Betrug einfach so gefallen lassen, dann hatte er sich aber gründlich geirrt! Sie hatte dieses üble Spiel lang genug brav mitgemacht, aber damit war nun Schluss! Scordato war hier nicht der einzige, der hinterhältig sein konnte. Und es war ihr scheißegal, wie angepisst Dante hernach gewiss sein würde!

Natürlich stand er bereits wieder hinter ihr. Gleich würde er nach ihr greifen ...

Mit einer Drehung verhinderte sie geschickt, dass seine Hand ihren Oberarm zu fassen bekam, stattdessen hielt sie sich an seinen Armen fest, um ihr Knie mit mehr Kraft nach oben reißen zu können.

Doch Dante sah ihren Angriff kommen, sowie sie seine Arme gepackt hatte. Im Nu schob er ein Bein schützend vor seine wertvollsten Teile, wodurch ihr Knie lediglich seinen Oberschenkel traf, was er freilich ohne mit der Wimper zu zucken wegsteckte. Dafür kam ihr nun, schneller als sie aus ihrer ganz nach vorne gerichteten Bewegung reagieren konnte, Dantes Handballen von unten entgegen, um zielsicher und wuchtig auf ihrer Nase zu landen.

Scheiße, es war wohl doch keine so gute Idee gewesen, sich in ihrem erschöpften Zustand dazu hinreißen zu lassen, auf Dante loszugehen. Von seinem offensichtlichen Kampfgewicht mal ganz abgesehen, war er nämlich auch noch echt verflixt schnell.

Leicht benommen taumelte Emily einen Schritt rückwärts, aber sie kam nicht weit, denn Dante fackelte nicht lange. Als würde sie gar nichts wiegen, packte er sie und hob sie hoch, um sie Sekunden später wie einen nassen Sack auf den Schreibtisch zu knallen. Irgendwie schaffte sie es gerade noch, den Kopf vor dem Aufprall zu schützen, aber der Rest ihres Körpers landete äußerst hart.

Mühsam versuchte Emily sich aufzurappeln und von dem Tisch herunterzukommen, aber vergeblich. Sie war so fest aufgeschlagen, dass sie sich vorübergehend von den Armen abwärts höchstens unter großen Schmerzen rühren konnte. Für die nächsten paar Minuten war an davonlaufen nicht mal zu denken.

Ihre momentane Handlungsunfähigkeit nutzend, öffnete Dante in aller Ruhe seine Hose und befreite seinen Schwanz.

„Damit wirst du nicht durchkommen", schnaufte sie aufgebracht.

Die Chancen, sich hier noch rausreden zu können, waren mehr als klein, das war Emily klar, aber kommentarlos würde sie das Kommende nicht über sich ergehen lassen.

„Ach nein? Bis gerade eben hast du mir noch geglaubt, dass ich mit allem, was heute läuft, durchkommen werde."

„Da warst du auch nicht drauf und dran mich zu vergewaltigen", warf sie ihm vor, in der Hoffnung, ihn damit zu treffen, dass sie es laut aussprach.

Doch das Schwein hatte die Frechheit, darüber auch noch zu lachen.

„Es klingt hübsch, wie du das sagst", verhöhnte er sie. „So voller Wut. Ich hätte angenommen, dass bei so einem Satz mehr Angst mitschwingen würde. Und so, wie ich dich die ganze Nacht erlebt habe, fällt es mir schwer zu glauben, dass du den Gedanken an Sex mit mir auch nur im Mindesten abstoßend findest.

Weißt du, was ich glaube? Du machst diesen Aufstand gar nicht, weil das mit dem Sex etwas grundlegend Anderes für dich ist, als all die anderen Dinge, die ich dir ungefragt zugemutet habe. Du bist bloß stinksauer, weil Massimo dich gelinkt hast."

Er zog ein Kondom aus seiner Tasche und schlug es ihr einmal fest über ihre lädierte Nase.

„Im Übrigen bin ich kein Vollidiot. Es bleibt bei dem, was Massimo schon zu Beginn klargestellt hat: Du kannst nichts beweisen. Also überleg dir lieber gut, ob du wirklich ein Wort drüber verlieren möchtest."

Los, tu mir den Gefallen, und komm jetzt schon, dachte Emily konzentriert, während er den Gummi über sein äußerst erregtes Glied streifte, aber die bösen Schwingungen kamen leider nicht an.

„Wie sieht es aus? Kannst du dich wieder bewegen?", fragte Dante herausfordern. „Schließlich sollst du eine faire Chance haben."

„Wie wäre es, wenn du das Wort ‚fair' erst mal im Wörterbuch nachschlagen gehst?"

„Ich würde sagen, wer so eine große Klappe hat, braucht keine Schonfrist mehr."

Faire Chance?

Sie hatte gar keine Chance!

Obwohl sie sich mit Händen und Füßen zu wehren versuchte, hatte Dante sie mit wenigen Handgriffen auf den Bauch gedreht und so festgeklemmt, dass jegliche effektive Gegenwehr unterbunden wurde.

„Lass mich gefälligst los!", tobte sie mit der Wut eines Berserkers, entschlossen an ihrem Zorn festzuhalten.

Egal welch seltsame Wirkung Dante auch auf sie haben mochte, das hieß noch lange nicht, dass sie ihm deshalb gleich erlauben würde, sie ganz nach eigenem Gutdünken zu besteigen!

Nicht, dass er auf ihre Erlaubnis, oder eher das Fehlen davon, etwas gab. Dantes Antwort auf ihre Forderung war stattdessen, die Hand, mit der er sie im Nacken niederhielt, in ihre Haare zu verschieben. Dann zog er ihren Kopf daran hoch, drehte ihn, und drückte sie mit der angeschlagenen Nase voran auf die Tischplatte.

Emily jaulte gepeinigt auf, aber alles Rudern mit den Armen half nichts, sie konnte nichts gegen ihn ausrichten.

„Oh ja, schrei für mich", raunte Dante ihr ins Ohr.

Abrupt ließ er ihren Kopf los.

„Was für ein schöner Klang. Lass es mich noch einmal hören."

Mit einem brutalen Stoß rammte er sein Glied tief und schmerzhaft in sie hinein, aber den Gefallen, zu schreien, tat Emily ihm nicht.

Mit einem Ruck riss Dante sie an den Haaren hoch und verdrehte ihren Kopf, so dass er ihr in die Augen sehen konnte.

„Du willst es auf die harte Tour?"

Seine Hand in ihren Locken ließ ihren Kopf nicken.

„Nein!", fauchte sie und wand sich vor Wut tobend. „Ich will, dass du deine widerlichen Griffel von mir nimmst und mich in Ruhe lässt!"

„Also ja", stellte er zufrieden fest und änderte seinen Griff.

Mit Blick nach vorne zog er sie ins Hohlkreuz, während er mit der anderen Hand unten auf ihren Rücken drückte. Dann stieß er zu. Wieder und wieder.

Wimmernd fluchte Emily mit zusammengebissenen Zähnen stumm vor sich in. Der Wixer wusste genau, wie er sie verbiegen musste, um es möglichst schmerzhaft für sie zu machen. Doch sie würde gewiss nicht schreien, den Triumph wollte sie ihm nicht gönnen.

Offenbar kapierte er das auch recht bald, denn auf einmal stieß er sie flach auf den Tisch und drehte ihr den rechten Arm auf den Rücken. Pfeifend sog Emily die Luft ein.

Scheiße, tat das weh!

„Wie weit willst du dieses Kräftemessen treiben?", fragte Dante herausfordernd, während er unvermindert in sie stieß und Druck auf ihren Arm ausübte.

„Sollen wir herausfinden, ob du es immer noch schaffst nicht zu schreien, wenn ich dir den Arm auskugle?"

Ein Adrenalinstoß fuhr durch Emilys Körper. Dieser Psychopath war im Stande, seine Drohung wirklich wahr zu machen.

Wie das wütende Meer peitschte eine Flut von Empfindungen auf sie ein, unvermittelte Angst traf auf unnachgiebigen Trotz, Schmerz mischte sich mit tobendem Verlagen, das danach schrie, um jeden Preis endlich gestillt zu werden.

Es war einfach zu viel und zu heftig, was auf ihren Körper einstürmte, und Emily hatte das Gefühl, dass es sie jeden Augenblick in Stücke reißen würde.

Doch plötzlich öffnete sich ein Tor, und anstatt mit Wucht aufzuschlagen und sie zu zerschmettern, floss die nächste Welle einfach durch sie hindurch. Das tosende Meer verwandelte sich in einen warmen, kraftvollen Fluss. Er umspielte ihren Körper, und Emily ließ genüsslich zu, dass er sie gänzlich einhüllte und einfach mit sich nahm.

„Sollen wir herausfinden, ob du es auch schaffst nicht zu schreien, wenn ich dir den Arm auskugle?"

Sie würde schreien, dessen war Dante sich sicher. Sie mochte unbeugsam sein, aber sie war bestimmt nicht so blöd, sich nur für ein bisschen Stolz so etwas antun zu lassen. Er würde ihr sogar ein bisschen Starthilfe geben, um ihr die Entscheidung zu erleichtern.

Seine Finger um ihren Arm schlossen sich fester und erhöhten den Druck nach oben, gleichzeitig rammte er sein Glied mit besonderem Nachdruck in sie.

Sein Tun blieb tatsächlich nicht ohne Reaktion, aber es war nicht die, die er erwartet hatte. Kein schriller Schrei, sondern bloß ein laues Stöhnen?

Das war nicht annähernd, was er von ihr gefordert hatte. Vielleicht war sie doch nicht so clever, wie er gedacht hatte.

Nur, das Stöhnen hörte nicht auf, es schwoll an, bis sie satt und genüsslich aus voller Kehle röhrte.

Was sollte das? Es machte überhaupt keinen Sinn, warum sollte sie ihm lieber einen Orgasmus vorspielen wollen, anstatt einfach ein wenig zu schreien, wie er es verlangt hatte? Denn es konnte ja wohl kaum echt sein.

Oder etwa doch? Denn die rhythmischen Kontraktionen, die seinen Penis massierten, sprachen eine deutliche Sprache.

Dante war verwirrt. Und das wollte was heißen, denn im Normalfall war er es gewohnt, stets Herr der Lage und auf alle Eventualitäten vorbereitet zu sein. Ihn wirklich zu überraschen, war schon eine Leistung.

Massimo war indes mit dem Sessel nähergerollt und starrte ganz gebannt auf das Gesicht seines Fickobjekts.

Mach weiter, deutete Massimo ihm prophylaktisch, ganz ohne seine Verwirrung mitbekommen zu haben, denn Massimo war so fasziniert, dass er nicht eine Sekunde seinen Blick abschweifen ließ. Offenbar nahm er ihr die Vorstellung schon allein vom Zusehen voll und ganz ab.

Na gut, er verstand es zwar nicht ganz, wie die Gute es geschafft hatte, sich zum Höhepunkt zu katapultieren, ohne dass er das irgendwie beabsichtigt oder unterstützt hätte, aber wenn es schon so war, dann sollte sie nachher wenigstens nicht behaupten können, es wäre nicht gut gewesen.

Sichtlich entzückt verfolgte Massimo, wie er der Kleinen mit der unterbrechungslosen Fortsetzung seines Tuns weitere inbrünstige Laute entlockte und sie unfassbar lang auf den Wogen ihres Orgasmus treiben ließ, ehe das Spektakel schließlich abklang.

Langsam kam Emily von einem Trip herunter, den sie so noch nie erlebt hatte.

Wow, was für eine Entschädigung für all die unsäglichen Dinge, die sie zuvor durchlitten hatte. Es hatte sich nicht nur wahnsinnig intensiv angefühlt, sie war auch so unglaublich aufgeladen gewesen, dass es sogar für mehr als einen Höhepunkt gereicht hatte, was ihren Genuss verzückender Weise beträchtlich verlängert hatte.

Das bedächtige Klatschen, das neben ihr ertönte, holte Emily jedoch endgültig in die Realität zurück und veranlasste sie dazu, die Augen wieder zu öffnen.

Scordato hatte sich in seinem Sessel zurückgelehnt und spendete Beifall. Sein Gesichtsausdruck ließ sie unvermittelt an ihre Großmutter denken:

Boshaft wie ein Baum voll Affen, hätte sie dazu gesagt.

Und natürlich ließ sich auch Dante nicht lumpen. Nachdem er seinen Schwanz aus ihr herausgezogen hatte, stützte er sich neben ihrem Kopf ab und bedeckte sie mit seinem massigen Körper. Der Anschein von Intimität, den er damit erzeugte, konnte bestenfalls als Hohn gewertet werden.

„Und", hauchte er an ihrem Ohr, „war es gut?"

Sein Boss brach in Gelächter aus.

Am liebsten wäre Emily auf der Stelle in Grund und Boden versunken. Ihr Aufenthalt hier war zwar zuvor schon gespickt mit Erniedrigungen und Demütigungen gewesen, aber das hier schlug alles andere um Längen. Die ganze Nacht hatte sie mit ihrem Widerstreben, sich zu fügen, beharrlich herausgekehrt, dass ihr dies alles überhaupt nicht schmeckte und sie bloß mitmachte, weil sie keine andere Wahl hatte.

Und dann beging ihr Körper diesen beschämenden Verrat an ihr, indem er laut hinausschrie, dass es geil gewesen war. Verflucht, sie war sogar heftiger und vor allem öfter gekommen als Dante. Peinlicher ging es wohl echt nicht mehr.

„Ich würde sagen, ja", legte Scordato fleißig nach. „So gut, dass es ihr die Sprache verschlagen hat. Das will wohl was heißen bei ihr."

Wie gerne hätte Emily mit einer bissigen Bemerkung bewiesen, dass dies nicht den Tatsachen entsprach, aber die Wahrheit war, dass sie darauf tatsächlich nichts zu sagen hatte. Sie hätte es abstreiten können, was nur immer peinlicher geworden wäre, oder sie hätte zu fluchen anfangen können, was nur unwesentlich weniger blamabel gewesen wäre. Offensichtlich war sie an einem Punkt angelangt, an dem man besser dran war, den Spott einfach zu ertragen, denn dies war eine Situation wie Treibsand: Je mehr sie herumruderte, desto schneller würde sie tiefer und tiefer sinken.

9

Schweigend starrte Emily aus dem Beifahrerfenster des schwarzen BMW die sich nähernden Lichter der Stadt an, während die ersten Sonnenstrahlen im Osten bereits begannen, den Horizont zu erhellen.

Na toll, noch so ein elender Verräter. In wenigen Minuten würde sie direkt in die aufgehende Sonne schauen, wenn sie so zur Seite gedreht sitzen blieb.

Zwar hatte Scordato Wort gehalten, dass er sie am Morgen in die Stadt fahren lassen würde, nur leider war irgendwie kein Chauffeur abkömmlich gewesen, weshalb ausgerechnet Dante sich gnädiger Weise bereit erklärt hatte, sie mitzunehmen. Und nein, sie hatte sich natürlich nicht hinten reinsetzen dürfen, sie hatte neben ihm auf dem Beifahrersitz Platz nehmen müssen. Ihr einziger Trost war, dass Dante kein Fan von Smalltalk zu sein schien, weshalb sie die ganze Fahrt schweigend verbracht hatten.

„Setzt du mich bei der Agentur ab?", fragte sie, als die Sonne sie schließlich nötigte, sich nach vorne zu drehen und Dante somit zumindest peripher in ihr Blickfeld wanderte.

„Nein, ich fahre dich direkt nach Hause."

Einen Augenblick war Emily nicht sicher, ob er das ironisch oder ernst meinte.

„Die Agentur liegt näher, dann hast du weniger Umstände", versuchte Emily es unverfänglich.

„Es macht keine Umstände."

Emily schnaubte wütend.

„Ich will aber nicht, dass du mich heimbringst!"

Dante warf ihr kurz einen mitleidigen Blick zu.

„Glaubst du immer noch, es spielt eine Rolle, was du willst?"

„Du weißt ja nicht einmal, wo ich wohne", gab sie sich trotzig.

„Achtundvierzigste, Hausnummer hundertsiebenunddreißig."

„Wie zum Teufel kommst du an meine Adresse?", verlangte Emily empört zu erfahren.

„Schon vergessen, ich bin für die Sicherheit verantwortlich. Ich hätte dich nie bei uns reingelassen, ohne dich vorher eingehend überprüft zu haben."

„Die von der Agentur werden was von mir zu hören bekommen, einfach so meine Daten weiterzugeben", grollte Emily.

„Na schön," lenkte sie ein, in dem Wissen, dass weitere Diskussionen sinnlos waren, „aber nur, damit das klar ist, du kommst sicher nicht mit in meine Wohnung. Du lässt mich aussteigen und verziehst dich, oder ich mach dir eine Szene, dass die ganze Nachbarschaft nachschauen kommt, was da los ist."

„Wozu sollte ich dich bis in die Wohnung begleiten?", fragte Dante lakonisch. „Nachdem ich dich ja schon gefickt habe, gibt es keinen Grund mehr, bei dir einen bestimmt bestenfalls zweitklassigen Kaffee trinken zu wollen."

„Wie reizend von dir", ätzte Emily. „Dann sind wir uns ja einig."

Das Mietshaus, in dem Emily wohnte, war recht durchschnittlich, so wie die ganze Gegend hier überhaupt. Dante parkte den Wagen ein paar Meter nach dem Eingang und stellte den Motor ab.

„Was soll das werden?", beschwerte Emily sich sofort misstrauisch. „Einfach anzuhalten hätte gereicht, um mich aussteigen zu lassen."

„Ich habe noch was für dich", erklärte Dante, und holte das letzte Kuvert der vergangenen Nacht aus der Innentasche seines Sakkos. „Aber wenn du es nicht willst ...."

Unwirsch riss Emily ihm das Kuvert aus der Hand, und machte Anstalten, es wegzustecken, doch dann runzelte sie die Stirn und sah hinein.

„Das ist viel mehr als ausgemacht."

„Der Rest ist dein Trinkgeld."

„Ich habe gedacht, das hast du eingestreift?"

Anstatt etwas zu erwidern zuckte Dante nur gleichgültig mit den Schultern.

„Soll das etwa heißen, das ist von dir?", fragte Emily ungläubig. „Dein Job muss ganz schön fürstlich entlohnt sein, wenn du genauso mit Geld um dich schmeißen kannst wie dein gesackelter Boss."

„Was interessiert es dich, von wem es kommt?", fragte Dante lapidar. „Willst du einen Dankesbrief schreiben?"

„Eher friert die Hölle zu, als dass ich mich bei einem von euch beiden für irgendetwas bedanke."

Das entlockte Dante ein verwegenes Lächeln.

„Na dann pack fürs nächste Mal besser warme Söckchen ein, es wird kalt in der Hölle. Denn falls du es bereits verdrängt haben solltest, du hast dich heute bereits bei mir bedankt."

„Es wird kein nächstes Mal geben", stellte Emily bestimmt fest.

„Oh doch", klärte Dante sie auf, und holte ein Mobiltelefon aus seiner Jackentasche. „Massimo ist sehr angetan von dir und möchte dich unbedingt wiedersehen."

„Das beruht nicht auf Gegenseitigkeit."

Ihren Einwurf ignorierend, hielt Dante ihr das Telefon hin und fuhr geschäftsmäßig fort:

„Ich werde dich auf diesem Handy anrufen, um dir zu sagen, wann ich dich abhole. Tu dir selbst einen Gefallen und sieh zu, dass du erreichbar bist. Denn wenn das telefonisch nicht hinhaut, muss ich dir die Nachricht persönlich überbringen. Und du kannst davon ausgehen, dass ich ziemlich angepisst sein werde, wenn ich wegen so einer Nichtigkeit extra herkommen muss. Bestimmt brauchst du keine drei Versuche, um zu erraten, wer meine schlechte Laune in der Folge büßen wird müssen."

Als sie trotz seiner Drohung keinerlei Anstalten machte, das Handy zu nehmen, steckte Dante es ihr kurzerhand in den Ausschnitt, um es als zugestellt abhaken zu können.

„Es führt für dich kein Weg daran vorbei zu erscheinen, wenn Massimo sagt, er will sich mit dir treffen. Besser du findest dich damit ab."

Wutschnaubend zog Emily das Telefon aus ihrem Ausschnitt und warf es in ihre Handtasche.

„Sonst noch was? Oder kann ich jetzt endlich gehen?"

Dante machte eine Geste mit der Hand zur Beifahrertür.

„Die Tür ist die ganze Zeit offen gewesen", rieb er ihr nochmal unter die Nase.

Ohne auf mögliche Fußgänger zu achten, stieß Emily verärgert die Tür auf und sprang aus dem Auto. Es folgte noch ein lauter Rums, als sie die Tür hinter sich zuwarf, dann stapfte sie davon.

Allerdings kam sie nicht weit. Im Rückspiegel beobachtete Dante, wie sie direkt vor ihrem Haus einem uniformierten Polizisten in die Hände lief. Er öffnete das Fenster ein Stück, aber er war zu weit weg, um zu verstehen, was der Beamte zu Emily sagte. Was auch immer es war, es gefiel ihr offensichtlich nicht, den sie fing an, wild zu gestikulieren, und ihr aufgebrachtes: „Sie können mich mal!", war laut genug, dass es bis zu ihm durchdrang.

Ob sie wohl immer so aufbrausend war? Oder lag es bloß daran, dass sie nach dieser Nacht physisch und psychisch schon auf Reserve lief und keine Nerven mehr für weitere Hürden auf dem Weg zu ihrem wohlverdienten Schlaf hatte?

So oder so, der Mann in Uniform hatte jedenfalls keinerlei Verständnis für ihren Ausbruch. Kurzerhand drückte er sie gegen die Hausmauer und legte ihr Handschellen an. Schmunzelnd verfolgte Dante, wie sie unter großem Gezeter und verhaltenem Widerstand in einen Streifenwagen verfrachtet wurde.

Einen Augenblick überlegte er zwar, ob er sich Gedanken darüber machen musste, dass sie nun auf dem Weg zu einem Polizeirevier war, befand dann aber, dass das wohl unnötig war. Es mochte ihr nicht schmecken, aber sie hatte bereits bewiesen, dass sie sehr wohl wusste, wann es besser war, die Klappe zu halten.

10

Mit Handschellen an den Tisch gekettet saß Emily auf einem harten, unbequemen Sessel in einem sonst leeren Raum mit kahlen, weißen Wänden und versuchte, sich mit kleinen Fingerübungen die Zeit zu vertreiben, denn die Monotonie hier drinnen wirkte extrem einschläfernd auf sie. Hoffentlich würde bald jemand aufkreuzen, damit sie das endlich hinter sich bringen und sich in ihr Bett verkriechen konnte. Bis dahin hieß es aber erst einmal, weiter gegen den Sekundenschlaf anzukämpfen.

Endlich öffnete sich die Tür, und ein groß gewachsener Mann mittleren Alters, mit dunkelbraunen Haaren und leichten Geheimratsecken, trat ein. Sein schwarzer Anzug mit dem weißen Hemd ließen einen schon an FBI denken, noch ehe man die Plastikkarte an seiner Brusttasche erblickte. In seiner rechten Hand verbreitete eine dampfende Tasse verführerischen Kaffeeduft, unter dem Arm klemmte eine dicke Akte. Nachdem er die Tür geschlossen hatte, blieb er mitten im Zimmer stehen und musterte sie.

„Du siehst echt scheiße aus", stellte er geradeheraus fest. „Letzte Nach zu viel gefeiert?"

„Und du wunderst dich, warum deine Frau dir mit Scheidung droht, wenn du in aller Früh schon so charmant bist?", kam die pampige Erwiderung.

„Empfindlich heute?"

„Gönn' mir eine Verschnaufpause, Tyler. Ich musste mir in den letzten Stunden so viele blöde Sprüche anhören, dass mein Bedarf für eine Weile gedeckt ist."

Sie rasselte mit den Handschellen.

„Wärst du übrigens vielleicht so freundlich?"

Auch ihr Bedarf an Zeit, die sie in Handschellen verbracht hatte, war vorerst mal mehr als gedeckt, aber das würde sie Tyler nicht auf die Nase binden.

Er ließ die Akte auf den Tisch fallen, stellte die Tasse daneben und holte einen Schlüssel aus seiner Hosentasche, den er ihr zuwarf.

„Ganz schön mieser Service hier", murrte sie, als sie sich selber die Handschellen aufschloss, während er sich einen Sessel zurechtrückte und ihr gegenüber Platz nahm.

„Mitnichten. Der hier ist nämlich für dich."

„Oh, dann nehme ich alles zurück. Bitte, du bekommst dafür die hier."

Kaffeetasse und Handschellen samt Schlüssel wechselten ihre Besitzer. Genüsslich nahm sie einen Schluck. Wärme und Koffein, was konnte man sich mehr wünschen an so einem Morgen?

Tyler war so freigiebig, ihr einen Moment der Entspannung mit ihrem Kaffee zu gönnen, ehe er schließlich zur Sache kam:

„Also schön, Selina. Jetzt erzähl mal, wie ist es gelaufen?"

Sie verdrehte die Augen und stellte ihren Kaffee ab.

„Die Kurzfassung: Massimo Scordato ist ein widerliches Schwein und um alles, woran er sich nicht selber nicht schmutzig machen möchte, kümmert sich pflichtbewusst seine rechte Hand Dante Napolitani."

„Das ist ein offenes Geheimnis, um das herauszufinden, hätte ich keinen Agenten einschleusen müssen", stellte Tyler gelangweilt fest. „Außer du hast handfeste Beweise dafür gefunden, dass Napolitani für Scordato nicht bloß Personenschutz, sondern auch die ganze

Drecksarbeit macht, was ich aber kaum annehme. Erzähl mir also lieber etwas Interessantes."

„Wie wäre es damit: Der Typ, der die Recherche zu Scordatos Privatpartys gemacht hat, ist ein Armleuchter. Der ganze Abend ist voll von üblen Überraschungen gewesen, auf die ich nicht im Geringsten vorbereitet gewesen bin. Ich an deiner Stelle würde ihn zum Büroboten degradieren."

„Ist das das Aufregendste, was du zu berichten hast?"

„Also ich habe mich sehr darüber aufgeregt, das kannst du mir glauben!"

„Dann hast du also nichts herausgefunden, was uns irgendwie weiterhelfen würde?"

„Nein. Leider nicht. Ich bin ziemlich eingeteilt gewesen, und Napolitani ist ständig bei uns herumgelungert, um alles zu beaufsichtigen. Der Mann nimmt seinen Job verdammt ernst, und er hat Augen und Ohren wie ein Luchs, dem entgeht nichts. Keine Chance, sich auch nur eine Minute unbemerkt abzusetzen. Ich kann dir ein bisschen was über die Gäste zusammenstellen, ein paar Gesichter habe ich erkannt, alle große Nummern im Drogengeschäft, bestimmt trifft das auch auf die restlichen zu. Vielleicht kann ich den einen oder anderen noch mithilfe unserer Datenbank identifizieren. Ich könnte mir vorstellen, dass da noch ein paar von denen aktenkundig sind. Aber viel mehr, als dass Scordato sich mit Leuten aus einschlägigen Kreisen trifft, gibt das nicht her. Die Gespräche sind absolut unverfänglich gewesen, nichts weiter als eine Party, um die Geschäftspartner bei Laune zu halten."

„Ziemlich enttäuschend, dass bei einer Feier, die die ganze Nacht gedauert hast, niemand zu tief ins Glas geschaut hat und redselig geworden ist. Das heißt dann wohl, dass unsere verdeckte Ermittlung damit im Sand verlaufen ist."

„Vielleicht nicht. Die Party hat nämlich nicht bis in den Morgen, sondern nur bis Mitternacht gedauert", erklärte Selina etwas zögerlich, woraufhin Tyler sofort hellhörig wurde.

„Was hast du dann die restliche Nacht gemacht? Sag bloß, du hast dich an Scordato rangeschmissen, um an Informationen zu kommen?"

„Nein, das habe ich nicht. Wirklich nicht!"

In ein paar knappen Sätzen umriss Selina die Ereignisse. Sie berichtete, wie es dazu gekommen war, dass sie die ganze Nacht dort verbracht hatte und von Scordatos Vorliebe dafür, sich Frauen gefügig zu machen und zu demütigen, ohne dabei allerdings zu sehr ins Detail zu gehen, was genau sich ereignet hatte. Insbesondere das mit dem Sex am Schluss ließ sie großzügig aus.

Was freilich nicht korrekt war, denn gerade das hätte sie Tyler erzählen müssen. Nur, für den Moment hatte sie wahrlich kein Bedürfnis, ihren Boss an diesen Einzelheiten teilhaben zu lassen. Zwar kannte sie ihn inzwischen seit fast drei Jahren, und ihr Verhältnis war sehr kumpelhaft, aber so nah standen sie sich nun wieder auch nicht, dass sie das Erlebte gerade mit ihm hätte teilen wollen. Zumindest im Moment nicht. Dafür war die Erinnerung noch zu frisch und ihre Gefühle viel zu durcheinander. Es würde schon noch Zeit bleiben, die Fakten vollständig auf den Tisch zu legen.

Anstatt also die Einzelheiten der Nacht zu vertiefen, zog sie das Handy, das Dante ihr gegeben hatte, aus ihrer Tasche und legte es auf den Tisch.

„Er will mich wiedersehen", schloss sie ihren Bericht.

„Und was sagst du dazu?"

„Ich finde, wir sollten es versuchen."

Tyler nahm das Gerät in Augenschein. Es war ein klassisches Mobiltelefon, kein Smartphone. Zweifellos pre-paid. Das Adressbuch enthielt genau einen Eintrag, der mit ‚Heb ab' benannt war. Keine Anrufhistorie, keine Kurznachrichten. Bestimmt war das Teil neu und nicht bloß blank geputzt worden. Zur Sicherheit würde er zwar trotzdem jemanden aus der Technikabteilung einen Blick drauf werfen lassen, aber er hatte nicht viel Hoffnung, dass das irgendetwas ergeben würde. Kopfschüttelnd schob er es Selina zurück.

„Ich weiß nicht so recht. Bist du dir sicher, dass du das weiterführen willst? Und kannst? Mit Scordato etwas anzufangen ist schließlich nicht Teil des Plans gewesen. Das ist eine ganz andere Liga, als sich als Personal einzuschmuggeln und ein bisschen herumzuschnüffeln. Und wie du selbst gesagt hast, unsere Aufklärung bezüglich Scordatos Privatleben ist offensichtlich mehr als lückenhaft. Wir haben keine Ahnung, was da auf dich zukommt. Kann sein, dass er dich nur weiter herumscheuchen wird, kann aber auch sein, dass er dir sehr bald an die Wäsche will."

Was du nicht sagst. Wäre mir nie in den Sinn gekommen.

„Bist du wirklich bereit, so weit zu gehen? Noch dazu, wo es mehr als fraglich ist, ob wir dadurch an irgendwelche verwertbaren Informationen kommen."

„Es ist die beste Chance, die sich seit langem auftut.", erinnerte sie ihn. „Die Ermittlungen gegen Scordatos Drogengeschäfte laufen schon seit Jahren, und außer Indizien haben wir gar nichts. Ich weiß, es wird schwierig werden, aber so nah an ihm dran war bisher nicht mal annähernd jemand von uns. Das dürfen wir nicht ungenutzt verstreichen lassen."

Selina nahm das Handy wieder an sich.

„Und nur mal so nebenbei bemerkt, du hast mich dort nicht wirklich in einem Hauch von Nichts reingeschickt, ohne den Gedanken in Erwägung zu ziehen, dass meine weiblichen Reize sich bei diesem Auftrag als sehr nützlich erweisen könnten."

„Natürlich habe ich das bedacht, aber ehrlich gesagt habe ich die Wahrscheinlichkeit, dass Scordato auf dich anspringt, als verschwindend gering erachtet. Bei seinen finanziellen Möglichkeiten ist es nicht unbedingt naheliegend, dass er ein besonderes Faible für Kellnerinnen hat."

„Ja, bei der Recherche hat sich jemand wirklich mit Ruhm bekleckert. Acht Frauen fahren mit dem Bus hin, aber nur sieben kommen zurück und niemand hat sich Gedanken dazu gemacht. Oder hat es vielleicht nicht mal jemand bemerkt?"

„Schon gut", beschwichtigte Tyler sie, „ich verspreche dir, ich werde dafür sorgen, dass der Agent, der das verbockt hat, sich für seine schleißige Arbeit verantworten wird müssen."

Eine Weile sah Tyler sie nachdenklich an.

„Na gut, von mir aus", sagte er schließlich. „Wenn du meinst, dass du das durchziehen kannst, dann machen wir es. Aber vergiss nicht, du kannst es dir jederzeit anders überlegen. Wenn es dir zu heiß wird, blasen wir das Ganze sofort ab, egal wie weit oder eben nicht wir gekommen sind, verstanden?"

„Ja, Boss."

Es war ihm anzusehen, dass er nicht glücklich damit war, aber er wusste, dass sie Recht hatte. Es war nun mal ihre beste Chance.

„Okay, ich werde dir noch Melissa vorbeischicken, sie soll sich das Telefon anschauen und sich was einfallen lassen, wie du vielleicht doch irgendwo Informationen abzapfen ..."

Ein Klopfen an der Tür beendete ihr Gespräch abrupt.

Ohne eine Antwort abzuwarten, wurde die Tür geöffnet.

Tyler war von seinem Sessel aufgesprungen, bereit, jeden, der hier unaufgefordert hereinplatzen wollte, umgehend wieder rauszuschmeißen. Dass er hier kein Verhör, sondern einen ungezwungenen Kaffeeplausch führte, ging da draußen niemanden etwas an.

„Sie stören hier gerade eine Vernehmung", bellte er, was den leicht untersetzten Mann mit fortgeschrittener Glatze, der gerade hinter der Tür erschien, jedoch nicht im Mindesten beeindruckte.

„Ach so, Sie sind es, Captain Harrington. Kommen sie rein. Und machen sie die Tür hinter sich zu."

„Agent Callahan, Agent Nesbit", begrüßte Harrington sie beide förmlich, und schüttelte Tyler die Hand.

Als er sich Selina zuwandte, stockte er jedoch kurz und runzelte die Stirn, wie er es immer tat, wenn ihm etwas Sorgen bereitete.

„Sag es nicht", kam sie ihm zuvor, „ich weiß, wie ich aussehe."

„Und, bedeutet das, wir haben einen Fuß in der Tür, oder bist du hochkant rausgeflogen?"

„Ersteres", antwortete Selina.

„Das heißt dann wohl, ihr wollt weitermachen?", fragte Harrington sichtlich besorgt.

„Ja, das haben wir gerade beschlossen", informierte ihn Tyler.

Der Captain legte eine dünne Akte auf den Tisch und sah Selina dabei eindringlich an.

„Vielleicht solltest du deine Entscheidung nochmal überdenken."

„Was ist das?", fragte Tyler, während er die Akte aufschlug. „Und warum bekommen wir das erst jetzt?"

„Wir haben schon mal einen Informanten gehabt, der bei Scordato gearbeitet hat, ein gewisser Carlo Benini", erklärte Harrington. „Detective Albright hat ihn vor zwei Monaten angeworben, allerdings hat er niemandem davon erzählt, um seine Quelle zu schützen. Ebenso wie Sie hat auch Albright die Befürchtung gehabt, wir könnten vielleicht eine undichte Stelle haben. Auch wenn ich das nach wie vor für unwahrscheinlich halte. Jedenfalls hat er sich mir erst gestern anvertraut, als er mitbekommen hat, dass das FBI hier seine Zelte aufschlägt, um im Fall Scordato zu ermitteln."

„Albrights Diskretion hat dem armen Mister Benini nur leider nichts gebracht", murmelte Tyler, während er die Mordakte durchblätterte.

„Nein. Wir haben seine Leiche vor knapp einem Monat gefunden. Da Albright mich aber erst gestern informiert hat, ist die Akte nicht der Ermittlung gegen Scordato zugeordnet worden, sondern auf dem Stapel für ungeklärte Mordfälle gelandet. Die zuständigen Ermittler sind von Bandenkriminalität ausgegangen."

Tyler blätterte eine weitere Seite mit Text um, auf die ein Foto folgte.

Geräuschvoll sog Selina den Atem ein.

„Schreckliche Art zu sterben, nicht wahr", kommentierte Harrington das Bild der furchtbar zugerichteten Leiche, die mit Schnittwunden übersät war.

Auch Tyler war sichtlich erschüttert. Einen derart grausamen Mord sah man selbst in ihrem Beruf nicht oft. Er drehte die Akte um, und schob sie Selina zu.

„Bist du dir wirklich immer noch sicher, dass du das machen willst?", fragte er eindringlich.

„Wir wussten doch schon vorher, dass es riskant ist", stellte Selina sachlich fest, obwohl ihr der Anblick durch Mark und Bein ging. „Schließlich ermitteln wir gegen die Mafia und nicht gegen einen Kegelklub."

„Das ist nicht der Zeitpunkt für markige Sprüche", tadelte Tyler sie. „Die werden dich nicht einfach erschießen, wenn du auffliegst. Die werden dich zur Schlachtbank führen, genauso wie den armen Kerl hier, und dich hinterher 'Mit besten Grüßen an das FBI' in kleinen Paketen zurückschicken."

„Dann sollten wir besser darauf schauen, dass meine Tarnung wasserdicht ist", erklärte Selina bestimmt.

Hilfesuchend sah Tyler Captain Harrington an, aber der schüttelte bloß hilflos den Kopf.

„Sie brauchen nicht glauben, dass sie auf mich eher hören würde. Die junge Dame war schon immer ein unglaublicher Sturkopf. Und im Gegensatz zu Ihnen habe ich nicht einmal Befehlsgewalt über sie."

Tyler seufzte resigniert und wandte sich wieder Selina zu.

„Na schön, du hast Recht. Das hier ist schrecklich, aber es ändert letztlich nichts an dem, was wir vorher besprochen und beschlossen haben. Du hast grünes Licht weiterzumachen."

Er nahm die Akte an sich und stand auf.

„Sie haben doch nichts dagegen, dass ich die vorerst behalte?"

„Nein, natürlich nicht", entgegnete Harrington.

„Gut. Ich weiß, du bist müde Selina, aber ich möchte trotzdem, dass du gleich mit den Technikern redest. Wer weiß, ob wir sonst noch Gelegenheit dazu haben, ehe du dich wieder mit Scordato triffst."

„Schon gut, alles kein Problem, solang ich noch eine Tasse Kaffee bekommen kann."

„Ich hole dir einen", erbot sich Harrington sofort, und verließ mit Tyler das Verhörzimmer.

„Bitte schön, ich hoffe, du trinkst ihn immer noch schwarz mit einem Würfel Zucker."

„Ja, vielen Dank, Ted."

Harrington reichte Selina die Tasse und setzte sich zu ihr.

„Geht es dir auch wirklich gut?", fragte er besorgt.

„Es wird mir wieder gut gehen, wenn ich geduscht und geschlafen habe", versicherte sie ihm.

„Was ist mit deiner Nase passiert?"

„Napolitani ist ihr passiert."

Harringtons besorgte Miene vertiefte sich.

„Er hat dich geschlagen? Weshalb?"

„Tut nichts zur Sache", wich Selina aus, und nippte an ihrem Kaffee. „Und so schlimm ist es nicht. Da habe ich bei Trainingskämpfen schon Ärgeres einstecken müssen."

„Du solltest das nicht so auf die leichte Schulter nehmen, Selina. Du kennst doch seine Akte, der Mann ist gefährlich. Ein Menschenleben bedeutet dem gar nichts, der knipst dich im Vorbeigehen aus wie einen Lichtschalter, wenn du zum Problem für ihn wirst. Oder vielleicht sogar, wenn du nur unbequem wirst. Versprich mir bitte, dass du vorsichtig bist. Und vor allem, dass du ihn nicht unnötig provozierst."

„Wie kommst du auf die Idee, dass ich das machen würde?"

„Weil ich dein loses Mundwerk kenne."

„Das habe ich unter Kontrolle."

„Wirklich? Na dann haben sie dir in Quantico ja echt was beigebracht, denn früher konnte man das nicht behaupten."

„Ich gebe es ja zu, ich bin ein vorlautes Kind gewesen. Aber ich könnte mich nicht erinnern, dass dich das jemals gestört hätte."

„Nein", bekannte Harrington. „Um ehrlich zu sein, ich habe mir immer gewünscht, dein Temperament würde etwas auf Vanessa abfärben. Vielleicht hätten wir uns besser verstanden, wenn sie etwas mehr wie du wäre."

Ein kurzes, betretenes Schweigen entstand.

Harrington räusperte sich.

„Wie geht es ihr eigentlich? Habt ihr noch immer so engen Kontakt wie früher, oder hat sich das inzwischen auch aufgehört?"

Selina nahm erneut einen Schluck von ihrem Kaffee, um die Stille zu überbrücken. Es war ihr unangenehm, dass Ted ihr solche Rosen streute. Und auch, dass er sie fragen musste, wie es seiner Tochter ging, weil diese seit der Scheidung nicht mehr mit ihrem Vater sprach.

Vanessa war nie begeistert davon gewesen, dass ihr Vater Polizist war. Sie hatte es immer so empfunden, dass ihm die Arbeit wichtiger als seine Familie gewesen war, obwohl Selina wusste, dass das nicht stimmte. Sie hatte gleich nebenan gewohnt, war mit Vanessa zusammen aufgewachsen und praktisch Teil der Familie gewesen. Aber für Vanessa stand fest, dass die Scheidung allein die Schuld ihres Vaters gewesen war. Dass er kurz danach auch noch die Versetzung in eine andere Stadt angenommen hatte, war ihr nur der abschließende Beweis gewesen.

„Naja, seit ich zum FBI gegangen bin, sehen wir uns aufgrund der Entfernung natürlich nicht mehr so oft.

Aber wir telefonieren regelmäßig und schreiben uns E-Mails und so. Sie hat jetzt schon seit fast zwei Jahren einen Freund, mit dem es wirklich gut läuft. Vanessa redet schon hinter vorgehaltener Hand davon, dass sie glaubt, er wird ihr bald einen Antrag machen."

„Es freut mich zu hören, dass sie glücklich ist."

„Sag mal, was ganz was anderes", wechselte Selina das Thema, als sich erneut Schweigen einzustellen drohte. „Bezüglich der undichten Stelle. Du glaubst nicht daran?"

Ohne zu zögern schüttelte Ted den Kopf.

„Nein. Ich kenne meine Truppe, die Leute sind sauber, da bin ich mir sicher."

Selina sah in zweifelnd an.

„Es arbeiten einige Leute für dich. Wie kannst du dir da bei jedem einzelnem so sicher sein? Und die traurige Wahrheit ist, dass sich doch ein paar zu viele Zufälle zu Scordatos Gunsten ereignet haben. Also entweder der Kerl ist der größte Glückspilz seit Gustav Gans, oder er hat jemanden, der für ihn nachhilft."

„Hast du schon mal in Erwägung gezogen, dass einer von euren Leuten ihm zuspielen könnte? Immerhin mischt ihr in dieser Ermittlung auch schon seit Jahren mit."

Nun schüttelte Selina energisch den Kopf.

„Das kann ich mir nicht vorstellen."

„Siehst du", erwiderte Ted und lächelte sie milde an.

„Punkt für dich. Natürlich glauben wir daran, dass wir uns auf die Leute, mit denen wir zusammenarbeiten, verlassen können. Aber wer weiß, vielleicht ergibt sich ja für mich auch ein glücklicher Zufall, und ich schnappe etwas auf, was uns einen Hinweis liefert, woher Scordatos Glückssträhne kommt"

Teds Mine trübte sich wieder.

„Ich kann es nur noch einmal sagen: Sei auf alle Fälle vorsichtig."

Es klopfte an der Tür, und Ted stand auf, um zu öffnen.

„Guten Morgen, ich bin Agent Melissa Lake", stellte sich eine blonde Frau von schätzungsweise Mitte Dreißig mit einem Laptop unterm Arm bei Harrington vor. „Agent Callahan schickt mich."

„Dann will ich mal nicht weiter stören", verabschiedete sich Harrington und verließ den Raum.

„Wie ist es gelaufen?", fragte Melissa gleich brennend vor Neugier, während sie Selina gegenüber Platz nahm und ihren Laptop aufklappte.

„Eher mittelprächtig würde ich sagen", dämpfte Selina ihre Erwartungen. „Aber immerhin sieht es so aus, als wäre ich drinnen."

„Na dann wollen wir mal sehen, was wir daraus machen können. Siehst du irgendeine Möglichkeit, dir Zugang zu einem Computer, Handy oder Tablet zu verschaffen?"

„Nein, eher nicht. In den Räumen, in denen ich mich aufgehalten habe, hat es keine Computer gegeben. Und ein Handy bekomme ich garantiert nicht in die Finger, die sind dort nicht so nachlässig, so etwas einfach rumliegen zu lassen."

„Sonst irgendwelche elektronischen Geräte? Zähl ruhig alles auf, woran du dich erinnern kannst, auch wenn es dir unerheblich erscheint."

„Hm, naja, da ist nicht viel gewesen. In dem Raum, in dem ich die meiste Zeit verbracht habe, gibt es eine Spielkonsole, aber sonst ..."

„Eine Spielkonsole?", fragte Melissa sichtlich euphorisch nach. „Was für eine?"

„Keine Ahnung, damit habe ich nicht viel am Hut."

Melissa tippte kurz auf ihrem Laptop herum, dann drehte sie Selina den Bildschirm zu, auf dem mehrere Spielkonsolen samt Controller abgebildete waren.

„Diese hier ist es", stellte Selina nach kurzem Studium der Bilder fest. „Aber wie soll uns das weiterhelfen?"

„Auch Spielkonsolen haben Internetzugang. Falls diese mit dem WLAN im Haus verbunden ist, dann befinden sich auf ihr auch die Zugangsdaten dafür. Wenn du es schaffst, für kurze Zeit einen USB-Stick an das Gerät anzustecken, kann ich die Daten auslesen und uns vielleicht einen Zugang zu Scordatos Netz verschaffen."

„Das wird schwierig werden. Ich bin keinen Augenblick allein gewesen. Und was noch wichtiger ist, sie haben mich gründlich gefilzt. Wenn Scordatos Handlanger einen USB-Stick mit etwas heißerem als Katzenfotos bei mir entdecken sollte, würde mir das gar nicht gut bekommen."

„Der Stick ist kaum größer als der USB-Anschluss selbst. Wir haben verschiedene Möglichkeiten, ihn unauffällig zu verstecken."

Das bezweifelte Selina, schließlich hatte das Eva-Kostüm keine Taschen.

Hm, vielleicht gab es aber doch eine Möglichkeit.

„Habt ihr auch Ohrringe?"

„Ich glaube nicht, dass wir so etwas auf Lager haben, aber wir können welche anfertigen für dich. Das sollte nicht allzu lange dauern."

Kraftlos warf Selina den Schlüssel auf das Schuhkästchen im Vorzimmer. Endlich zu Hause.

Naja, mehr oder weniger. Dies war nicht wirklich ihre Wohnung, es war die Wohnung, in die Emily Monroe kürzlich eingezogen war. Das meiste Zeug hier gehörte ihr gar nicht, sie hatte lediglich zwei Koffer voll Gewand und dazu noch ein paar Kleinigkeiten mitgebracht, die kaum einen durchschnittlichen Rucksack füllten.

Auf dem Weg ins Wohnzimmer schlüpfte sie aus ihren Pumps und dem Mantel, die sie einfach mitten im Vorzimmer liegen ließ. Noch ein kurzer Umweg durch die offene Küche, um ein Glas Wasser zu trinken, dann ging es ab ins Schlafzimmer, das hinter dem Wohnzimmer lag. Die Bluse und der Rock landeten unterwegs ebenfalls auf dem Boden, der BH schaffte es gerade noch dorthin, bevor sie das Bett erreichte.

Völlig erledigt ließ Selina sich auf die Matratze fallen und zog die Decke über sich. Es dauerte keine Minute, und schon war sie auf dem Weg ins Land der Träume.

Bäuchlings lag Emily auf dem Schreibtisch. Sie wollte aufstehen, wollte weglaufen, aber es ging nicht. Ihr Kör-

per bewegte sich einfach nicht. Die ausweglose Situation ließ ihren Puls in die Höhe schießen. Es gab keine Möglichkeit zu entkommen, wusste sie doch nicht einmal, was sie überhaupt festhielt.

Vor ihr saß Scordato in einem bequemen Ledersessel und betrachtete sie reglos.

„Siehst du, nicht alle gutaussehenden Männer sind verheiratet oder schwul", flüsterte Selina ihr ein.

„Nein, manche sind auch pervers", ergänzte Emily die Aufzählung.

„Das Risiko, sich zu verbrennen, muss man als Pyromane eingehen", säuselte Selina, und lenkte Emilys Aufmerksamkeit zu ihrer Linken. „Sieh dem Feuer in die Augen."

Emily stockte der Atem. Neben ihr stand Dante, ein grausames Lächeln auf den Lippen und eine einstriemige Peitsche in der Hand. Ohne ein Wort zu sagen holte er aus, und die Peitsche fuhr mit einem lauten Knall auf sie nieder.

Keuchend riss Selina die Augen auf.

Es ist alles gut, es war nur ein Traum.

Behutsam befühlte Selina mit der Hand ihren bebenden Körper, ehe sie sie sacht über ihren Brustkorb, ihren Bauch und schließlich über ihren Slip gleiten ließ. Die leichte Berührung reichte, um ihren ganzen Körper in Anspannung zu versetzten.

Verdammt, es passierte tatsächlich schon wieder. Was war das nur mit dem Kerl, dass er sie in einer Tour in Erregung versetzte, obwohl sie doch keinerlei Sympathie für ihn hegte?

Wie von alleine wanderten ihre Finger unter ihr Höschen und begannen, ihre aufblühende Knospe zu streicheln. Mit geschlossenen Augen gab Selina sich der Fantasie hin, es wären Dantes Finger, die sie streichelten.

Nein, das haute nicht hin. Dante würde sie nicht zärtlich liebkosen. Sie nahm ihre Klit zwischen die Finger, drückte und drehte sie so fest, dass es weh tat.

Ja, das fühlte sich nach Dante an. Kristallklar sah sie sein scharf geschnittenes Gesicht vor sich, mit dem unnachgiebigen, breiten Kinn und den sie aufmerksam beobachtenden dunklen Augen, die sich an ihrem Anblick weideten.

Erst, als sie glaubte, es nicht mehr aushalten zu können, schob Selina zwei Finger der anderen Hand in ihre Vagina, um dort ihren G-Punkt zu reizen. Es dauerte nicht lang, und schon spürte sie heftig die Vorboten des aufziehenden Höhepunkts auf sie zukommen.

Beherzt zog sie die Hand zurück.

Es war ein schreckliches Gefühl, den schon zum Greifen nahen Orgasmus straucheln und fallen zu sehen. Aber genau das würde Dante mit ihr machen, er würde ihre eigene Lust benutzen, um sie genüsslich zu quälen, sie anheizen und fallen lassen, wieder und wieder.

Dreimal zwang Selina sich, ihre Hand im letzten Moment zurückzuziehen, bevor sie endlich dem Verlangen nachgab und den Orgasmus zuließ. Das erlösende Gefühl war überwältigend, und es zog sich wunderbar in die Länge, ehe es schließlich sanft abklang und Selina sich matt und überaus zufrieden auf dem Bett ausstreckte.

Wow. Als Wixvorlage war Dante echt eine Wucht, das musste sie ihm lassen.

Langsam setzte Selina sich auf. Die Realität sah freilich weit weniger berauschend aus. Als wäre nicht das, was sie seit gestern Abend von ihm kennengelernt hatte, schon furchteinflößend genug, dabei war das noch nicht mal die halbe Wahrheit. 'Sicherheitschef' war wohl eine ziemlich verharmlosende Beschreibung von Dantes Tätigkeit. Denn auch wenn sich ihr bisheriger Ermittlungsstand bei ihm ebenso wie bei seinem Boss bloß auf Indizien stützte, war Dante eindeutig der Mann, der in Massimo Scordatos Auftrag Probleme löste.

Und sie gingen dabei nicht zimperlich vor. Nachdem Massimo die Geschäfte seiner Familie in dieser Stadt übernommen hatte, waren die Scordatos endgültig zu den Alleinherrschern über den Drogenhandel hier aufgestiegen. Das letzte rivalisierende Kartell war beseitigt worden, ebenso wie mehrere Groß- und Zwischenhändler, die sich offenbar nicht fügen hatten wollen. Manche waren als Leichen aufgetaucht, andere einfach spurlos verschwunden. In sieben Fällen galt Dante selbst als der Hauptverdächtige, in weiteren vier Fällen waren es Leute, die direkt für ihn arbeiteten, aber in keinem einzigen Fall hatte sich mehr beweisen lassen, als dass er das Opfer gekannt hatte und sie einander nicht grün gewesen waren.

Bloß ein einziges Mal war ein nennenswertes Beweismittel in Form eines Zigarettenstummels aufgetaucht, doch das hatte sich leider als unbrauchbar erwiesen. Zwar war wohl DNA darauf gefunden worden, doch diese war zum Analyszeitpunkt bereits so stark zersetzt gewesen, dass keine Identifizierung mehr möglich gewesen war. Was laut der Laborantin, die die Analyse durchgeführt hatte, kaum ein Zufall gewesen sein dürfte. Ihrer Ansicht nach hatte jemand den Zigarettenrest mit DNAse versetzt, einem Enzym, das DNA spaltet, um so sämtliche Spuren zu vernichten. Jemand, der entweder für die Polizei oder das FBI arbeiten musste.

Was ihr nun, da sie Dante kennengelernt hatte, aber nicht mehr im Geringsten überraschend vorkam. Umsichtig wie er war, hatte er bestimmt bei Zeiten daran gedacht, sich gegen solche Eventualitäten abzusichern. Auf die eine oder andere Art, sei es durch Bestechung oder durch Nötigung, würde er einen Beamten gefunden haben, um diese Aufgabe für ihn zu übernehmen. Jemand, dessen Weg so viele Leichen pflasterten, konnte da gewiss ungemein überzeugend sein.

Und dabei waren die sieben Fälle, in denen er zuletzt konkret verdächtigt worden war, doch bloß die Spitze des Eisbergs. Das ging unzweifelhaft daraus hervor, mit welcher Routine und Präzision die Morde begangen worden waren. Da war kein Anfänger, sondern ein eiskalter Profi am Werk gewesen.

So wie auch bei Carlo Benini.

Beim Gedanken an das Foto rann Selina ein kalter Schauer über den Rücken. Dass Dante gefährlich war, hatte sie freilich vorher schon gewusst. Ganz im Gegensatz zu Massimo Scordato, der ein völlig unbeschriebenes Blatt gewesen war, ehe er hier das Familiengeschäft übernommen hatte, war Dante schon als Jugendlicher öfters mit dem Gesetz in Konflikt geraten. Hätte Massimos einflussreicher Vater nicht seine schützende Hand über ihn gehalten, wäre er gewiss schon früh im Jugendgefängnis gelandet. Danach war es zwar eine Weile ruhiger um ihn geworden, was aber wohl eher daran gelegen haben dürfte, dass er mit der Zeit umsichtiger geworden war, als dass irgendeine Art von Läuterung bei ihm eingesetzt hätte. Denn seit er die Stelle als Scordatos Sicherheitschef übernommen hatte, häuften sich die Indizien gegen ihn wieder dramatisch.

Aber selbst nach allem, was Dante schon zur Last gelegt wurde, das mit Benini schlug dem Fass wirklich den Boden aus. Wer zu so etwas fähig war, musste wirklich ein Psychopath ohne den geringsten Hauch von Mitgefühl sein.

Ein Stimmchen in ihr begehrte auf, dass es zwar wohl ein Motiv, aber keinerlei Beweise gab, dass wirklich Dante das getan hatte.

Was in den anderen Fällen aber auch nicht anders war, und dort hatte sie keine Probleme, Dante als tatverdächtig anzuerkennen.

Nur, dass sich dieser Mord doch deutlich von den anderen unterschied.

Nicht weiter verwunderlich, schließlich unterschied sich auch das Opfer stark von den anderen. Verrat in den eigenen Reihen war etwas ganz anderes, als wenn es bloß ums Geschäft ging.

Seufzend schüttelte Selina den Kopf. Auch wenn ihr Bauchgefühl seltsam vehement für Dante Partei ergriff, wusste ihr Kopf es doch besser. Natürlich wollte sie nur zu gern daran glauben, dass dieser grausame Mord nicht auf Dantes Konto ging. Schließlich würde sie diesem

Wahnsinnigen in wenigen Tagen wieder gegenübertreten müssen. Und da wäre es doch beruhigend, wenigstens darauf hoffen zu können, dass der Typ nicht völlig durchgeknallt war.

Selina hievte sich vom Bett hoch und ging ins Badezimmer. Schade, dass es hier keine Badewanne gab, sie hätte nach den Strapazen der letzten Nacht gerne ein wenig das warme Wasser genossen. Aber so musste sie sich leider mit einer Dusche begnügen.

Als sie in der Duschkabinenwand ihr Spiegelbild erblickte, hielt sie jedoch inne.

Irgendwie fühlte sie sich schäbig. Sie musste an Lisa denken, und daran, wie sie Scordato, und vor allem Dante, angesehen hatte. Lisa würde nach so einer Nacht gewiss nicht darüber jammern, dass sie keine Badewanne hatte. Sie würde zusehen, schnellstmöglich unter diese Dusche zu kommen, und ihren Körper mit einem Schwamm und einer ganzen Flasche Shampoo abreiben, um sämtliche Spuren der beiden gründlich zu entfernen.

Aber sie empfand nichts dergleichen. Schlimmer noch, sie hatte gerade zu Dantes Bild in ihrem Kopf onaniert.

Was stimmt nur nicht mit dir?, fragte sie das Gesicht, das ihr ungerührt von der Duschwand entgegensah. *Bist du wirklich so geil auf den Thrill, dass dir ein Mann, der dich vergewaltigt hat, feuchte Träume beschert?*

Naja, vergewaltigt war vielleicht ein zu hartes Wort, denn wie Dante richtig erkannt hatte, nicht die Aussicht darauf, dass er endlich ihr unbefriedigtes Verlangen stillen würde, hatte ihren Protest ausgelöst. Es war ihr tatsächlich bloß ums Prinzip gegangen, darum, dass Scordato ihre Abmachung gebrochen hatte.

Und wo ist deine Prinzipientreue jetzt? Nein ist nein, und basta. Da gibt es nichts zu erkennen oder zu deuten.

Sie hatte überaus deutlich ‚Nein' gesagt, und Dante hatte sich brutal darüber hinweggesetzt, das machte es zu einer Vergewaltigung, egal wie sehr oder auch nicht sie es tatsächlich abgelehnt hatte, mit ihm Sex zu haben. Warum also nahm sie diesen Abschaum, der ja nicht einmal damit punkten konnte, eigentlich ein netter, anständiger Kerl zu sein, vor ihrem eigenen Moralempfinden in Schutz?

Kopfschüttelnd trat Selina in die Dusche und drehte das Wasser auf. Natürlich wusste sie ganz genau, warum. So unschön das auch für sie als Gesetzeshüterin sein mochte, es war nicht überraschend, dass es sie anmachte, sich mit einem von der wirklich üblen Sorte einzulassen, in Anbetracht dessen, wie sie gestrickt war. Sie brauchte die Abwechslung, sie stand auf das Außergewöhnliche, und vor allem liebte sie den Nervenkitzel. Und Dante bot ihr all das im Überfluss, wie es keine normale Beziehung und kein durchschnittlicher One-Night-Stand vermocht hätte. Wen juckte es da, dass er wohl von eher zweifelhaftem Charakter war? Noch dazu, wo er dafür aber ziemlich heiß aussah, was, so oberflächlich es auch sein mochte, doch ein paar Vorbehalte seiner Person gegenüber ausräumte. Zumindest, was ihre Bereitschaft betraf, sich von ihm vögeln zu lassen.

Welche unterm Strich nur leider größer war, als sie hätte sein sollen. Ein wenig höher als ‚nur weil der Job es verlangt‘, wäre ja durchaus noch okay gewesen, schließlich war es nicht intrinsischer Teil ihrer Arbeit, dass sie die Rolle, die sie spielte, mit jeder Faser hassen musste. Aber sie sollte tunlichst zusehen, dass es in diesem Rahmen blieb und keinesfalls aus den Augen verlieren, aus welchem Grund sie sich überhaupt mit Dante abgab. Denn ihr Alter-Ego aus dem Traum hatte Recht: Sich auf Dante einzulassen war ein Spiel mit dem Feuer, bei dem sie sich eigentlich nur verbrennen konnte.

12

Selina stand im Schlafzimmer vor dem Spiegelschrank und betrachtete sich. Sie hatte sich nicht herausgeputzt, schließlich war dies kein Date, sondern eine Zwangsvorladung. Außerdem rechnete sie auch nicht damit, die Sachen lang anbehalten zu dürfen. Also hatte sie zu bequemer, schwarzer Baumwollunterwäsche gegriffen, einer schwarzen Cordhose, einem enganliegenden, grüngemusterten Shirt und einem hellgrauen Rollkragenpullover zum darüber Ziehen. Make-up würde sie gar keines auflegen, damit war sie also soweit fertig. Fehlte bloß noch eine Kleinigkeit.

Sie nahm eine kleine, schwarze Box von ihrem Nachtkästchen und klappte sie auf. Melissa hatte ihr die Ohrstecker gestern per Kurier zukommen lassen. Etwas mehr als daumennagelgroße, flache, silberne Quader mit leicht abgerundeten Ecken, in die ein aufwändiges Muster graviert war, welches den winzigen Spalt kaschieren sollte, der durch die Kappe des Sticks entstand.

Mit ruhiger Hand legte Selina den Schmuck an und betrachtete sich erneut. Sah ganz passabel aus. Ein wenig klobiger als die Ohrringe, die sie sonst trug, aber das wusste ja niemand.

Auf dem Weg ins Vorzimmer schlüpfte sie in ihren Pullover und richtete mit den Händen nochmal schnell ihre Locken. Dann stieg sie in bequeme, feste Schuhe und zog sich eine warme Daunenjacke mit Kapuze an. So ihre Kleidung nicht das unglaubliche Pech hatte, zweimal hintereinander in einer Pfütze zu landen, brauchte sie sich diesmal vor einem eventuellen Mitternachtsspaziergang nicht zu fürchten.

Sie zog ihr Handy aus ihrer fertig gepackten Handtasche und sah auf die Uhr: fünf vor zehn. Dante hatte ihr mitgeteilt, dass er sie Freitagabend pünktlich um zehn abholen würde und dass sie zusehen sollte, dass sie fertig war, wenn er kam, denn er war nicht motiviert, auf sie zu warten.

Als ob sie der Vorstellung etwas abgewinnen könnte, dass er bei ihr in der Wohnung herumlungerte, während sie sich anzog. Genau genommen wollte sie ihn nicht mal an ihrer Türschwelle haben, weshalb sie schon mal nach unten ging, um vor dem Haus auf ihn zu warten.

Positiv überrascht stellte Dante fest, dass Emily bereits abflugbereit vor dem Haus stand, als er pünktlich um zehn vorfuhr. Er hielt den Wagen in zweiter Spur, um sie einsteigen zu lassen.

„Guten Abend", grüßte er sie freundlich, nachdem sie Platz genommen hatte.

Ein verächtliches Schnauben leitete ihre Antwort ein.

„Ein guter Abend wäre es, wenn ich jetzt nicht hier sitzen müsste", unkte sie.

„Kein Kleid?", fragte Dante, ihre Beschwerde einfach ignorierend.

„Hast du eines bestellt?", gab sie barsch zurück.

„Man möchte meinen, das versteht sich von selbst."

„Tut mir leid, fürs selber denken werde ich nicht bezahlt."

„Sieh an, bist ja doch eine kleine Hure, kaum eingestiegen und schon geht es nur ums Geld."

Sie sah ihn giftig an.

„Ich bin nicht wegen der Kohle hier!", stellte sie entschieden klar.

„Natürlich nicht, denn es gibt diesmal auch keine. Schließlich hat Massimo dich heute nicht zum Arbeiten bestellt, sondern als Gast eingeladen, nachdem er letzte Woche so angetan von dir gewesen ist."

Anstatt etwas zu erwidern verdrehte Emily nur die Augen, und wandte den Blick stur nach vorne.

„Was sind das eigentlich für Klunker?", fragte Dante, und schob mit einer Hand ihre schwarzen Locken hinters Ohr, wobei sie sich sichtlich versteifte.

„Das nennt sich Ohrringe", kam die unwirsche Antwort, während sie mit einem Kopfschütteln ihre Haare wieder darüber springen ließ.

„Sind die nicht ein bisschen groß für dich? Ich hätte dich eher für jemanden gehalten, der vorzugsweise kleine Ohrstecker trägt."

„Woher willst du das denn wissen?", meinte sie ungehalten, aber er sah ihr an, dass sie verblüfft war.

Nicht, dass er diese Bestätigung seiner Aussage gebraucht hätte. Er wusste genau, was für Ohrschmuck sie sonst trug. Schließlich war er vor einigen Tagen in ihrer Wohnung gewesen und hatte ihre Sachen durchstöbert, während sie in der Arbeit gewesen war. Und diese Teile, oder auch nur etwas entfernt Ähnliches, waren da garantiert nicht dabei gewesen.

„Die sind ein Geschenk von meiner Mutter", erklärte Emily etwas widerwillig, als ihr klar wurde, dass er auf eine Antwort wartete. „Ich habe sie erst gestern mit der Post bekommen und wollte sie gleich einweihen."

Nun wandte sie sich ihm forsch zu.

„Ist das etwa ein Problem? Nachdem ich heute Gast bei Massimo bin, gibt es diesmal ja wohl keinen Dress-code, der Ohrringe verbietet."

Belustigt sah Dante sie an.

„Du willst bei dem, was wir mit dir machen, etwas dabeihaben, das dich an deine Mutter erinnert?"

Ein Hauch von Rot zog auf ihren Wangen auf.

„Also für mich ist das kein Problem", stellte Dante amüsiert fest und richtete seine Aufmerksamkeit von Emily auf die Straße, um sich wieder in den fließenden Verkehr einzugliedern.

„Äh, wo fahren wir eigentlich hin?", fragte Emily, als sich nach der dritten Kreuzung abzeichnete, dass Dante eindeutig nicht den Weg zu Scordatos Villa außerhalb der Stadt einschlug.

„Wir machen einen kleinen Umweg", erklärte Dante einsilbig.

Mit einem mulmigen Gefühl blickte Emily beim Fenster raus, während die Häuser immer verfallener und die Gegend immer zwielichtiger wurde. Was zum Teufel wollte er nur mit ihr im Schlepptau im miesesten Teil der Stadt?

Schließlich brachte Dante das Auto auf dem Parkplatz einer verlassenen Fabrik zum Stehen und stellte den Motor ab.

„Bist du dir sicher, dass du hier mit einem neuen BMW stehenbleiben möchtest? Ich würde hier nicht mal mit meinen uralten, verbeulten Chevy halten."

„Um den Wagen brauchst du dir keine Sorgen zu machen", erklärte Dante gelassen.

„Okay, wenn du das sagst", meinte Emily mäßig überzeugt, während sie den Blick leicht beunruhigt über die Umgebung schweifen ließ.

„Du suchst am falschen Ort", ertönte es unvermittelt hinter ihr.

„Wie?", fragte Emily verwirrt, doch als sie sich zu Dante umdrehte, war ihr schlagartig klar, was er meinte.

Das, wovor sie sich fürchten sollte, war nicht da draußen. Es war hier herinnen.

„Dante, wieso sind wir hier?", fragte sie bang, wobei ihr das Herz bis zum Hals klopfte.

Mann, er war schon furchteinflößend, wenn er lächelte, aber so kalt und berechnend, wie er sie jetzt ansah, konnte einem vor Angst glatt das Blut in den Adern gefrieren.

„Gib mir deine Ohrringe", forderte er schlicht.

„Meine Ohrringe?", stammelte Emily verblüfft. „Wieso? Du hast gesagt, ich kann sie ruhig drauf lassen. Was stimmt jetzt auf einmal nicht damit?"

„Ich will sie mir ansehen."

„Du willst sie dir ansehen? Das hättest du auch gleich vor meiner Wohnung machen können, dafür hätten wir nicht extra hierherfahren müssen."

„Doch. Denn wenn mir das, was ich vielleicht finde, nicht gefällt, kann ich mich hier gleich angemessen um dich kümmern."

Emily sog scharf den Atem ein und starrte Dante mit weit aufgerissenen Augen an.

„Okay", meinte sie mit zitternder Stimme und einem gezwungenen Lächeln, „du erlaubst dir hier gerade einen äußerst üblen Scherz mit mir, nicht wahr? Denn das kann ja wohl nicht dein Ernst sein."

„Es wird dir hoffentlich erspart bleiben, das so genau herauszufinden. Und jetzt gib mir deine Ohrringe", wiederholte er nachdrücklich. „Oder muss ich sie mir holen?"

Verschreckt schüttelte Emily den Kopf und begann sogleich mit zitternden Fingern, die Ohrstecker abzunehmen, um sie Dante dann auf der flachen Hand zu präsentieren.

„Hier hast du sie."

Mit angehaltenem Atem verfolgte Emily, wie Dante den Schmuck an sich nahm und ein Gerät von der Größe eines Handys aus der Mittelkonsole seines Wagens holte.

„Was ist das?", fragte sie mit belegter Stimme.

„Ein Messgerät für elektromagnetische Wellen", erklärte Dante beiläufig, während er das Teil über ihren Ohrringen hin und her bewegte.

„Was? Wozu? Sehen die Dinger aus, als wäre da ein Radio eingebaut? Und selbst wenn, wäre das ein Verbrechen?"

„Wenn es tatsächlich nur ein Radio ist, dann nicht, aber wenn da irgendein anderes Signal rein oder raus geht, dann hast du ein ernstes Problem."

Gebannt beobachtete Emily Dantes Tun, aber das Gerät blieb stumm.

„Scheinen sauber zu sein", stellte er schließlich fest.

„Ja was hast du denn erwartet?" fuhr sie ihn leicht hysterisch an. „Das sind stinknormale Ohrstecker, verdammt nochmal!"

„Man weiß nie, was man in Schmuck dieser Größe nicht alles findet", erklärte Dante, während er begann, einen der Stecker genauer zu begutachten.

„Bist du denn noch immer nicht zufrieden?", fragte Emily nervös.

„Ich suche nach einer Möglichkeit, sie zu öffnen."

„Sehe ich aus, als würde ich Happy Pills schmuggeln?"

„Besser wäre es für dich, wenn du dich bloß als Junkie herausstellst, damit würdest du noch am glimpflichsten davonkommen."

Er nahm den Ohrring in beide Hände und zog fest daran.

Nichts passierte.

Sein kalter Blick musterte noch einmal prüfend ihr Gesicht, dann warf er ihr die Ohrringe zu.

„Hier hast du sie wieder."

Mit einem dumpfen Geräusch fiel der Schmuck zu Boden, denn Emily schaffte es nicht, ihn mit ihren zittrigen

Fingern zu fangen. Ihre Augen folgten ihm kurz nach, doch dann sah sie wieder gebannt zu Dante.

„Na los, heb sie schon auf", forderte er kalt lächelnd. „Du weißt, dass ich nicht darauf angewiesen bin, dich hinterrücks zu überfallen."

Toll, wenn er es so ausdrückte, fühlte sie sich doch gleich besser.

Zaghaft kroch Emily in den Fußraum, um ihre Ohrstecker zu suchen.

„Schnall dich an", befahl Dante, als sie wieder hochkam.

Brummend sprang der Motor an, und sie verließen den Parkplatz. Mit einem tiefen, erleichterten Atemzug ließ Emily sich in den Sitz sinken.

Gut gemacht, er hat's geschluckt, lobte Selina zufrieden ihren Auftritt.

13

Nach einer weiteren Fahrt ins Blaue hatte sich herausgestellt, dass Dante sie heute gar nicht zu Scordatos Villa fahren würde. Stattdessen hatte er sie zu einem Penthouse in der Innenstadt gebracht, das Massimo sein Eigen nannte.

Mit einem sanften Ping öffneten sich die Türen des eigenen Aufzugs im obersten Stock, und Emily und Dante stiegen aus.

„Guten Abend, Emily", begrüßte Scordato sie überraschend herzlich in einem Wohnzimmer, das um einiges größer als Emilys gesamte Wohnung war. „Es freut mich sehr, dich wiederzusehen."

„Sie werden verzeihen, dass diese Freude nicht auf Gegenseitigkeit beruht", erwiderte Emily kühl.

„Immer noch sauer wegen des holprigen Starts, den wir miteinander gehabt haben?"

„Oh, nicht halb so sehr wie wegen des heimtückischen Endes."

„Na schön, ich muss zugeben, dass war ziemlich hinterhältig von mir, dich hierbei so hinters Licht zu führen", erklärte Scordato scheinbar reuig, doch Emily sah deutlich, wie in seinen Augen insgeheim Stolz glühte.

Was für ein Kotzbrocken.

„Aber du hast dich auch nicht gerade von deiner kooperativen Seite gezeigt, was leider ein paar Zwangsmaßnahmen erfordert hat."

„Vielleicht, weil ich ums Verrecken nicht mitmachen wollte?", schlug Emily genervt vor. „Und ich wäre auch heute nicht hier, wenn ihr Mitarbeiter nicht sehr deutlich gemacht hätte, dass nicht herzukommen mir viel Ungemach einbringen würde."

Scordato lachte leise, dann schlenderte er in einem kleinen Bogen hinter sie und legte ihr beide Hände auf die Schultern.

„Natürlich verbietet dein Stolz dir, es zuzugeben, aber wir wissen doch alle, dass du es in Wahrheit genossen hast", raunte er in ihr Ohr.

Als sie nichts erwiderte, sondern bloß leicht grollend ausatmete, lachte Scordato erneut.

„Sieh es nicht als Fluch an, Emily. Es ist eine seltene Gabe. Die meisten Frauen, die ich gehabt habe, sind nicht mal ansatzweise in der Lage gewesen, in Dantes Händen Lust zu empfinden. Und so spontan über die Ziellinie wie du hat es bisher überhaupt noch keine geschafft. Haben wohl alle zu viel Angst gehabt vor dem bösen Mann in Schwarz."

Er tauschte mit Dante einen wissenden Blick aus und trat dann wieder vor Emily.

„Wie wäre es, wenn wir nochmal neu miteinander anfangen?"

„Heißt das, keine Zwangsmaßnahmen mehr? Prima, dann kann ich ja gehen", meinte Emily und deutete auf den Lift.

Erwartungsgemäß lächelte ihr Gegenüber jedoch bloß vernehmlich über diese Idee.

„So weit würde ich nun nicht gehen. Ich erwarte mir weiterhin, dass du mir gehorchst, und wenn du das nicht tust, wird Dante sich etwas einfallen lassen, um dich zur Kooperation zu bewegen. Aber ich wäre bereit dir zuzusagen, dass ich zukünftig ehrlich zu dir sein und dich nicht mehr bewusst hinters Licht führen werde."

Er sah sie verschmitzt an.

„Auch wenn es riesigen Spaß gemacht hat", räumte er ein.

„Wie großzügig von Ihnen, Mister Scordato. Das heißt dann wohl im Klartext, dass Sie heute nicht mehr vorgeben werden, mich gar nicht vögeln zu wollen?"

„Nicht Mister. Einfach Massimo. Immerhin ist dies unser erstes Date."

Emily verdrehte die Augen.

„Na schön, Massimo, sei ehrlich zu mir", säuselte Emily aufgesetzt und trat einen Schritt näher an ihn heran, „willst du mich heute mit deinem Schwanz beglücken?"

Massimo grinste breit.

„Ich liebe deinen Sarkasmus, ehrlich."

Das Grinsen verschwand, und er sah sie scheinbar aufrichtig an.

„Nein, werde ich nicht."

„Nein?", fragte Emily völlig baff nach.

Damit hatte sie nun wirklich nicht gerechnet. Zumindest nicht unter der Prämisse, dass er tatsächlich ehrlich zu ihr war, wie er es versprochen hatte. Wovon sie freilich nicht überzeugt war.

„Nein", wiederholte Massimo gelassen. „Lass es mich dir so erklären: Es gibt Geigen, und es gibt Stradivaris." Er sah sie beinahe liebevoll an. „*Du* bist eine Stradivari. Nur leider ist es so, dass mein Talent bei weitem nicht ausreicht, als dass man einen Unterschied hören würde, auf was für einem Instrument ich spiele. Weshalb ich mich lieber zurücklehne und genieße, wie ein Virtuose wie Dante die Stradivari spielt, der genau weiß, wie man jede einzelne Note zu vollendetem Klang bringt."

Emily schluckte. Sie war sich nicht sicher, ob das gute oder schlechte Neuigkeiten waren. Einerseits war sie froh, dass Massimo die Finger von ihr lassen würde, denn bei der Auswahl war ihr Dante allemal noch lieber. Andererseits aber war die Aussicht, dass Dante offenbar gänzlich das Ruder übernehmen sollte, durchaus einschüchternd.

Nicht, dass Massimo so ein freundlicher Geselle gewesen wäre, aber sie musste ihm doch zugestehen, dass er sie letzte Woche ein paar Mal vor Dantes Unerbittlichkeit gerettet hatte. So er also tatsächlich beabsichtigte, sich diesmal vornehm zurückzuhalten und wirklich nur zuzusehen, konnte sie sich also schon mal auf was gefasst machen.

„Geht es dir gut?", fragte Massimo, der ihren Gedanken wohl gefolgt war. „Du siehst ein wenig blass aus."

„Alles bestens", murmelte Emily.

„Komm, lass uns erst mal eine Kleinigkeit essen gehen", schlug Massimo vor, und wies mit der Hand den Weg ins Nebenzimmer.

Skeptisch kam Emily seiner Einladung nach.

Nebenan war ein Tisch für zwei gedeckt, genauso nobel wie letzte Woche für Massimos Geschäftsfreunde.

Massimo und Dante begaben sich zielstrebig zu den beiden Stühlen. Umso überraschter war Emily, als Dante galant den Stuhl für sie zurückzog und Massimo sie aufforderte, sich zu setzten. Sie hatte fest damit gerechnet, selber keinen Platz am Tisch zu bekommen, sondern den beiden Herren beim Essen zusehen und dabei zur allgemeinen Erheiterung auf irgendeine Art vor sich hin leiden zu dürfen.

„Auch das gehört zu unserem Neuanfang", erklärte Massimo, dem ihre Verwunderung nicht entgangen war. „Also zieh dir das nächste Mal doch bitte etwas an, das dem Rahmen etwas mehr entspricht."

„Klar doch", murmelte Emily bloß, von seiner unerwarteten Freundlichkeit etwas aus dem Konzept gebracht, während sie Platz nahm.

Dabei sollte er mal lieber froh sein, dass sie nicht doch zur Jeans gegriffen hatte. Damit hätte sie neben Massimo in seinem feinen, dunkelblauen Anzug nämlich wirklich äußerst fehlplatziert gewirkt. Wenigstens trug er zu dem blütenweißen Hemd mit den teuer aussehenden Manschettenknöpfen keine Krawatte, was bei ihm wahrscheinlich schon dem Casual-Look entsprach.

„Ich an deiner Stelle würde mir den Bauch nicht zu sehr vollschlagen", flüsterte Dante ihr noch zu, nachdem er ihr den Stuhl zurechtgerückt hatte, ehe er sich dezent zurückzog, um das Feld einem Mann in Livree zu überlassen, der euphorisch von dem Menü und der wunderbaren Weinbegleitung erzählte und anschließend die Vorspeise servierte.

Bedachte man, dass sie mit Massimo am Tisch saß, der die Woche zuvor noch so überaus charmant verlautbart hatte, dass es kaum etwas Uninteressanteres für ihn gab, als sich mit ihr zu unterhalten, verlief das Abendessen überraschend angenehm. Es schien ihm tatsächlich ernst damit zu sein, dass dies eine Date sein sollte, denn er war geradezu galant zu ihr. Keine herablassende Bevormundung, keine schlüpfrigen Anspielungen. Das Gespräch drehte sich um ganz normale Themen, wobei sie neben dem obligatorischen belanglosen Smalltalk einander auch ein wenig über persönliche Dinge ausfragten.

Freilich erwies sich das am Ende als nicht sonderlich ergiebig. Es war zwar nicht gelogen, was Massimo ihr so erzählte, aber zu behaupten, er habe den gut gehenden Importhandel seines Vaters vor ein paar Jahren übernommen, war doch ein ziemlicher Euphemismus dafür, dass er als Spross eines großen Mafiapaten einen Teil des Geschäfts anvertraut bekommen hatte und sein Geld nun mit Drogenschmuggel und Drogenhandel im ganz großen Stil verdiente.

Aber wer wusste schon, ob sich das ein oder andere Detail, das er von sich gab, nicht doch noch als nützlich erweisen könnte. Also lauschte sie fasziniert den geschönten Geschichten aus seinem Leben, die immerhin wesentlich mehr Wahrheitsgehalt hatten als das, was sie

über Emilys frei erfundenes, fiktives Leben zum Besten
gab.

14

„Hat es dir geschmeckt?", erkundigte sich Massimo, nachdem der letzte Gang abserviert worden war.

„Es ist wirklich ganz ausgezeichnet gewesen. Ich habe selten so gut gegessen", bekannte Emily.

„Kann ich noch etwas für Sie tun, Signore?", fragte der Butler.

„Nein, Fernando, das wäre alles für heute, du kannst dann alle nach Hause schicken. Und richte dem Koch doch bitte aus, wie angetan die Signora von seinen Künsten gewesen ist."

„Jawohl, Signore. Ich wünsche Ihnen noch einen guten Abend."

Der Mann hatte den Raum kaum verlassen, da spürte Emily schon den deutlichen Wandel in der Stimmung.

„So meine Liebe, für heute bist du genug verwöhnt worden. Es wird Zeit, dass du dich dafür bei mir revanchierst", erklärte Massimo, in dessen Augen nun wieder dieses bewusste Funkeln getreten war, das sie vom letzten Mal bereits allzu gut kannte.

Mit einer offerierenden Handbewegung lehnte er sich in seinem Stuhl zurück.

„Dante, sie gehört ganz dir."

Die Berührung von Dantes Hand an ihrer Schulter ließ Emily überrascht zusammenzucken, denn er war wie aus dem Nichts hinter ihr aufgetaucht. Reife Leistung von ihm, sich so leise anzuschleichen, dass sie rein gar nichts bemerkt hatte.

„Du hast doch keine Angst im Dunkeln?", fragt er sie über die Schulter mit einem herausfordernden Lächeln.

„Kommt darauf an, gibt es hier menschenfressende Alien-Flugsaurier?"

Sein Lächeln wurde breiter.

„Interessante Assoziation. Kann es sein, dass du den Film öfter als einmal gesehen hast?"

„Das wäre schon möglich", gestand Emily, auch wenn es sich äußerst seltsam anfühlte, eben eine gemeinsame Vorliebe mit Dante entdeckt zu haben.

„Nein, es gibt hier keine blutrünstigen Aliens", versicherte er ihr. „Das Einzige, wovor du dich hier fürchten musst, bin ich."

Noch ehe sie recht wusste, wie ihr geschah, hatte Dante ihr schon einen schwarzen Stoffbeutel über den Kopf gezogen und ihn mit einem zweiseitigen Zugband enganliegend um ihren Hals geschlossen.

Wunderbar, als ob sie noch eine zusätzliche Erinnerung daran gebraucht hätte, dass sie sich hier bei der Mafia befand. Noch dazu, wo das Thema Riddick sie unweigerlich auf die Frage gebracht hatte, ob Dante wohl auch so ein schickes Messer als ständigen Begleiter hatte. Keine unerhebliche Frage, wenn man bedachte, wie Benini ermordet worden war.

„Steh auf und zieh dich aus", unterbrach Dante ihre abschweifenden Gedanken.

Selina hat hier nichts zu suchen, rief sie sich ins Gedächtnis. *Du bist Emily. Und Emily weiß von alldem nichts. Also benimm dich auch entsprechend!*

„Und wie stellst du dir vor, dass ich mit dem Sack über dem Kopf aus dem engen Rollkragen kommen soll?", kehrte Emily mit einer ungehaltenen Beschwerde in ihre Rolle zurück, während sie sich erhob.

Ohne Vorwarnung traf ein harter Schlag ihren Hintern.

„*Ich* werde sicher nicht bis drei zählen", belehrte Dante sie mit dunkler Stimme. „Und beim nächsten Mal nehme ich was mit mehr Biss als meine Hand."

„Schon gut, ich mach ja schon", beteuerte Emily hastig, während sie schon aus den Ärmeln ihres Pullovers schlüpfte.

„Wehe, du ziehst den Sack mit aus."

Mit einem zusätzlichen Paar Hände kein Problem, aber Emily wagte gar nicht erst, Dante um Hilfe zu bitten. Also mühte sie sich allein ab, was zwar eine ziemliche Wurschtelei war, aber sie bekam es hin, noch bevor Dante sich bemüßigt fühlte, ihr Beine zu machen. Schnell zog sie auch noch den Rest ihrer Sachen aus, und hängte alles auf den Stuhl.

„Wie sieht es aus, möchtest du heute Schuhe haben oder nicht?", raunte Dante ihr zu.

„Ich werde meine Antwort so oder so bereuen, nicht wahr?", stellte Emily vorsichtig fest, in der Hoffnung, damit nicht gleich wieder am Watschenbaum zu rütteln, denn es lag ihr fern, Dante ebenso zu reizen, wie sie es letzte Woche mit Massimo getan hatte. Nur weil sie verwegen genug war, einen Hund am Schwanz zu ziehen, hieß das noch lange nicht, dass sie das auch bei einem Tiger probieren wollte.

„Natürlich", gab Dante unumwunden zu. „Aber nicht im gleichen Maße."

Wie hilfreich.

„Wenn du mir Schuhe anbietest, dann nehme ich sie auch", gab Emily sich reuig, in der Hoffnung, dass es das war, worauf er abzielte und er sie nicht bloß eiskalt auflaufen lassen wollte.

„Kluge Entscheidung", lobte Dante sie aber zu ihrer Erleichterung. „Setz dich, ich bin gleich wieder da."

Kurz darauf kam Dante zurück, nahm ihre Beine, und fädelte ihre Füße in Stöckelschuhe.

Ach herrje, war das wirklich sein Ernst?

Die Absätze waren dermaßen hoch, dass sie nicht mehr auf den Ballen, sondern bloß noch auf den Zehen stand, und zu allem Überfluss waren es auch noch Bleistiftabsätze.

„Na los, steh wieder auf", beendete Dante ihre kurze Fühlübung im Sitzen.

Äußerst wacklig kam Emily auf die Beine. Ohne etwas zu sehen war schon bloßes Stehen eine Herausforderung. Sie hatte keinen Schimmer, wie sie da erst laufen sollte.

Dantes Hände nahmen ihre Schultern und drehten sie, dann gab er ihr einen Klaps auf den Po.

„Da geht's lang. Abmarsch."

Die Arme ausgebreitet wie eine Seiltänzerin setzte Emily sich schwankend in Bewegung. Oh Mann, sie war ja genau die richtige Kandidatin für diese Super-High-Heels, hatte sie doch schon mit normalen Stöckelschuhen ihre liebe Not.

„Etwas schneller bitte", forderte Dante sie hörbar gelangweilt auf. „Wir wollen schließlich heute noch ankommen."

Meinte er wirklich, dass es die Sache beschleunigte, wenn sie sich unterwegs die Beine brach?

Immerhin warnte er sie ein paar Schritte weiter: „Vorsicht, Teppichkante", womit er sie wohl vor einem sicheren Sturz bewahrte.

Juhu, auf dem weichen Teppich ging es sich noch mieser! Fehlte bloß noch, dass ihr jemand zurief: ‚Stell dich nicht so an! Mehr Glamour! Das muss sexy aussehen!', dann hätte sie auch gleich zum Top-Model-Casting gehen können.

Irgendwie schaffte sie es überraschenderweise aber doch, sich von Dante unfallfrei quer durch das Penthouse über Teppiche und einzelne Stufen lotsen zu lassen, bis seine Order auf einmal: „Stopp", lautete, und sie hörte, wie eine Tür geöffnet wurde.

„Mach zehn von deinen Minischritten vorwärts."

Nach vier Schritten merkte sie, dass der Untergrund wechselte, denn hier war es weniger glatt als auf dem Parkett, und ihre Absätze machten ein viel gedämpfteres Geräusch.

Ein mulmiges Gefühl überkam Emily. Das kam ihr schwer nach Kunststoffboden vor, und der einzige Grund, der ihr einfiel, warum jemand wie Massimo sich so etwas in sein sonst so luxuriös eingerichtetes Heim legen lassen würde war, dass man diesen am besten von sämtlichen Spuren reinigen konnte.

Jetzt bleib mal rational und schmeiß bloß nicht die Nerven weg!, schalt Emily sich.

Ungeachtet dessen, womit Dante seine Brötchen verdiente, würde das, was er mit ihr vorhatte, schon nicht so schlimm werden, dass er den Raum anschließend mit Bleichmittel tränken musste, um die Beweise dafür zu beseitigen.

Hinter ihr wurde die Tür wieder geschlossen, dann vernahm sie das Rascheln von Kleidung, vermutlich Massimo, der irgendwo links von ihr Platz genommen haben dürfte. Dante konnte sie jedoch nicht ausmachen, so sehr sie auch die Ohren spitzte.

Huch!

Auf einmal wurden ihre Beine schwungvoll nach vorne weggeschlagen, und Emily sah sich schon wie ein Brett rücklings auf den Boden knallen, als überraschend Dantes Arm ihren Sturz vorzeitig stoppte.

Erleichtert stieß sie die übermäßige Luft wieder aus, die sie eben erschrocken eingesogen hatte, nachdem ihr klar wurde, dass Dante sie bloß äußerst dynamisch hochgehoben hatte.

„Ein wenig schreckhaft heute?", stichelte Dante amüsiert.

„Liegt wohl an der schrecklichen Vorstellung, du könntest mich schon wieder über die Schwelle tragen wollen."

„Was wäre daran so schlimm?"

„Das fragst du noch, so wie das letztes Mal geendet hat?"

„Du meinst, mit diesem unglaublichen Orgasmus, den du gehabt hast?"

„Das rechtfertigt nicht, wie es dazu gekommen ist!"

Sie spürte, wie Dante unbeeindruckt von Schuldgefühlen oder auch nur ihrem Gewicht auf seinen Armen mit den Schultern zuckte. Von Reue keine Spur. Was freilich keine Überraschung war.

„Na schön, ich will mal kein Unmensch sein", erklärte Dante dennoch großmütig, während er sie ablegte.

Sofort gingen Emilys Finger dezent auf Wanderschaft, um herauszufinden, worauf sie hier lag.

Hm, fühlte sich wie eine mit Leder bespannte Holzliege an, bei der man die Polsterung vergessen hatte.

„Wenn dir der Sex mit mir so zuwider ist, dann bin ich zu folgendem Angebot bereit: Kein Sex; aber auch kein Orgasmus für dich."

Emily schnaubte verächtlich.

„Dein Angebot beleidigt meine Intelligenz. Hältst du mich wirklich für so naiv? Das mit dem Orgasmus war doch nicht geplant, das ist dir passiert. Und so, wie ich dich bisher kennengelernt habe, wirst du bestimmt alles daransetzen, damit dir das nicht nochmal unverhofft passiert. Da kann ich mir doch schon ausmalen, was heute auf dem Programm steht."

Dantes leises Lachen war zu vernehmen.

„Dann willst du also nun doch von mir gefickt werden?"

„Gibt es bei dir eigentlich nur die Wahl zwischen Pest und Cholera? Nein, warte, das letzte Mal war die Wahl, jemand anderem die Pest an den Hals zu wünschen. Heute hätte ich einen Kandidaten dafür."

Sie deutete mit dem Daumen in die Richtung, in der sie Massimo vermutete.

„Da hat ja jemand richtig aufmerksam die Lauscher aufgestellt", stellte Dante anerkennend fest. „Aber bedaure, diese Option steht nicht mehr zur Verfügung. Heute gibt es nur uns zwei. Also, wie lautet deine Antwort?"

„Erst will ich wissen, wie die Alternative ausschaut, denn bisher habe ich keine Zusage, dass ich besser aussteige, wenn ich dich ranlasse."

„Nicht, dass du in der Position wärst, Bedingungen zu stellen, aber ich respektiere dein Bestreben, dich nicht zweimal mit demselben Trick leimen zu lassen. Und im Prinzip hast du eh schon erraten, was dich heute erwartet, also kann ich es dir ja ruhig verraten. Ich werde heute austesten, auf welche Arten ich dich zum Kommen bringen kann. Und wenn du dich ein bisschen kooperativ zeigst, dann sollst du auch deinen Spaß daran haben und das voll auskosten können. Willst du dich aber lieber stur stellen, dann werde ich dafür sorgen, dass dies eine äußerst lange, extrem frustrierende Nacht für dich wird."

„Na schön, du hast mich überzeugt", seufzte Emily.

„Wovon?"

„Du willst es unbedingt hören, nicht wahr?", schnaubte sie erbost. „Ja, ich will, dass du mich vögelst. Bist du nun zufrieden?"

„Noch lange nicht. Dich zu ficken ist bloß ein Bonus. Du weißt, was ich wirklich von dir will", meinte Dante lapidar, ehe er ihre Unterschenkel packte, sie ein Stück nach unten zog und ihre Beine spreizte.

Breite Ledermanschetten wurden eng um ihre Fußgelenke gelegt, die offenbar an einem seitlich neben der Liege aufragenden Pfosten oder so angenietet waren. Als nächstes kamen ihre Arme dran, die Dante über ihren Kopf zog, und in ebenso befestigte, wuchtige Lederfesseln steckte. Schließlich machte er sich an dem Sack über ihrem Kopf zu schaffen.

„Fertig. Du darfst die Augen jetzt öffnen, Schätzchen", verkündete Dante, als hätte er eine Überraschung für seine Liebste, was eindeutig Grund zur Beunruhigung war.

Ach du lieber Himmel ...

Ehrlich gesagt hatte sie sich beim letzten Mal schon gewundert, dass Massimo trotz Geldes wie Heu seine perversen Vorlieben in einem stinknormalen Arbeitszimmer auslebte, anstatt sich einen standesgemäßen Folterkeller zu leisten.

Überraschung, er hatte sich doch einen geleistet.

Wenn auch nicht im Keller, sondern im Dachgeschoß. Und auch ohne sich groß auszukennen, konnte sie mit einem Blick sagen, dass der mehr als geräumige, von der Decke bis zum Boden komplett in Schwarz gehaltene Raum ohne Zweifel alles beherbergte, was das Sadistenherz höherschlagen ließ. Dutzende Glasvitrinen voller Peitschen, Fesseln, Dildos, Masken, Schuhe, Korsetts und anderem Zeug, das Emily auf den ersten Blick nicht mal einordnen konnte, und etliche Möbel, die von sonderbar bis bizarr reichten. Ganz hinten im Eck stand doch tatsächlich sogar eine eiserne Jungfrau. Gut, vielleicht war das Teil auch nur exzentrische Dekoration, aber darauf wetten würde sie gewiss nicht. Da hatte sie vergleichsweise ja noch richtig Glück gehabt, bloß auf dieser harmlosen Pritsche gelandet zu sein, die ziemlich genau dem entsprach, was sie sich blind vorgestellt hatte.

Moment mal ...

Was war das für eine Kurbel an dem Pfosten, an dem ihre rechte Hand hing?

„Und, hast du schon herausgefunden, worauf du da liegst?", fragte Dante beiläufig, als er mit einem kleinen Rollwagerl, ähnlich denen beim Frisör, aber mit deutlich anderem Inhalt, zu ihr zurückkehrte.

„Ich fürchte schon", murmelte Emily bang, den Blick fest auf das suspekte Teil geheftet.

„Na, wenn du dir nicht sicher bist, dann gebe ich dir mal einen dezenten Hinweis."

Ein sadistisches Lächeln spielte um seine Lippen, als er nach der Kurbel langte und zu drehen begann, woraufhin die Pfosten, an denen Emilys Hände hingen, langsam die Pritsche entlang nach oben wanderten.

Fuck, es war wirklich eine Streckbank!

Emily folgte der Bewegung, indem sie versuchte, weiter nach oben zu rutschten und sich möglichst lang zu machen, aber allzu viel war damit nicht mehr herauszuholen.

Die steigende Anspannung in ihrem so offenen und verletzlich präsentierten Körper tat indes sogleich heftig ihre Wirkung in Form eines brennenden Verlangens zwischen ihren Schenkeln. Sollte sie also noch irgendwelche Zweifel gehabt haben, ob sie sich wirklich von Dante vögeln lassen wollte, konnten die hiermit als ausgeräumt deklariert werden. Denn mit jedem weiteren Millimeter, den er ihr abverlangte, lechzte ihr Körper mehr nach seiner Zuwendung, und er schien sich dabei nicht im Mindesten an den in ihrem Kopf herumgeisternden Befürchtungen zu stören, wie sehr Dante sie wohl mit diesem Folterinstrument zu quälen beabsichtigte.

Zart oder hart?

Wohl kaum.

Wahrscheinlich war die passende Frage eher: Hart oder grausam?

Zu ihrer großen Erleichterung arretierte Dante jedoch die Kurbel kurz nachdem sie selbst befunden hatte, dass sie nun die maximal mögliche Streckung erreicht hatte. Es war freilich weit davon entfernt bequem zu sein, aber wenigstens war es noch nicht schmerzhaft. Wobei die Betonung auf noch lag, denn das würde gewiss nicht so bleiben.

Trotzdem, momentan war sie einfach froh, nicht gleich zu Beginn schon die volle Breitseite von ihm zu bekommen. Vielleicht bestand ja sogar noch Hoffnung, dass es gar nicht so schlimm werden würde, wie sie befürchtete.

In einer hauchzarten Berührung ließ Dante seine Finger über ihren angespannten Bauch tanzen, der sofort unkontrolliert zu zucken begann.

„Kannst du dich noch bewegen?", fragte er mit samtiger Stimme.

„Nein", stieß Emily zwischen den Zuckungen hervor.

„Bist du dir sicher? Sollte sich das als unwahr herausstellen, werde ich den Zug zur Strafe nämlich deutlich stärker erhöhen, als es erforderlich wäre."

„Mehr als das geht nicht", erklärte Emily, während sie nach besten Kräften, aber ohne sichtlichen Erfolg, versuchte, sich zu winden.

„Wir werden sehen", erwiderte Dante versonnen, und ließ seine Hände in südlichere Regionen gleiten.

Erstaunlich sanft begannen seine Finger ihre Perle zu liebkosen.

Was hatte er vor? Zuckerbrot und Peitsche? Denn Emily glaubte keine Sekunde daran, dass er hier ohne Hintergedanken einfach freigiebig Süßholz raspelte.

Verflucht, was auch immer seine Absicht war, es fühlte sich jedenfalls echt gut an.

Ach, pfeif drauf, beschloss Emily ihren Vorbehalten zum Trotz und gestattete ihrem Körper, die Führung zu übernehmen, woraufhin ein verzücktes Stöhnen ihrer Kehle entfleuchte. Vielleicht mochte ihr das später noch auf den Kopf fallen, aber wenn Dante ihr zur Abwechslung einmal etwas Gutes tat, dann würde sie sich nicht selber in dem Versuch quälen, es mit Muss abzulehnen.

Überraschenderweise wurde ihr Feedback aber sogar belohnt, denn Dante ging darauf ein und ließ sich von ihren Reaktionen den Weg leiten, um ihre Klit auf möglichst lustvolle Art zu stimulieren.

Ermuntert von dieser äußerst fruchtbaren Zusammenarbeit ließ Emily ihre letzten Bedenken fahren und ihren Gefühlen freien Lauf, wohl wissend, wie leicht es Dante damit hätte, sie genau dann abstürzen zu lassen, wenn es am meisten wehtun würde.

Ihr Stöhnen ob seines geschickten Fingerspiels wurde geradezu euphorisch, als sie fühlte, wie sie auf den Höhepunkt zusteuerte. Und die bange Frage, ob er ihr nun wirklich erlauben würde zu kommen, machte es nur noch ungleich aufregender.

Die Antwort darauf war erstaunlicherweise ‚Ja', was Emily in solche Begeisterung versetzte, dass sie es sogar laut herausschrie. Am Rande ihres Bewusstseins nahm sie ein leises Lachen von den billigen Plätzen wahr, doch das tangierte sie nicht im Geringsten, während sie mit geschlossenen Augen genoss, wie dieses unbeschreiblich angenehme Gefühl ihren ganzen Körper erfasste und ihn mit einer wunderbaren Mattigkeit sättigte.

Erst als Emily ihre Augen wieder öffnete und ihn äußerst zufrieden anlächelte, beendete Dante sein Tun, denn er wollte, dass sie es voll und ganz auskosten konnte. Sie sollte die nächste Runde völlig befriedigt vom Start weg beginnen, anstatt getrieben von unerfülltem Verlangen gleich auf halbem Weg einzusteigen.

Die Hände neben ihrem Kopf aufgestützt beugte er sich über sie und sah sie eindringlich an.

„Siehst du, ich habe dir doch versprochen, dass deine Kooperation sich für dich lohnen wird. Setzen wir das doch fort, indem du mir eine Frage beantwortest. Du kommst offenbar ziemlich leicht, wenngleich der Schwierigkeitsgrad bisher auch noch nicht allzu hoch war. Sag mir, wirst du auch kommen, wenn ich dich bloß ficke, ohne deine kostbare Perle mit meiner Zuwendung zu verwöhnen?"

„Kann gut sein", gestand sie ohne Ausflüchte.

„Hm, klingt nicht danach, als würde das ziemlich herausfordernd werden. Das sollten wir doch ein wenig spannender machen."

Ihre Augen wurden groß, als ihr die Bedeutung des Wortspiels bewusst wurde, und es lag ein entzückender Hauch von Furcht darin, als er sich wiederaufrichtete, um abermals an der Kurbel zu drehen. Ganz langsam wanderten die Pfosten weiter auseinander, ihr Blick wurde immer verunsicherter, während der wunderbare Klang ihres gequälten Stöhnens sanft die Stille durchdrang.

Rechtzeitig bevor ihr Ausdruck sich zu echtem Schmerz wandelte, hörte Dante auf zu kurbeln. Für den Moment war es völlig ausreichend, es ihr hochgradig unbequem zu machen. Richtig leiden konnte sie noch genug, sobald er erst herausgefunden hatte, wie es sich denn nun genau um ihre Erregbarkeit verhielt.

Sacht strich er mit seiner Hand über die weiche Haut ihrer sich ihm entgegenreckenden Brüste. Ein federleichtes Kreisen um ihren Nippel, und schon lief ein sichtbares

Prickeln durch ihren ganzen Körper. Doch er hielt sich nicht damit auf, stattdessen setzte er seine Wanderschaft über ihren aufs äußerste gespannten Körper fort, ihren straffen Bauch, unter dem sich leicht die Muskeln abzeichneten, hinab zu ihrer feuchten Spalte, die er jedoch ebenfalls nur streifte, was ihr hörbar missfiel. Weiter ging es über die weiche Haut ihrer Oberschenkel, unter der jedoch ebenfalls harte, gut trainierte Muskeln lagen. Ein passender Körper zu ihrem kämpferischen Geist, der in der Lage sein würde, das mitzumachen, was er heute für sie geplant hatte.

Nicht ohne Bewunderung legte er eine Hand um ihren festen Unterschenkel, und strich genüsslich daran hinab. Interessanterweise waren ihre Beine ebenso wie ihre Pussi perfekt glattrasiert. Entgegen allen vorgetragenen Unmuts über dieses Treffen schien es ihr also doch die Mühe wert gewesen zu sein, sich mit einer frischen Rasur extra dafür hübsch zu machen. Wenn das mal keine unterschwellige Einladung an ihn war. Denn nach allem, was er bisher über sie wusste, war er fest davon überzeugt, dass sie sich bestimmt nicht von Eitelkeit davon abhalten lassen würde, hier im Dreitagebart zu erscheinen, um ihm damit ihre Verachtung zu demonstrieren. So sie diese tatsächlich für ihn empfunden hätte.

Da hat letzte Woche wohl doch der Zweck die Mittel geheiligt, folgerte Dante, äußerst selbstzufrieden damit, dass seine Einschätzung der Situation scheinbar ganz treffend gewesen war.

Aus dem Rollwägelchen, welches er am Fuß der Streckbank abgestellt hatte, holte Dante nun einen Dildo heraus. Kühl und schwer lag das edle Glasteil in seiner Hand, und ebenso würde es sich für sie anfühlen, wenn er ihn ihr gleich einführte.

Dem Weg, den seine Hand genommen hatte, in umgekehrter Richtung folgend, ließ Dante die kalte Spitze des Dildos über ihren Körper gleiten, wobei er seinen Weg über ihre Brüste hinaus den Hals hinauf bis zu ihren Lippen fortsetzte.

„Nimm ihn in den Mund und schleck ihn ab", forderte er in anrüchigem Ton von ihr.

Gehorsam teilten sich ihre Lippen, in ihren Augen sah er Erregung aufblitzen, als er bedächtig das harte Teil wiederholt bis zum Anschlag tief in ihren Raschen vorschob.

„Vielleicht sollte ich sicherheitshalber auch austesten, ob du sogar kommst, wenn ich dich in den Mund ficke", sinnierte Dante, ehe er den Dildo abrupt herauszog. „Aber nicht jetzt. Vielleicht am Ende unseres Programms für heute Nacht."

Ohne weiteres Vorspiel stieß er den Dildo gleich beim initialen Eindringen tief und fest in ihre Möse. Hartes Glas traf auf weiche Organe, was sein armes Opfer nach seiner zuvor so zärtlichen Behandlung völlig kalt erwischte. Gepeinigt schnappte sie nach Luft, doch von ihrem erschrockenen Zusammenfahren offenbarte sich kaum mehr als ein winziges Zucken. Sie konnte ihm keinen Millimeter weit entkommen. Was auch immer er mit ihr anstellen würde, ihr blieb nichts anderes übrig, als es ohne sichtlichen Widerstand über sich ergehen zu lassen. Bestimmt ein Horror für eine Kämpfernatur wie sie.

Beherzt, doch nicht mehr so brutal, begann Dante damit, sie mit dem Dildo zu ficken. Anfangs klang ihr Stöhnen noch etwas gequält, aber es dauerte nicht lang, bis es sich ins Ekstatische wandelte. Wie schon zuvor hielt sie sich auch diesmal nicht zurück, sondern offenbarte ihm völlig frei, wie es um ihre Erregung stand, so dass er genau erkennen konnte, wann der magische Moment gekommen war, an dem sich die aufgestaute Anspannung in erlösende Entspannung verkehrte.

Erneut lag ein zufriedenes Lächeln auf ihrem schönen Gesicht, als sie die Augen hernach wieder aufschlug, aber diesmal war es nicht ganz ungetrübt. Die aufkeimende Furcht vor dem, was sie nun abzusehender Weise erwartete, zeichnete sich bereits wunderbar deutlich darin ab.

Dante legte den Dildo weg und wandte sich ihr zu.

„Sieht so aus, als wüsste ich jetzt, wie ich dich zum Kommen bringen kann. Die Pflicht hätten wir damit erledigt. Zeit für die Kür."

15

Mit klopfendem Herzen verfolgte Emily, wie Dante sich erneut an der Kurbel zu schaffen machte. Den Blick fest auf ihr Gesicht geheftet, begann er ganz langsam zu drehen.

Wider besseren Wissens sah sie ihn flehend an, mit der stummen Bitte, es nicht noch weiter zu treiben. Was ihm aber sichtlich am Arsch vorbei ging.

Frustriert wandte Emily sich ab und starrte nach oben ins Leere. Mochte sie sich auch jetzt schon hart am Limit fühlen, während der Zug noch immer unerbittlich zunahm, sie hatte gewiss nicht vor, ohne jegliche Erfolgsaussichten allein zu Massimos Belustigung zu betteln.

Ein langes, gequältes Stöhnen entrang sich ihrer Kehle, als es anfing, nicht mehr bloß unangenehm, sondern richtig schmerzhaft zu werden. Aus dem Augenwinkel nahm sie Dantes intensiven Blick wahr, der sie interessiert studierte, zweifellos um abzuschätzen, ob ihre Pein schon seinen Vorstellungen entsprechend war.

Hatte sie wirklich auch nur eine Sekunde daran geglaubt, dieser Sadist würde ihr einfach so zwei Orgasmen schenken, ohne sie mit Schweiß und Tränen dafür bezahlen zu lassen? Denn das war es doch schließlich, was er wirklich von ihr wollte, das hatte er letztes Mal sehr klar gemacht.

Eine endlos anmutende Umdrehung musste sie noch durchstehen, ehe er die Kurbel endlich wieder fixierte. Dann langte er nach seinem Rollwägelchen.

„Halt das mal", meinte Dante beiläufig, und steckte ihr ein Kondom zwischen die Zähne, ehe er sich zum Fußende der Liege begab. „Und ja nicht fallen lassen."

Was sollte das denn werden? Hatte er etwa ernsthaft vor, sie schon zu besteigen, solange sie noch auf diese Liege gespannt war? Das schien ihr sehr unwahrscheinlich, denn diese Stellung entsprach wohl kaum seinen Vorlieben. Hart und tief war so nämlich nicht zu realisieren.

Ein lautes Klicken war zu vernehmen.

Verflucht, was war das?! Der Untergrund unter ihr gab auf einmal nach! Und nicht nur ein bisschen, sondern komplett, so dass sie auf einmal ungestützt zwischen diesen Pfosten hing!

Doch sie kam gar nicht dazu, Dante dafür zu verwünschen, was er ihr hiermit antat. Unerwartet heftig flammte Erregung in ihr auf, es war wie ein Flächenbrand, der ihren gequälten Körper komplett verschlang und den Wunsch nach Erlösung von diesem brennenden Verlangen über alles andere stellte.

Die Liegefläche unter ihr wegschiebend, trat Dante zwischen ihre Beine. Als er sich vorbeugte, um ihr das Kondom wieder abzunehmen, spürte sie nur allzu deutlich die harte Ausbuchtung unter dem weichen Stoff seiner edlen, schwarzen Anzughose ihre süße Mitte streifen, was das Feuer auf äußerst quälende Weise noch weiter schürte. Das leise, frustrierte Stöhnen, das ihr darauf entfleuchte, nahm Dante mit sichtlicher Genugtuung auf.

„Weißt du, nach der rüden Abfuhr, die du mir eigentlich erteilen wolltest, würdest du es verdienen, dass ich dich hier einfach eine ganze Weile so hängen und auf kleiner Flamme weiter köcheln lasse, ohne dich jedoch nochmal zu befriedigen", raunte er ihr nah an ihrem Ohr zu, während er sein hartes Glied quälend verheißungsvoll gegen ihre feuchte Spalte drängte. „Und normalerweise würde ich das auch ohne jeden Zweifel tun. Aber du hast es letztes Mal tatsächlich geschafft, dich derart interessant zu machen, dass das Stillen meiner Neugier für den Moment verlockender ist, als die Möglichkeit, dich nach allen Regeln der Kunst ausgiebig zu bestrafen."

Abrupt löste er sich von ihr, und trat wieder neben sie.

„Außerdem heißt das ja keineswegs, dass ich auf das Vergnügen, dich leiden zu sehen, verzichten muss. Es gibt schließlich eine Vielzahl von Möglichkeiten, wie ich dich quälen kann. Apropos, wie geht es eigentlich deinem Nacken? Das sieht furchtbar anstrengend aus, wie dein Kopf so schwer herabhängt."

Eine Hand unter ihren Hinterkopf gelegt, hob er ihn stützend an.

„So wäre es doch viel angenehmer, nicht wahr?"

„Ob es in Summe besser wird, hängt davon ab, was du für diese Gefälligkeit verlangst", brachte sie gepresst vor Anspannung hervor.

Er lächelte verschmitzt.

„Schlaue Überlegung. Willst du es riskieren oder nicht?"

Gute Frage. Es war nicht davon auszugehen, dass er ihr irgendetwas schenken würde, sie durfte bestenfalls darauf hoffen, dass sie einen Tauschhandel gegen ein besser erträgliches Ungemach machen konnte. Die Möglichkeit darauf bestand zumindest, denn dies hier war wirklich reichlich ätzend.

Mit einem Nicken signalisierte sie ihre Zustimmung, woraufhin Dante ihren Kopf überraschend behutsam wieder losließ, um etwas aus der unteren Tasse des Rollwägelchens zu holen.

Emily staunte nicht schlecht, als sie sah, was es war. So etwas hatte sie doch schon mal gesehen – nämlich in Pulp Fiction. Und sie konnte sich noch gut daran erinnern, wie sie sich als Teenager damals gewundert hatte, was für ein abgefahrenes Filmrequisit das denn war.

Wenige Handgriffe später hatte Dante ihr den schwarzen Ball zwischen die Zähne geschoben, die Lederriemen des Harness um ihren Kopf festgeschnallt, und das Teil mit einem Seil irgendwo hinter ihrem Kopf festgebunden, so dass es ihn nun trug. Was an sich eine feine Sache gewesen wäre, hätte der riesige Gummiball in ihrem Mund sich nicht angefühlt, als würde er ihr den Kiefer ausrenken. Ein Gedankengang, der wohl auch Dante gekommen war, denn er ließ seine Finger über ihre verkrampften Wangenmuskeln gleiten und unterzog den Knebel einer eingehenden Betrachtung.

„Sieht so aus, als wäre Größe Large eine ziemliche Herausforderung für deinen Mund. Aber du wirst das schon aushalten. Für eine große Klappe gibt es eben auch einen großen Knebel."

Wie wäre es, wenn du jetzt mal die Klappe hältst und mich stattdessen endlich vögelst?, dachte Emily mit leichter Verzweiflung.

Als hätte er das gehört, trat er tatsächlich wieder zwischen ihre Beine.

Okay, schön langsam wurde es unheimlich, dass er so oft ihre Gedanken teilte. Nicht, weil sie an paranormale Phänomene glaubte, sondern weil die Vorstellung, dass sie und dieser Mafiakiller ernsthaft so viel gemeinsam haben könnten, überaus gruselig war.

Zum Glück war das Thema so schnell wieder vom Tisch, wie es gekommen war, denn der Anblick von Dante, der gerade seine Hose öffnete und seinen Ständer herausholte, fegte überaus effizient alles bis auf einen Gedanken aus ihrem Hirn:

Besorg's mir!

Und es war ihr dabei völlig gleichgültig, dass Dante sie und den Sex mit ihr offenbar so geringschätzte, dass es ihm erneut nicht die Mühe wert war, sich auch nur im Geringsten auszuziehen, obwohl er das diesmal in aller Seelenruhe hätte tun können. Vielleicht glaubte er ja, sie auf die Art demütigen zu können, damit Massimo auch auf seine Kosten kam, aber damit war er bei ihr auf dem falschen Dampfer. Alles, was sie von ihm wollte, war befriedigt zu werden. Dafür brauchte sie nicht seine Achtung, da reichte sein Penis vollkommen.

Die Augen geschlossen, harrte Emily seinem Eindringen, welches wenig überraschend sehr heftig ausfiel. Dass sie im Gegensatz zum letzten Mal gar nicht vorhatte, sich gegen den Sex zu wehren, von ihrer momentan prinzipiellen Unfähigkeit dazu einmal ganz abgesehen, war also eindeutig kein Grund für ihn, auch nur ein wenig sanfter zu ihr zu sein. Er fiel genauso ungestüm über sie her, wie er es schon beim letzten Mal getan hatte, und diesmal war es sogar noch unangenehmer, denn durch ihr Unvermögen, die Beine ausreichend zu spreizen, bohrten sich nun auch noch seine Hüftknochen bei jedem Vordringen vom ihm schmerzhaft in ihre Oberschenkel.

Angesichts der ermutigenden Erfahrung von vorhin und in Anbetracht des Knebels, gab Emily sich allerdings keinerlei Mühe, mit ihrem durchaus heftigen Empfinden von Freud und Leid hinterm Berg zu halten.

Er wollte sie leiden sehen und schreien hören? Bitte, sollte er doch, wenn es ihn anmachte. Solange er ihr Feedback auch dazu nutzte, sie zum Orgasmus zu führen, war sie bereit, das alles hemmungslos herauszulassen.

Eine Weile war es, als ob die diversen Schmerzen in ihrem ganzen Körper mit ihrer Erregung um die Oberhand rangen, was Emily ein äußerst seltsames Wechselbad der Gefühle bescherte, bis ihre Erregung sich schließlich durchsetzte und in einem Höhepunkt gipfelte, der ihr ein schlicht unglaublich gutes Gefühl bescherte und für kurze Zeit alles andere einfach fortspülte. Irgendwo am Rande bekam sie gerade noch mit, dass Dante ihr nur wenig später auf den Gipfel folgte.

Als das Glücksgefühl des Orgasmus verebbte, kehrte der Schmerz sehr präsent in Emilys Geist zurück.

Mit der inständigen, stummen Bitte, dass er nun zufrieden gestellt sein möge, öffnete sie die Augen wieder und sah Dante eine gefühlte Ewigkeit dabei zu, wie er in aller Seelenruhe das Kondom entsorgte, sich mit einem Feuchttuch abwischte und sein bestes Stück anschließend wieder in seiner Hose verschwinden ließ.

All ihre Hoffnung zerplatzte jedoch wie eine Seifenblase, als Dante nicht wie ersehnt die Liegefläche wieder unter sie zog, sondern stattdessen sinnierte:

„Es wird irgendwie nicht wirklich herausfordernder. Selbst beim dritten Mal kommst du, ungeachtet all dessen, was ich dir schon auferlegt habe, noch immer mit einer Leichtigkeit, die andere selbst unter besten Bedingungen nur erträumen können. Man möchte glatt meinen, es macht dich so richtig scharf, von mir gefoltert zu werden. Ich finde, dem sollten wir uns noch ein wenig eingehender widmen."

Ohhh nein, dem konnte sie ganz und gar nicht zustimmen!

Flehenden Blickes schüttelte sie abwehrend den Kopf. Erregend oder nicht, hier so zu hängen war inzwischen vor allem eines, nämlich unglaublich qualvoll, und kein noch so süßes Versprechen würde sie davon überzeugen können, das noch länger ertragen zu wollen.

Nur versuchte Dante gar nicht erst, sie zu überzeugen, stattdessen bedachte er ihr Flehen mit einem Ausdruck voller sadistischer Vorfreude, bei dem es Emily eiskalt den Rücken herunterlief. In Anbetracht dessen, wie verhältnismäßig nett er heute zu ihr gewesen war, hatte Emily es beinahe erfolgreich verdrängt, aber die harte Realität war doch, dass er sich einen feuchten Dreck um das scherte, was sie wollte oder nicht; sein Begehren war, sie leiden zu sehen. Und sie war ihm dabei völlig hilflos ausgeliefert, unfähig zu entkommen, unfähig zu protestieren. Gänzlich abhängig von der Gnade eines Mannes, der vermutlich gar keine besaß.

Ohne ein weiteres Wort ließ Dante sie zurück, um ... ein seltsames Gerät heranzurollen, auf das vorne ein Dildo draufgeschraubt war?

Ein äußerst ungutes Gefühl überkam Emily, als ihr klar wurde, dass Dante es nun dieser Maschine überlassen würde, sie zu ficken. Was weniger an der Maschine an sich lag, sondern viel mehr an der sich aufdrängenden Frage, weshalb er sich dessen nicht selber annahm.

Als Dante sich anschickte, die Fickmaschine einzuschalten, hielt Emily gebannt den Atem an. Das Teil war jedoch wider Erwarten richtiggehend sanft zu ihr, zumindest im direkten Vergleich dazu, wie Dante sie eben genommen hatte. Noch ein paar Justierungen, um auch wirklich ihren sensiblen Punkt zu reizen, dann trat Dante zurück, und ließ seinen mechanischen Helfer weiter sein Werk verrichten, während Emily bereits spürte, wie sich trotz aller Widrigkeiten neuerlich die Erregung in ihr aufbaute.

Die Versuchung, einfach wieder die Augen zu schließen, sich dem hinzugeben und alles andere so gut es ging auszublenden, war groß, doch sie brachte es letztlich doch nicht über sich. Nicht solange Dante um sie herum schlich wie ein Raubtier, das seine Beute umkreiste.

Eine Weile tat er jedoch nichts weiter, als sie eingehend zu beobachten, bis er sich schließlich zu ihr herabbeugte, um ihr mit sündiger Stimme zuzuflüstern:

„Du genießt das, nicht wahr?"

Nicht wirklich.

Also zumindest nicht alles davon.

Na gut, irgendwie schon, denn sie wäre gewiss nicht so erregt, wenn Dante sie einfach auf ein bequemes Bett gelegt und ihr gesagt hätte, sie könne es sich gern nochmal von dem stupiden Kasten machen lassen, falls sie noch immer nicht genug hatte.

Egal, sie war ob des Knebels zu einer differenzierten Antwort ohnehin nicht fähig, und Dante würde in das leise Stöhnen, das sie stattdessen als Antwort von sich gab, sowieso hineininterpretieren, was ihm genehm war. Jedenfalls nickte er zufrieden, ehe er meinte:

„Mal sehen, ob wir deinen Genuss noch weiter steigern können."

Die Augen vor Entsetzten weit aufgerissen, schüttelte Emily abwehrend den Kopf, während sie verzweifelt versuchte ein ‚Nein' zu artikulieren, was durch den Knebel jedoch nur zu einem undefinierbaren Brummen verkam.

Ja, sie gab es zu, es war erregend, aber trotzdem wollte sie ganz bestimmt nicht, dass Dante es noch weiter auf die Spitze trieb!

„Das Betteln kannst du dir sparen, das zieht unter Umständen bei Massimo, aber bei mir sicher nicht", erklärte dieser jedoch unbeeindruckt, und bestätigte damit ihre schlimmsten Befürchtungen. „So glimpflich wie letztes Mal kommst du mir heute nicht davon. Diesmal hören wir erst auf, wenn du wirklich am Ende bist."

Seine Worte lösten einen Adrenalinschub bei ihr aus, der ihren Puls in die Höhe schnellen ließ und ihren ganzen Körper in Aufruhr versetzte. Die Vorstellung, dass er das wirklich bis zum bitteren Ende durchziehen wollte, war reichlich furchteinflößend, zumal es ganz allein Dantes Beurteilung oblag festzustellen, wann dies denn erreicht war. Und sie machte sich keinerlei Illusionen, dass er es nicht wirklich auch bis zum Letzten ausreizen würde.

Gepeinigt schrie sie ihren Frust in den Knebel, als Dante erneut Hand an die Kurbel legte und der Zug auf ihren Körper äußerst schmerzhaft weiter zunahm.

Doch schon im nächsten Moment entlud sich die ganze Anspannung heftig in ihren Unterleib, wo sie den von den gleichermaßen Stößen der Fickmaschine getragenen Orgasmus mit ungeahnter Energie speiste, die sich in ihrem ganzen Körper ausbreitete, und sie vom Scheitel bis zu den Zehenspitzen zum Glühen brachte.

Der wuchtige Höhepunkt forderte jedoch seinen Preis, denn als das Gefühl der Leichtigkeit verebbte, waren Emilys Reserven aufgebraucht. Ihr ganzer Leib begann unkontrolliert zu zucken, als der überall in ihrem Körper wütende Schmerz sie übermannte, denn sie hatte nicht länger die Kraft, ihn durch eine gleichmäßige Atmung im Zaum zu halten.

Genüsslich ließ Dante seine Hände über die schweißnasse Haut ihrer zitternden Glieder gleiten. Die unglaubliche Ruhe, mit der er dies tat, trieb Emily beinahe Tränen der Verzweiflung in die Augen, denn jede einzelne Sekunde war inzwischen eine elende Qual.

Schließlich beugte er sich über sie, und sah sie eindringlich an.

„Kein Flehen um Gnade?"

Ihre Augen mochten feucht sein, doch ihr Blick war stoisch, als sie den seinen erwiderte.

Fick dich! Dir ist es doch scheißegal, was ich will und wie erbarmungswürdig ich dich bitte!

Mochte es ihr auch wirklich dreckig gehen, noch war sie nicht so weit, ihre Verzweiflung trotz des Wissens, dass es völlig sinnlos war, so zur Schau zu stellen.

„Du bist wirklich stark", stellte Dante anerkennend fest. „Dein Körper mag am Ende sein, aber dein Geist ist es definitiv noch nicht."

Einen endlosen Augenblick ließ er seinen Blick über ihren Körper gleiten, während dem Emily von einem einzigen bangen Gedanken beherrscht wurde:

Bitte sag mir, dass du nicht darauf aus bist.

Es konnte ihm unmöglich darum gehen, sie brechen zu wollen, das wäre selbst für diesen Wahnsinn hier bei weitem zu extrem.

Als Dante seine Hand auf ihre Perle legte, schloss Emily verzweifelt die Augen. Was auch immer er beabsichtigte, er hatte jedenfalls nicht vor, sie schon aus seinen Fängen zu entlassen.

„Inzwischen dürfte das nun sogar für dich eine Herausforderung werden", sinnierte Dante, während seine Finger begannen, ihre Klit zu umspielen. „Ich bin wirklich gespannt, ob du es noch mal schaffst, zu kommen."

Besser wäre es wohl für sie, denn Dante klang sehr motiviert, es ausgiebig zu versuchen, um auch wirklich Gewissheit zu erlangen. Nur, derart ausgelaugt, wie ihr Körper schon war, hatte Emily ernsthafte Zweifel, so einen Kraftakt hinzubekommen. Ganz zu schweigen davon, dass die diversen Schmerzen es ihr sehr schwer machten, sich überhaupt auf das zu konzentrieren, was in ihrem Unterleib gerade ablief.

Eine Weile fingerte Dante recht erfolglos an ihr herum, ehe er schließlich feststellte:

„Sieht nicht so aus, als würde sich da groß was tun. Versuchen wir es doch mal mit etwas, das mehr Power hat."

Erneut bemühte er seinen Fundus, doch es war entgegen ihrer Erwartung kein gewöhnlicher Vibrator, den er hervorholte, sondern ein Stab mit einem aufgesetzten Kopf, der wohl der vibrierende Teil war.

„Hast du damit schon Bekanntschaft gemacht?", fragte Dante sie, woraufhin Emily den Kopf schüttelte.

„Stimmt, du hast im Normalfall ja keinen Bedarf für so etwas. Das nennt sich *Magic Wand*. Und es macht seinem Namen alle Ehre."

Tatsächlich? Also vom Aussehen her war das Teil ja eher unspektakulär als magisch ...

Emilys Zweifel lösten sich in dem Moment auf, als Dante das Gerät an ihrer Perle in Aktion versetzte.

Oh Mann, das war wirklich ein Zauberstab!

Selbst in ihrem bereits äußerst übersättigten Zustand erlangte die kräftige Vibration augenblicklich ihre volle Aufmerksamkeit und ließ ihre Erregung im Nu wieder aufflammen.

Sie hätte es nicht mehr für möglich gehalten, doch Dante schaffte es mit dem Ding nach kurzer Zeit tatsächlich, einen weiteren, wenn auch reichlich bescheidenen, Orgasmus aus ihr herauszukitzeln.

„Beeindruckend", äußerte Dante sich bewundernd und legte den Vibrator weg.

Na wenigstens einer, den das zufriedengestellt hat, dachte Emily ausgelaugt, denn sie war es ganz und gar nicht.

Mehr als ein äußerst flüchtiges: 'Oh, ist das gut', war es nicht gewesen, weshalb das unablässige Werken der Fickmaschine praktisch sofort wieder den Hunger nach Befriedigung in ihr auslöste, obwohl sie doch eigentlich nichts sehnlicher wollte, als dass Dante es endlich gut sein lassen würde, und sie von diesen Qualen erlöste.

Als sich jedoch ihre Blicke trafen, wurde sie nicht von Hoffnung, sondern von Grauen erfasst. In seinen Augen lag ein Glühen, welches unzweifelhaft bezeugte, dass er hier gerade voll auf seine Kosten kam. Da lag kein Funken Mitleid darin, stattdessen badete er geradezu darin, den Anblick seiner gefolterten Gefangenen genüsslich auszukosten.

Bedächtig wanderte er um sie herum, um schließlich wieder zwischen ihre Beine zu treten.

Nein, bitte nicht noch mal!

Das würde sie nicht verkraften, sie war jetzt schon völlig am Ende!

Sein Blick landete wieder auf ihrem furchterfüllten Gesicht, während über seines ein wissendes Lächeln zog.

„Entspann dich", raunte er ihr zu. „Jetzt hast du es geschafft, dass ich zufrieden bin."

Mit diesen Worten schob er die Fickmaschine beiseite, langte nach der Liegefläche, und zog sie wieder unter ihren Körper.

Kraftlos ließ Emily ihre schmerzenden Glieder in eine halbwegs erträgliche Position rutschen, nachdem Dante sie von den Fesseln befreit hatte. Hinter ihr waren Geräusche zu hören, die ihr ins Gedächtnis riefen, dass Massimo ja auch noch da war.

Den Kopf zur Seite gelegt sprang Emily sofort der unübersehbare Ständer in Massimos Hose ins Auge, als er neben sie trat.

„Lass mich raten, du hast es dir anders überlegt und willst jetzt doch auch noch ran", mutmaßte sie mit schwacher Stimme und schmerzendem Kiefer.

„Bei dir? Nicht doch", erwiderte Massimo herablassend, doch sichtlich erheitert von der abwegigen Idee. „Ich mag ja einige perverse Vorlieben haben, aber Nekrophilie gehört definitiv nicht dazu. Und viel aufregender als mit einer Leiche wäre es mit dir heute nicht mehr, so hinüber wie du daliegst."

„Danke für die Blumen", ätzte Emily, auch wenn sie heilfroh war, dass dieser Kelch an ihr vorübergegangen war.

„Nimm es nicht persönlich, aber warum sollte ich mich mit den ausgelutschten Resten begnügen, die Dante von dir übriggelassen hat? Schließlich habe ich bessere Optionen. Wenn du mich also nun entschuldigst, in meinem Schlafzimmer wartet eine wesentlich frischere Gazelle darauf, von mir beglückt zu werden."

„Was für ein Arsch", murmelte Emily matt, als Massimo den Raum verließ.

„Du weißt schon, dass er das noch gehört hat", wies Dante sie amüsiert hin.

„Ist mir scheißegal, ich sag es ihm auch gern nochmal ins Gesicht, was ich von ihm halte, falls er nicht alles deutlich verstanden hat."

„Traust du dich das bei mir auch?", fragte Dante, wobei er das Kinn herausfordernd vorschob.

„Was willst du von mir hören?", gab Emily unbeeindruckt zurück. „Dass ich Angst vor dir habe?"

„Nein. Das ist seit unserem kleinen Abstecher auf der Fahrt hierher offensichtlich. Mich interessiert bloß deine ehrliche Meinung."

Unsicher sah Emily ihn an. Nicht, weil sie sich nicht traute, ihm ungeschminkt zu sagen, was sie von ihm hielt, sondern weil sie sich selbst nicht ganz im Klaren darüber war.

Sie hatte ihn wahrlich nicht um das gebeten, was er ihr heute Abend angetan hatte, und so sehr sie ihn währenddessen auch dafür verwünscht hatte, im Nachhinein konnte sie nun doch nicht behaupten, ihn dafür zu hassen. Es war eine Grenzerfahrung gewesen, definitiv, und er hatte ihre Grenzen bis an den Rand des Erträglichen gebeugt. Aber er war letztlich doch nicht so weit gegangen, sie dem Unerträglichen auszuliefern.

„Du bist ein elender Sadist", sagte sie schließlich. „Aber ich bin mir nicht sicher, ob dich das auch zum Arschloch macht."

Sein Grinsen wurde breiter. Kein Wunder, nach dieser Aussage könnte sie hier nächstes Mal ebenso gut in einem T-Shirt mit der Aufschrift ‚Ich mag dich' aufkreuzen.

Wobei das Problem keineswegs das peinliche T-Shirt wäre, sondern die Tatsache, dass etwas Wahres dran sein könnte.

16

Zu Tode gelangweilt saß Selina an ihrem Schreibtisch und schrieb Rechnungen. Warum um alles in der Welt glaubten die Leute bloß, Undercover wäre spannend? Das war nun schon die fünfte Woche, in der sie Emilys unglaublich ödes Leben bestreiten musste, das im Prinzip lediglich aus diesem einschläfernden Job bestand, nur um sich dann ein- bis zweimal die Woche mit Massimo treffen zu können, während die restliche Zeit den ganzen Tag lang rein gar nichts passierte.

Sie war ja schon oft von Verwandten und Freunden gefragt worden, warum um alles in der Welt sie sich ausgerechnet diesen riskanten Beruf beim FBI ausgesucht hatte. Nun hatte sie eine eindeutige Antwort darauf: weil sie bei einem Job wie diesem hier innerhalb kurzer Zeit soweit wäre, sich selbst die Kugel zu geben. Da nahm sie allemal lieber die diversen Gefahren bei der Verbrechensbekämpfung auf sich, als diese Tristesse hier Tag für Tag zu ertragen.

He, sieh an, da kam ein Kurier. Das Highlight des Tages, denn spannender würde es nicht mehr werden.

„Ich habe hier eine Sendung für Emily Monroe", las der Mann von seiner Zustellliste ab.

„Ja, da sind Sie bei mir richtig."

Selina bestätige die Zustellung, nahm den Umschlag entgegen und sah nach, von wem die Sendung kam.

Oh, sie hatte sich geirrt, das Highlight des Tages würde gar nicht mal der Kurier gewesen sein, sondern der Inhalt dieses Kuverts.

Sie ging damit ins Nebenzimmer und schloss die Tür, um es ungestört öffnen zu können. Es war wie erwartet eine Nachricht von Tyler.

Ich habe endlich mit Detective Albright gesprochen. Der Mann ist scheinbar ziemlich schwer beschäftigt. Man könnte glatt meinen, er ist mir absichtlich aus dem Weg gegangen. Informationsmäßig hat das Gespräch nicht viel mehr hergegeben, als ohnehin in der Akte steht. Er ist sehr ausweichend gewesen. Irgendwie scheint mir da etwas faul zu sein an der Sache. Ich frage mich, ob am Ende nicht er selber Benini ans Messer geliefert hat. Wäre auch eine Erklärung dafür, dass er erst niemandem etwas davon erzählt hat. Bleibt die Frage, warum er gerade jetzt damit rausgerückt ist. So unwillig, wie er bei unserer Unterhaltung gewirkt hat, könnte ich mir gut vorstellen, dass ihm das jemand aufgetragen hat. Vielleicht, um uns abzuschrecken?

Sei jedenfalls extrem vorsichtig, wer weiß, ob sie nicht bereits vermuten, dass wir jemanden geschickt haben, der sich bei ihnen einschleichen soll.

Selina nahm das beigelegte Briefchen Streichhölzer, und steckte die Nachricht am geöffneten Fenster in Brand. Hastig verzehrten die Flammen das dünne Papier, bis nur noch ein zarter Aschefilm am Fensterbrett davon übrig war, den Selina fortpustete.

Also wenn das jetzt nicht großes Agentenfeeling war. Mit geschlossenen Augen hätte sie sich glatt für Inspektor Gadget halten können. Na gut, dessen Nachrichten waren stets explodiert, aber immerhin, etwas Feuer und Rauch hatte es bei ihr auch gegeben.

Auf das Highlight der Bürowoche!

17

Selina legte die weiße Schachtel auf ihr Bett, nahm den Deckel ab und schlug das Seidenpapier zur Seite. Sacht glitten ihre Fingerspitzen über den Stoff. Er fühlte sich echt gut an. Kein Wunder, denn das smaragdgrüne Cocktailkleid war aus reiner Seide. Und es hatte weit mehr gekostet, als sie in einem Monat verdiente. In ihrem echten Job, nicht als Emily, die Bürogehilfin.

Sie hatte nicht schlecht gestaunt, als Dante sie vor ein paar Tagen angerufen und ihr gesagt hatte, dass er mit ihr einkaufen gehen würde. Massimo wollte, dass sie ihn heute Abend auf eine Party begleitete, und dafür sollte sie standesgemäß gekleidet sein. Er schien wirklich einen Narren an ihr gefressen zu haben, wenn er nun schon soweit war, auch außer Haus seine Zeit auf ganz gewöhnliche Art mit ihr verbringen zu wollen. Ganz zu schweigen von dem Beweis seiner Zuneigung in Form des Auftrags an Dante, sie nach Lust und Laune aussuchen zu lassen was ihr gefiel, ohne sie dabei zu schikanieren.

Beim Gedanken daran, wie sie mit Dante die Nobelboutiquen der Innenstadt abgeklappert hatte, musste Selina lächeln. Natürlich war er stoisch wie immer gewesen, aber sie hätte ihr letztes Hemd verwettet, dass er lieber zu einer Wurzelbehandlung ohne Betäubung als zu dieser Einkaufstour gegangen wäre. Weshalb sie es äußerst genossen hatte, auch wirklich alle Geschäfte abzulaufen, ehe sie sich schließlich doch für dieses Kleid – aus der ersten Boutique, in der sie gewesen waren – entschieden hatte.

Ein kleiner Schauer lief über ihren Körper.

Dante hatte keinen Hehl daraus gemacht, dass er dies bloß deshalb in voller epischer Länge mitmachte, weil Massimo es so wünschte. Wäre sein Auftrag lediglich gewesen, sie dem Anlass entsprechend auszustatten, hätte er das Ganze drastisch abgekürzt, indem er sie einfach in das erstbeste Kleid in ihrer Größe gesteckt und den Auftrag als erledigt abgehakt hätte.

Zweifellos würde er es sie heute Nacht büßen lassen, dass sie ihn zu Fleiß in so viele Geschäfte geschleppt hatte. Aber egal, wie die Retourkutsche auch aussehen würde, das war ihr die Sache definitiv wert gewesen. Und außerdem war es ja nicht gerade so, dass er sie mit Samthandschuhen anfasste, solange sie ihn nicht extra provozierte. Wahrscheinlich würde der Unterschied nicht mal groß ins Gewicht fallen.

Selina nahm das Kleid aus der Schachtel und zog es an. Erneut ließ sie ihre Hände über den weich fließenden Stoff gleiten, während sie sich im Spiegel betrachtete. Es passte wie angegossen, oben schön eng mit Betonung auf ihrer schmalen Taille, unten mit einem etwas weiteren, wunderbar fallenden Rock, der bei jedem Schritt zart und äußerst verführerisch ihre Oberschenkel umspielte. Mochte sie sonst auch keine große Kleiderträgerin sein, aber in dieses hier musste man sich einfach verlieben.

Selina riss sich von ihrem Spiegelbild los und öffnete die Sockenlade. Zielsicher pickte sie sich aus all den schwarzen Sportsocken ein Paar aus der Mitte heraus und entrollte sie. Dann fuhr sie mit der Hand in einen der Socken und holte den Ohrring mit dem USB-Stick heraus.

Nach seiner ersten Inspektion hatte Dante sich die letzten Male nicht mehr für ihren Ohrschmuck interessiert. Blieb zu hoffen, dass das auch heute so bleiben würde, nun, da sie den gepimpten und nicht bloß die gewöhnlichen ohne Innenleben trug.

Eigentlich hatte Dante ja ursprünglich vorgehabt, ihr auch Ohrringe zu dem Kleid zu kaufen, wogegen gar nicht so leicht zu argumentieren gewesen war, denn welche Frau sträubte sich schon mit Händen und Füßen gegen Diamantohrringe. Schließlich hatte er dann aber doch klein beigegeben und ihr erlaubt, ihre eigenen Ohrringe zu tragen.

Allerdings nur, weil man von den Ohrringen ohnehin nichts sehen würde, wenn sie die Haare offen ließ, und weil Massimo ausdrücklich verfügt hatte, dass er sich nach ihren Wünschen richten sollte.

Nicht etwa, weil er es sich ersparen hatte wollen, mit ihr auch noch ein Dutzend Juweliere abzuklappern.

18

Der Chauffeur öffnete die Tür, und Emily stieg mit Massimo aus dem Fond seiner Limousine. Das Glück schien ihr heute wirklich hold zu sein. Die Party war äußerst angenehm verlaufen, sie hatte als Massimos Begleiterin eine ziemlich gute Figur gemacht. Er war sichtlich zufrieden gewesen mit ihrem Auftritt, auch wenn er etwas über Gebühr verstimmt gewesen war, als sie es gewagt hatte, sich zweimal abzusetzen, um die Toilette aufzusuchen. Und nun waren sie wie erhofft zu seinem Landsitz gefahren. Vielleicht ging ihre Glückssträhne ja sogar soweit, dass sie tatsächlich eine Gelegenheit bekam, den Stick an die Spielkonsole anzustecken.

Dante erwartete sie bereits in der Eingangshalle, als sie eintraten. Offenbar hatte er heute Wichtigeres zu tun gehabt, als Massimo persönlich als Schatten auf die Party zu folgen.

Massimo trat an seine Seite, legte ihm kumpelhaft den Arm um die Schulter und deutete in einer ausladenden Geste mit der offenen Hand auf Emily:

„Sieh sie dir an. Ist sie nicht einfach bezaubernd?"

Emily lächelte verlegen. Massimos Euphorie klang nach einem guten Grund, beunruhigt zu sein.

„Sie hat nur ein kleines Manko: eine Blase wie ein Wellensittich."

Massimo löste sich von Dante und klopfte ihm auf die Schulter.

„Sei so gut und verklicker ihr, dass ich es gar nicht schätze, wenn sie sich ständig auf die Toilette verdrückt, anstatt dekorativ an meinem Arm zu hängen, wo sie hingehört."

„Mit dem größten Vergnügen", entgegnete Dante.

„Wie lang brauchst du?"

„Zirka zwei Stunden, das sollte reichen."

„Gut, dann bis später."

Damit verschwand Massimo und ließ Emily mit Dante allein zurück.

„Hier entlang", wies Dante sie an.

Mist! Was sollte sie im Untergeschoß, sie musste in den ersten Stock! Ob dies das Ende ihrer Glückssträhne war?

Unten angekommen lotste Dante sie zu einem Raum, der durchaus eine Arztpraxis hätte sein können. Mit einem mulmigen Gefühl trat Emily ein.

„Was hast du mit mir vor?", fragte sie bang.

„Das wirst du gleich sehen. Zieh dich aus und leg dich hin", wies Dante sie an und deutete auf die Untersuchungsliege.

„Und wenn ich mich weigere?"

Dante hatte ja in den letzten Wochen schon einige abgefahrene Sachen mit ihr gemacht, aber das hier, mit all den medizinischen Gerätschaften, war ihr irgendwie unheimlich.

„Dann zögerst du es nur um die Zeit hinaus, die ich brauche, um dich ans Bett zu schnallen. Also? Wie möchtest du es haben?"

Emily warf erneut einen Blick auf das Bett und auf den Rollcontainer daneben, mit dem Sortierkasten voller Spritzen und Kanülen darauf. Ein kalter Schauer lief ihre Wirbelsäule hinunter, aber was half es, es gab ja doch kein Entrinnen für sie.

„Hilfst du mir mit dem Reißverschluss?"

Während Emily sich auszog und hinlegte, holte Dante einen steril versiegelten Beutel aus einem Kästchen auf der gegenüberliegenden Seite des Raums.

„Was ist das?", verlangte Emily zu erfahren.

„Nimm die Beine auseinander", forderte Dante anstatt zu antworten, während er sich Untersuchungshandschuhe anzog.

„Nein!", erwiderte Emily forsch und setzte sich wieder auf. „Erst sagst du mir, was das ist!"

Einen Augenblick sah Dante sie abwägend an, befand dann aber wohl, dass es ihm den Aufwand nicht wert war.

„Das ist ein Katheter", erklärte er, während er einen Wattebausch nahm und in einer Flüssigkeit tränkte. „Und jetzt sei so gut und tu was ich dir gesagt habe, damit ich das Desinfektionsmittel auftragen kann. Oder soll ich es etwa ohne machen?"

„Moment! Woher weißt du, wie man einen Katheter legt?"

„Durch Versuche am lebenden Objekt natürlich", erwiderte er ungerührt, woraufhin Emily etwas erbleichte.

Dante lächelte sie kalt an.

„Du solltest keine Fragen stellen, deren Antworten du nicht hören willst."

Das Lächeln verschwand.

„Und jetzt leg dich hin, sonst gibt es wirklich die Fixiergurte für dich. Meine Geduld ist ziemlich erschöpft."

Nur unter großen Vorbehalten leistete sie seiner Aufforderung Folge, aber sie wusste, dass Widerstand keinen Zweck hätte. Etwas Nass-kaltes wurde auf ihre Scheide gedrückt. Emily zuckte zusammen.

„Tu dir selber einen Gefallen und entspann dich, das macht das Einführen wesentlich einfacher."

„Du hast leicht reden", beschwerte Emily sich. „Du liegst ja nicht bei Doktor Frankenstein am Behandlungstisch."

„Stell dich nicht so an. Du bist wie immer in besten Händen bei mir."

Ja, wenn man sich gern professionell foltern lässt, dann sicher.

Doch es stimmte, man konnte Dante viel vorwerfen, aber sicher nicht, dass er nicht wusste, was er tat.

Na schön, Augen zu und tief durchatmen.

Sie spürte etwas, ein kurzes Reiben. Dann das Gefühl eines Fremdkörpers, der in ihr bewegt wurde.

Zaghaft öffnete Emily die Augen wieder und sah nach unten. Ein kurzer, dünner Schlauch mit einer Plastikquetschklemme darauf hing aus ihrer Harnröhre.

„Das war es?", fragte sie überrascht, als Dante die Handschuhe auszog und in den Müll warf.

Er sah sie verschlagen an.

„Hat es wehgetan?"

„Nein", gestand Emily.

„Na dann kannst du davon ausgehen, dass der eigentliche Spaß erst kommt."

Verunsichert sah Emily den Katheter an, während kleine Schauer über ihren Rücken tanzten.

„Komm bloß nicht auf die blöde Idee, ihn eigenmächtig rausziehen zu wollen. Der Katheter hat einen kleinen Ballon am Ende, der ein Rausrutschen verhindert."

Er zupfte ein wenig an dem Schlauch, um es zu illustrieren. Emily verzog das Gesicht. Nein, das war nicht angenehm, das würde sie auf alle Fälle bleiben lassen. Und sie hoffte schwer, dass auch Dante das in weiterer Folge bleiben lassen würde. Zwar hatte sie keine Ahnung, was es ihrem Körper tatsächlich antun würde, wenn er fester daran zog, aber die Vorstellung war auf jeden Fall ziemlich gruselig.

Zumindest für den Moment schien er daran aber glücklicherweise nicht interessiert. Stattdessen drückte er ihr einen Pappbecher mit Wasser in die Hand.

„Trink das", forderte er sie auf.

Emily schwante Übles. Sie nahm zwei Schluck und wollte Dante den Becher wieder zurückgeben, doch der schüttelte den Kopf.

„Austrinken", verlangte er.

„Ich bin aber nicht durstig."

„Ist mir egal."

„Du willst mich abfüllen."

„Wir wollen schließlich heute Nacht noch fertig werden. Oder willst du das Ganze bis morgen hinauszögern? Dann kann es aber gut sein, dass du ziemlich lange darauf warten musst, bis Massimo irgendwann Zeit für dich findet. Und ob du das aussitzen kannst ..."

„Schon gut", gab Emily sich geschlagen, und trank den Becher leer.

Zu Emilys Freude hatte Dante nicht vor, die nächsten zwei Stunden mit ihr in dem Behandlungszimmer sitzen zu bleiben, stattdessen brachte er sie nach oben in Massimos Besprechungszimmer, oder was auch immer der Raum offiziell sein mochte. Er holte einen großen Glaskrug mit Wasser und schenkte ihr gleich das erste Glas ein. Als er es ihr hinhielt, kam Emily eine Idee. Der Schuss könnte zwar auch gewaltig nach hinten losgehen, aber irgendwie musste sie dem Abend einen Schubs in die richtige Richtung geben.

„Findest du nicht, dass zum Abfüllen auch ein Trinkspiel gehört?"

Das fand Dante eindeutig amüsant.

„Was hast du denn auf der Party eingeworfen, das dich jetzt auf so verwegene Geistesblitze bringt?"

„So verwegen ist das, was mir vorschwebt, nicht."

„Wahrscheinlich nicht. Aber es bringt *mich* sofort auf kreative Einfälle."

Emily überging seine Drohung einfach, stattdessen fiel ihr Blick auf die Spielkonsole.

„Spielst du auch?", fragte sie.

„Manchmal."

„Hast du ein Spiel, das man gegeneinander spielen kann?"

Dante überlegte einen Augenblick, was er von ihrem Vorschlag halten sollte.

„Na von mir aus, warum nicht. Aber wenn du verlierst, trinkst du ohne Diskussion ein Glas. Solltest du Faxen machen, hören wir sofort auf und spielen stattdessen ein Spiel, das ich mir ausgedacht habe."

„Okay. Aber du trinkst auch, wenn du verlierst."

„Wozu?", fragte Dante lachend. „Ist doch nur Wasser."

„Weil das zum Spiel dazugehört, dass der Verlierer trinkt. Oder hast du etwa Angst, dass dann für mich nichts mehr übrig bleibt?"

Diese Herausforderung konnte Dante natürlich nicht auf sich sitzen lassen.

„Abgemacht", sagte er, und trat näher an sie heran. „Wie hättest du es denn gerne? Sollen wir uns prügeln, oder willst du lieber auf mich schießen?"

Die anrüchige Art, auf die er dies sagte, brachte Emilys Körper in Aufruhr.

„Ich nehme das Prügelspiel", säuselte sie zurück. „Da habe ich endlich mal die Chance, dich herumzuschubsen."

„Das wird sich zeigen, wer hier wen einbetoniert."

Äußerst zufrieden mit sich verfolgte Emily, wie Dante das System aufdrehte und zwei Controller holte. Zusammen nahmen sie auf der Couch Platz. Dante klickte sich durch das Menü und wählte ein Spiel aus.

Keine Disk.

Sehr gut, das bedeutete, die Konsole musste wohl Internetzugang haben, um die Spiele herunterzuladen. Aber die größte Hürde blieb immer noch: Sie musste Dante irgendwie loswerden. Was vermutlich ein Ding der Unmöglichkeit war.

„Such dir einen Charakter aus", sagte Dante zu ihr, nachdem er gewählt hatte.

Tja, gute Frage, Emily hatte keine Ahnung, worin sich die Spielfiguren unterschieden, also wählte sie nach Sympathiewerten eine zierliche Kung-Fu-Kämpferin. Als nächstes sollte sie ein Kostüm aussuchen, wobei sie die Wahl zwischen blau und rosa hatte.

Toll, schon wieder Pest oder Cholera.

Sie nahm das rosafarbene.

„Ernsthaft?", fragte Dante, der sich offenbar ebenso wie sie gefährdet sah, von dem Teil Augenkrebs zu bekommen.

„Damit auch kein Zweifel aufkommt, dass dich hier ein Mädchen plattmacht."

„Hast du sowas überhaupt schon einmal gespielt?", wollte Dante wissen, da ihm wohl nicht entgangen war, dass schon die Charakterwahl sie leicht überforderte.

„Nein", meinte Emily leichthin.

Belustigt schüttelte Dante den Kopf.

„Ich habe mich geirrt. Es ist doch eine sehr verwegene Idee von dir."

Was Dante damit meinte, wurde Emily keine fünf Minuten später bewusst, als auf dem Fernseher in großen Buchstaben Spieler Eins, also Dante, zum Gewinner ausgerufen wurde. Zwar war der Kampf über drei Runden gegangen, aber nachdem sie genau überhaupt keine Ahnung hatte, wie sie ihre Figur steuern sollte, hatte Dante sie jedes Mal binnen kürzester Zeit erledigt.

„Was ist?", fragte Emily, als Dante ihr äußerst genüsslich beim Trinken zusah.

„Dir ist schon klar, dass du ohne das Spiel wesentlich besser ausgestiegen wärst?"

Sie stellte das leere Glas weg.

„Du könntest mir wenigstens die Steuerung erklären", versuchte Emily ihr Glück.

„Warum sollte ich?"

„Weil du mir noch eine faire Chance von unserem ersten Abend schuldig bist, die ich nie bekommen habe", argumentierte sie anklagend. „Ich hoffe, du hast das Wort inzwischen nachgeschlagen."

„So, du willst also eine faire Chance", sinnierte Dante. „Dann will ich aber auch etwas von dir. Mein ursprünglicher Plan ist einfach gewesen, dich möglichst zügig diesen Krug leeren zu lassen und dann mal abzuwarten, wie deine Blase das verkraftet. Der Deal ist nun folgender: Du bekommst von mir einen Crashkurs zur Steuerung. Wenn du danach trotzdem weiterhin so abbeißt und mehr als diesen Krug trinkst, wirst du später zu Massimo kriechen und ihm erzählen, dass du freiwillig mehr getrunken hast, als du hättest müssen, um auch wirklich ordentlich für ihn leiden zu können. Außerdem wirst du ihn bitten, dich richtig lang mit voller Blase darben zu lassen, weil es dich nämlich scharf macht, dass er die Kontrolle über deinen Körper hat. Du wirst ihn anflehen, seine Macht weidlich auszunutzen, um dich spüren zu lassen, dass du ihm wirklich auf Gedeih und Verderb ausgeliefert bist."

Emily sah in angewidert an.

„Du weißt, dass ich mich lieber nackt in einen Ameisenhaufen setzten würde, als das zu sagen."

„Natürlich. Was glaubst du, warum ich das von dir verlange?"

„Gibt es eine Alternative?"

„Ja, wir spielen so weiter, du trinkst mit Sicherheit noch mehr, musst dafür aber später nur vor dir selbst eingestehen, dass du dich unbedingt noch viel mehr quälen wolltest, als notwendig gewesen wäre."

Das war keine wirkliche Alternative. Bestimmt war das, was Dante ursprünglich für sie vorgesehen hatte, schon heftig genug, da musste sie echt nicht noch eins draufsetzen.

„Sei ehrlich, turnt dich das wirklich an, mich so zu demütigen?", fragte sie mit vorwurfsvollem Unterton.

Einen flüchtigen Moment huschte so etwas wie Überraschung über sein Gesicht. Er hatte wohl nicht damit gerechnet, dass sie enttäuscht von ihm sein könnte, wenn es so wäre. Aber es war tatsächlich so, denn bisher war sie eigentlich davon ausgegangen, dass Dante in erster Linie ihren Schmerz, und nicht so wie Massimo ihre Würde wollte. Was ihn in ihren Augen doch um einiges sympathischer als seinen Cousin machte.

„Du sollst es nicht für mich sagen, sondern für Massimo. Schließlich bist du seinetwegen hier", erinnerte Dante sie schlicht.

Es fiel Emily schwer, den Blickkontakt mit Dante aufrecht zu erhalten. Zu groß war ihre Sorge, dass er ihr ansehen könnte, was für ein Stein ihr vom Herzen gefallen war, dass sie sich in diesem Punkt nicht so grundlegend in ihm geirrt hatte. Aber sich abzuwenden hätte sie erst recht verraten, also widerstand sie dem Bedürfnis.

„Erklär mir die Steuerung", forderte sie ihn unbewegt auf.

Es dauerte nicht lange, bis Emily nach Dantes Einführung einen ersten Achtungserfolg erzielen konnte. Zwar waren die Tastenkombination komplizierter und zahlreicher, als sie gedacht hatte, aber die Grundlagen hatte sie schnell heraußen. Und im Zweifelsfall war es durchaus auch hilfreich, einfach mal wild auf irgendwelche Tasten zu hauen, wie Emily ebenfalls herausfand.

Nach sechs Runden, die inzwischen deutlich länger dauerten als die erste, hatte Emily vier Gläser getrunken und Dante immerhin zwei. Was leider nicht annähernd genug war, als dass sie darauf hoffen hätte können, dass Dante das dringende Bedürfnis überkommen würde, sich seinerseits auf die Toilette abzusetzen. Und ihr lief die Zeit davon. Wenn Massimo erst auftauchte, konnte sie es ganz vergessen.

Auf einmal brummte etwas in Dantes Sakkotasche. Er pausierte das Spiel und zog sein Handy heraus.

„Da muss ich rangehen", stellte er wenig erfreut fest. „Ich kann mir die Rede von wegen: 'Mach keinen Blödsinn, während ich draußen bin, oder es wird ganz üble Folgen für dich haben', doch sparen, oder?"

„Schon klar", bestätigte Emily nickend.

Kaum, dass Dante die Tür hinter sich zugezogen hatte, sprang Emily von der Couch auf, nahm eilig ihren linken Ohrstecker ab und zog die Kappe von dem USB-Stick. Mit ruhiger Hand steckte sie ihn in die Konsole. Das Bild auf dem Fernseher flackerte kurz, als das Programm auf dem Stick im Hintergrund gestartet wurde. Melissa hatte ihr versichert, dass es höchstens eine halbe Minute dauern sollte. Konzentriert begann Emily, die Sekunden zu zählen, vor allem, um nicht daran zu denken, was Dante mit ihr machen würde, sollte er sie hierbei erwischen.

Ein erneutes Flackern zeigte Emily an, dass das Programm fertig war. Eilig zog sie den Stick heraus und setzte die Kappe wieder auf. Genau in dem Moment hörte sie, wie hinter ihr die Türschnalle heruntergedrückt wurde.

Emily ließ den Ohrring fallen.

———◆———

„Nicht, dass es kein schöner Anblick wäre, aber verrätst du mir, wieso du auf allen Vieren am Boden herumkriechst?"

„Ich suche meinen Ohrring", erklärte Emily ganz unbefangen, auch wenn ihr das Herz bis zum Hals schlug.

„Tatsächlich? Wie kommt es, dass er überhaupt auf dem Boden gelandet ist?"

„Ich bin mir durch die Haare gefahren und habe ihn mit einer Strähne, die sich darin verfangen hat, versehentlich herausgezogen."

„Wenn ich mich recht entsinne, bist du vorhin, als ich gegangen bin, aber dort drüben gesessen. Du glaubst nicht wirklich, dass ein Quader dieser Größe so weit rollt, selbst auf glattem Parkett."

Emily hielt mit einer Hand den Ohrring hoch, während sie weitersuchte.

„Das große Teil habe ich ja auch schon, aber das kleine Gegenstück finde ich nicht. Und bevor du fragst, warum es nicht auf der Couch gelandet ist: ich bin aufgestanden, um mich ein wenig zu strecken. Ich hoffe, das fällt bei dir nicht auch unter Dummheiten. Ah, da ist es ja."

Als sie sich erheben wollte, stand Dante plötzlich vor ihr und packte ihr Handgelenk.

„Kann es sein, dass du gern gefährlich lebst?"

„Wieso", fragte Emily unwissend, während sie kniend zu ihm aufsah.

„Weil du mich schon wieder mit diesen Ohrringen provozierst."

„Sorry, war keine Absicht", entschuldigte Emily sich kleinlaut.

Einen unendlich langen Augenblick musterte Dante sie eindringlich, doch dann schüttelte er bloß leicht den Kopf und zog sie hoch.

„Na los, steh auf, und lass uns weiterspielen. Massimo wird bald kommen und dir fehlen noch mindestens zwei Gläser."

19

„Was treibt ihr beiden denn da?", fragte Massimo verblüfft, als er bei der Tür hereinkam, und seine Verwunderung stieg noch, als Emily ihn freudig angrinste.

„Du hast leider ein ziemlich schlechtes Timing", informierte Dante ihn und drückte auf Pause

„Das ist Ansichtssache", tat Emily frohlockend kund, und legte den Controller weg.

„Das waren nur sechs Gläser", hauchte sie Dante triumphierend zu.

„Diese Runde hättest du verloren."

„Mag sein, aber das spielt nun keine Rolle mehr, denn das Spiel ist vorbei."

„Könnte mich mal einer einweihen?", beschwerte Massimo sich. „Und was heißt hier schlechtes Timing? Du hast gesagt in zwei Stunden, das ist jetzt."

„Ja, aber wenn du eine halbe Minute später gekommen wärst, hätte Emily verloren und dich später auf ganz besondere Art erfreuen müssen."

„Du hast mit ihr gewettet?", fragte Massimo ungläubig.

Dante zuckte mit den Schultern.

„Sie hat sich besser geschlagen, als ich erwartet habe."

Massimo schüttelte missbilligend den Kopf.

„Was ist mit dem, worum ich dich gebeten habe?"

„Da fragst du sie am besten selber."

Mit einem Fingerschnippen beorderte Massimo Emily zu sich.

„Du kannst ja noch aufrecht gehen. Wie enttäuschend."

„Nur Geduld, es kann nicht mehr lange dauern", warf Dante von der Couch aus ein.

„Wirklich? Na los, mein Täubchen, sag mir, wie dringend ist dein Bedürfnis, schon wieder auf die Toilette zu verschwinden."

Unsicher blickte Emily zwischen Massimo und Dante hin und her. Sie musste mehr als dringend, aber war das die Antwort, die er hören wollte? Oder würde er sie dann Dante zum Fraß vorwerfen, damit er ihr bessere Manieren beibrachte? Andererseits, wenn sie log, würde Dante ihr bestimmt gleich das nächste Glas anfüllen.

„Ich müsste schon recht dringend, aber ich kann es mir noch verkneifen, wenn du das verlangst", entschied sie sich für den Mittelweg.

„Hast du das gehört, Dante? Sie kann es sich noch verkneifen", höhnte Massimo.

Unsanft umfasste er ihr Kinn mit seiner Hand.

„Schon vergessen? Du bist zugestoppelt, Zuckerpüppchen. Und ob du es noch länger aushältst oder nicht, deine Blase wird sich erst entleeren, wenn ich es gestatte."

Mit einem verächtlichen Schubs ließ er sie los.

„Bis es aber soweit ist, möchte ich zusehen, wie Dante mit dir spielt, und ich will mal schwer hoffen, dass er heute noch etwas Besseres als Videospiele auf Lager hat."

Dante erwiderte nichts darauf, doch er warf Massimo einen warnenden Blick zu.

Na wenn das mal nicht interessant war. Sie war sich bisher nicht sicher gewesen, doch offenbar verstand sich Dante doch eher als Massimos Cousin, denn als dessen Untergebener. Aus den Akten ging zwar hervor, dass die beiden zusammen aufgewachsen waren, aber viel darüber, wie nahe sie sich wirklich standen, hatte sich nicht herausfinden lassen. Natürlich hatte keiner ihrer ehemaligen Schulkollegen über die beiden reden wollen, denn niemand wollte beim Scordato-Clan anecken. Und wann immer Massimo und Dante in der Öffentlichkeit auftraten, war Dante stets bloß Massimos Schatten gewesen, wie man es von einem Bodyguard erwarten würde. Weshalb die These eher gelautet hatte, dass Dante schlicht ein treuer Befehlsempfänger war.

Dieser Blick sprach jedoch eine ganz andere Sprache. Und auch die Tatsache, dass Massimo ihn nicht kommentierte. Stattdessen ließ er sich in einen Sessel fallen und machte eine einladende Handbewegung zu Emily hin.

„Bitte, du kannst anfangen."

„Wenn du wirklich was geboten bekommen willst, wirst du aber wieder aufstehen müssen. Wir gehen nämlich hinüber."

———◆———

Als Dante die dezent in die Wand eingelassene Tür zum Nebenzimmer öffnete, beantwortete das Emilys Frage, ob Massimo hier denn gar kein Folterzimmer wie in seinem Penthouse eingerichtet hatte. Aber anscheinend war nicht mal er so verwegen, das den Damen gleich beim ersten Mal zuzumuten.

Im Prinzip war der Raum dem im Penthouse sehr ähnlich. Schwarze Wände, schwarzer Boden, zahlreiche in Wände, Boden und Decke geschraubte Ringe, ein paar SM-Möbel, und mehrere Regale voll mit Fesselutensilien, Schlaginstrumenten, und diversen anderen Teilen, die geeignet waren, jemanden damit zu quälen.

Widerstandslos, aber mit einem äußerst mulmigen Gefühl ließ Emily zu, dass Dante ihr Ledermanschetten um die Handgelenke legte und ihre Arme mithilfe eines Seils und eines Rings in der Decke nach oben zog. Inzwischen war sie bereits an dem Punkt angelangt, an dem sie sich im Kino aus jedem noch so spannenden Film aufs Klo verdrückt hätte, selbst auf die Gefahr hin, gleich das Beste zu verpassen. Nicht mehr lange, bis es wirklich ungut werden würde. Und sie wagte nicht mal zu hoffen, dass Dante bis dahin auch nur ansatzweise mit ihr fertig sein würde.

Gerade fädelte er das von oben kommende Seil durch einen weiteren Ring, der genau unter ihr in den Boden versenkt war.

„Halt das mal", befahl Dante, und stellte ihren Fuß auf das Seilende.

Sie hörte, wie er etwas aus einem Regal hinter ihr holte. Dann trat er vor sie, und hielt ihr seine geschlossene Faust auf Augenhöhe hin.

„Sieh mal, was ich Schönes für dich habe", verkündete er, und öffnete seine Faust, woraufhin eine Kette herausfiel, an deren Enden Klammern baumelten.

Großartig, schon wieder Backteaser.

„Sieht aus, als hätte ich eine gute Wahl getroffen", stellte Dante zufrieden fest. „So gequält wie du jetzt bereits dreinschaust, wird es mir ein ganz besonderes Vergnügen sein, sie dir anzulegen."

Emily senkte den Blick auf ihre Brüste und ihre Nippel. Aufgeregt wie sie war, standen die kleinen Verräter natürlich schon wieder wie Einsen.

Doch zu ihrer Überraschung schenkte Dante ihren Brüsten gar keine Beachtung, stattdessen ließ er sich vor ihr in die Hocke nieder. Er wollte doch nicht etwa …

„Nimm die Beine weiter auseinander", wies er sie an.

Doch. Wollte er. Ganz selbstverständlich fuhr er ihr mit der Hand zwischen die Beine und erkundete ihre Venuslippen und ihre Spalte.

„Du bist ja jetzt schon klatschnass", stellte er tadelnd fest, und nahm zur Illustration eine ihrer inneren Lippen fest zwischen die Finger, um daran zu ziehen, bis sie ihm entglitt. „Vielleicht sollte ich lieber die gezahnten Klammern nehmen, damit sie auch sicher halten"

Als sie angesichts der Drohung leicht zusammenzuckte, lachte Dante. Mit seiner Hand an ihrer Mitte hatte er genau gespürt, welchen Schauer der Erregung seine Worte bei ihr ausgelöst hatten.

„Weißt du was, ich werde auf die hier einfach mehr Zug legen, damit du auch sicher auf deine Kosten kommst."

Emily schloss die Augen, als das nächste Kribbeln durch ihren Körper lief. Sie wusste immer noch nicht so recht, ob sie Dante dafür hasste, dass er sie auf diese sadistische Art erregte, oder ob sie es nicht eigentlich viel zu sehr genoss, als dass sie sich hätte beschweren können.

Die Klammern bissen sich schmerzhaft in die weiche Haut ihrer Lippenpaare, aber das war natürlich erst der Auftakt. Denn nun verband Dante das von ihren Armen kommende Seil mit der von den Klammern herabhängenden Kette und zog das Ganze mit einer kleinen Seilratsche soweit straff, bis Emilys Fersen ein wenig vom Boden abhoben in dem vergeblichen Versuch, den Zug auf die empfindliche Haut zu mindern.

„Bist du dir sicher, dass du wieder auf Zehenspitzen stehen willst?", fragte Dante provokant, woraufhin Emily sich augenblicklich wieder auf den ganzen Fuß niederließ.

„Lass das herumtanzen", mahnte er sie, „oder ich nehme dir gleich noch einen Zentimeter Seil weg."

Emily nickte gequält, es fühlte sich an, als hätte sie einen Sandsack an die Klammern gehängt bekommen.

Nun trat Dante dicht hinter sie. Wie zu einer Umarmung ließ er seine Hände zärtlich über ihre Taille nach vorne auf ihren unteren Bauch gleiten.

Oh nein!

Schmerzerfüllt krümmte Emily sich zusammen, als Dante mit beiden Händen beherzt auf ihre übervolle Blase drückte. Die Strafe dafür folgte instantan, denn sowie sie die Hände senkte, zog sie damit heftig an den Klemmen.

„Funktioniert", stellte Dante zufrieden fest, als Emily gepeinigt aufschrie, und nahm die Hände weg, so dass sie sich wimmernd wieder aufrichten konnte.

„Mal sehen, wie lange du die aufrechte Haltung noch bevorzugst", raunte Dante ihr zu, ehe er sie stehenließ, gewiss, um ein weiteres Folterinstrument zu holen.

Vermutlich nicht lange, dachte Emily, denn inzwischen war ihre Blase so voll, dass gerades Stehen schon schmerzhaft wurde.

Unvermittelt traf etwas ihren Rücken und ließ Emily erschrocken nach Luft schnappen. Was zum Teufel war das denn gewesen? Es hatte nicht nennenswert wehgetan, doch sie konnte überhaupt nicht einordnen, was sie da getroffen hatte.

Sie musste nicht lang rätselraten, denn Dante trat vor sie und lüftete das Geheimnis: Ein Holzgriff mit einem Schweif dran. Er wollte sie mit Haaren schlagen? Solcher Pipifax passte irgendwie nicht so wirklich in die Liga, in der Dante sonst spielte.

„Du fragst dich gerade, was das soll", las Dante mal wieder ihre Gedanken, oder wohl eher ihre verwunderte Mine. „Schon mal von einem Pferdeschweif geschlagen worden?", fragte er, woraufhin Emily den Kopf schüttelte. „Keine Reiterin?"

Er holte aus und ließ die Peitsche auf ihre Unterschenkel niederfahren, diesmal wesentlich fester als zuvor.

Okay, dafür, dass es nur Haare waren, tat es doch erstaunlich weh, denn die Spitzen schlugen um und fuhren ziemlich ein.

„Natürlich ist der Schmerz nicht mit dem einer Lederpeitsche zu vergleichen", klärte Dante sie auf, „aber dafür hat die Rosshaarpeitsche einen entscheidenden Vorteil: Ich kann dich nach Herzenslust überall damit schlagen, ohne dass es dir morgen jeder ansieht."

Und dann begann Dante sich auszutoben. Mochte auch jeder einzelne Hieb dieser speziellen Peitsche problemlos zu verkraften sein, aber in der Menge war es dann doch kein Zuckerschlecken. Die Schläge prasselten nur so in voller Stärke auf ihren ganzen Körper nieder, erst die Beine nach oben, dann über den Rücken bis hinauf in ihren Nacken, und das Ganze auf der Vorderseite nochmal, wo er selbst vor ihrem Kopf nicht Halt machte. Die Augen fest zusammengepresst kostete es sie einiges an Selbstbeherrschung, gar nicht erst zu versuchen, die Arme schützend vor ihr Gesicht zu schieben, um die Schläge auf die dort besonders empfindliche Haut abzufangen.

Endlich ließ Dante die Peitsche sinken und trat vor Emily. Anscheinend zufrieden begutachtete er den feinen Schweißfilm auf ihrer Stirn und das kleine Bächlein, das ihren Achseln entsprang, deren Ursprung eindeutig nicht in der Umgebungstemperatur lag. Dann begab er sich an ihre Seite.

„Was meinst du, steht sie dir schon krumm genug da?", fragte er Massimo, der sich bisher, wie die letzten Male schon, aufs angeregte Zusehen beschränkt hatte.

„Sag du es mir, du bist der Großmeister des Schmerzes."

„Ich würde sagen, es reicht", befand Dante, und löste mit einem Griff das Seil.

Wie ein nasser Sack sank Emily zusammen und rollte sich ein. Die leicht gekrümmte Haltung linderte die stechenden Schmerzen in ihrem Bauch ein wenig, aber es war nur ein Tropfen auf den heißen Stein.

„Komm her!", forderte Massimo von seinem thronartigen Stuhl aus.

Emily versuchte halbherzig aufzustehen, ließ es dann aber doch bleiben. Aufrecht würde sie sowieso nicht vor ihn treten können, und über den Punkt, an dem ihr Stolz noch etwas bedeutete, war sie vorübergehend hinaus. Wie ein geprügelter Hund zu Massimo zu kriechen und ihn auf Knien anzuflehen, ihr das nicht noch länger anzutun, war inzwischen eindeutig das kleinere Übel, als dies weiter zu ertragen.

„Es tut mir leid, dass ich dich auf der Party stehen habe lassen", erklärte Emily reuig, als sie es zu Massimos Füßen geschafft hatte. „Ich bin undiszipliniert gewesen. Aber ich habe meine Lektion gelernt. Ich verspreche dir, das wird nicht wieder vorkommen."

Leider schien ihr Kniefall vor ihm nicht anzukommen, denn er sah sie bloß herablassend an.

„Du glaubst also, du hast deine Lektion gelernt?"

„Ja, das habe ich", versicherte Emily ihm, doch er schüttelte den Kopf.

„Irrtum, denn deine Lektion hat noch nicht einmal begonnen."

Entsetzt sah Emily ihn an.

„Das ist gerade erst das Vorspiel gewesen", erklärte Massimo bösartig lächelnd.

Emily fiel halb um, als sie sich hastig Dante zuwandte, der hinter sie getreten war. Verängstigt blickte sie zu ihm auf.

„Was hast du mit mir vor?", fragte sie mit belegter Stimme.

„Na was wohl", erwiderte Dante leichthin, und zog ein Kondom aus der Hosentasche.

„Nein!", stieß Emily entsetzt aus und rutschte abwehrend zurück. „Dante, bitte, tu mir das nicht an", flehte sie verzweifelt, als er ihr nachkam, doch er packte einfach ihre Handgelenke und zog sie ohne Mühe hoch.

„Ich soll mir diesen Spaß entgegen lassen? Keine Chance."

„Nein! Bitte! Bitte nicht! Nein!", schrie Emily den Tränen nahe, während sie nach Leibeskräften versuchte, sich aus Dantes Griff zu befreien, doch dieser schleifte sie einfach ungerührt zu einer mit Leder bespannten Liege.

„Hör schon auf zu jammern, in ein paar Minuten wirst du ja doch wieder vor Lust schreien."

Er drückte sie mit den Oberschenkeln gegen die kurze Seite der Liege und warf sie bäuchlings darauf. Ein tiefes, mehr als gequältes Stöhnen entrang sich Emilys Kehle. Der zusätzliche Druck auf ihre Blase durch die Bauchlage war schlichtweg grausam, er brachte ihre Muskeln dazu, sich so stark zu verspannen, dass sie kaum noch atmen konnte.

„Bitte, Dante, tu das nicht", wimmerte Emily in einem letzten, verzweifelten Versuch, als er mit seiner Hand ihre verkrampfte Muschi untersuchte. „Das ist mehr, als ich verkraften kann."

„Ich glaube nicht, dass du schon weißt, was du alles aushalten kannst", erklärte Dante jedoch nur beiläufig.

Ohne Vorwarnung nahm er ihr die Klemmen von den Lippen ab. Emily brach in Tränen aus. Die Mischung aus heftig auflodernden Schmerz und Verzweiflung war einfach zu viel.

Nur am Rande nahm sie das reißende Geräusch war, als Dante ein Stück Gewebeklebeband abriss. Es folgte ein leichtes Ziehen am Schlauch des Katheters, den Dante nach oben klemmte und mit dem Klebeband an ihrem Körper fixierte. Erneut fuhr Dante mit der Hand ihre Spalte entlang, um zu überprüfen, ob er nun freien Zugang hatte.

Zitternd harrte Emily seinem Eindringen, als seine Eichel gegen sie stieß. Sie hörte Dante leise lachen.

„Du bist heute so eng, dass ich gar nicht ohne Weiteres rein kann. Aber keine Sorge, ich bekomme das schon hin."

Bestimmt, denn so, wie sie ihn kannte, würde der Widerstand, den es zu überwinden galt, ihn bloß noch härter werden lassen.

Kurz darauf war seine Spitze auch tatsächlich in ihr. Genüsslich schob er sich weiter vor, dehnte sie auf und füllte sie aus, wo ohnehin schon kein Platz mehr war. Emilys Atem beschleunigte sich. Es tat so weh, und dabei hatte er sich bisher nur im Schneckentempo bewegt.

Doch als er sich zurückzog und erneut in sie glitt, spürte Emily ungeachtet der Schmerzen bereits, wie es heftig zu prickeln begann, als sein Schwanz über ihren Lustpunkt rieb, der sich schon nach der Stimulation verzehrte. Oh ja, wenn er das noch ein paar Mal machte, dann würde sie ...

Unvermittelt packte Dante sie mit einer Hand im Nacken und lehnte sich dicht über sie.

„Wage es ja nicht, jetzt schon zu kommen", stieß er drohend mit dunkler Stimme hervor. „Du wirst erst kommen, wenn ich es dir erlaube."

„Ich kann das nicht kontrollieren!", jammerte sie.

Er neigte seinen Kopf, so dass sie ihm in die Augen sehen konnte.

„Dann wirst du mich eben, wenn du es absolut nicht mehr zurückhalten kannst, anflehen, aufzuhören. Und wehe dir, du wartest damit nicht, bist du wirklich drauf und dran bist, zu kommen."

Fassungslos sah Emily ihn an. War es nicht genug, dass sie furchtbare Schmerzen dabei leiden würde, wenn er sie gleich richtig ficken würde? War es nicht genug, dass er es ihr verwehrte, in einem Orgasmus wenigstens kurzfristig Erlösung zu finden? Nein, er musste soweit gehen, sie selber darum betteln zu lassen, ihr den Orgasmus im letzten Moment zu verwehren!

„Wie kannst du nur so grausam sein?", flüsterte sie mit erstickter Stimme.

Seine Lippen verzogen sich einem furchteinflößenden Lächeln.

„Du hast keinen Schimmer, wie grausam ich wirklich sein kann. Und wenn du willst, dass das so bleibt, dann wirst du tun, was ich von dir verlange."

Damit war er wieder über ihr und begann erneut, sich zu bewegen. Nur leider hatte seine Rede ihrer Lust keinen Abbruch getan, im Gegenteil, seine Drohung schien sie nur noch mehr angeheizt zu haben.

„Stopp!", rief Emily, als sie kurz darauf schon spürte, wie der Höhepunkt auf sie zuraste.

„Das nennst du anflehen?", rügte Dante sie erbost, ohne sein Tun zu unterbrechen.

„Bitte, hör auf, bitte!", bettelte sie nun panisch mit erstickter Stimme, denn sie war schon drauf und dran, den Gipfel zu erreichen.

Die Bewegung in ihrem Inneren stoppe, und Emily sah wimmernd mit an, wie der bereits zum Greifen nahe Höhepunkt sich in Nichts auflöste.

„Gut. Nachdem du das Prinzip nun verstanden hast, können wir ja jetzt richtig loslegen."

Damit war das Vorspiel vorbei. Er nahm sie so, wie er es immer tat, schnell, hart, und völlig ohne Mitleid für die Pein, die sie dabei litt. Aber selbst mit dem Maß an Schmerzen, das er ihr heute dabei zufügte, das deutlich über alles Bisherige hinausging, reagierte ihr Körper immer noch auf diese verrückte Art auf ihn und versuchte weiterhin hartnäckig, zum Orgasmus zu kommen.

Mit jedem Mal viel es Emily schwerer ein: „Bitte hör auf", hervorzubringen, musste sie doch nicht nur gegen ihr Verlangen, sondern auch gegen die Aussicht auf eine kurzfristige Linderung ihrer Qualen ankämpfen.

Als ihr der vierte Höhepunkt in den Händen zerrann, brach Emily vor Verzweiflung in hemmungsloses Schluchzen aus. Wie oft würde sie es wohl noch über sich bringen? Und wie lange hatte Dante vor, dies grausame Spiel mit ihr zu treiben? Ihr gerade stattfindender Zusammenbruch schien ihm jedenfalls ziemlich am Arsch vorbei zu gehen, oder besser gesagt, er löste zumindest kein Mitleid bei ihm aus. Wahrscheinlich fand er es im Gegenteil sogar richtig geil.

Und wenn sie scheiterte? Was würde er dann erst mit ihr machen?

Nein, das wollte sie mit Sicherheit nicht herausfinden. Denn entgegen seiner Annahme wusste sie sehr wohl, wie grausam er tatsächlich sein konnte, und davon wollte sie keine Kostprobe bekommen. Also flehte sie unter Tränen auch ein fünftes Mal darum, ihr Leid zu verlängern.

Es dauerte jedoch nicht lange, da rollte schon der sechste an.

„Bitte, hör auf", bat Emily schwach.

Nichts geschah. Er machte einfach weiter.

„Dante, bitte!", presste sie stöhnend hervor.

Sie konnte es nicht aufhalten, sie würde kommen, wenn er nicht augenblicklich ...

„Dante!", schrie noch panisch, doch da verlor sie bereits den Boden unter den Füßen und hob ekstatisch stöhnend ab zum Höhenflug.

„Du darfst kommen", warf Dante genau in dem Moment mit vor Lust rauer Stimme ein, ehe auch er heftig in ihr kam.

Die Erleichterung, dass sie diesen Höhepunkt nicht teuer bezahlen würde, katapultierte Emily noch weiter in die Höhe, als wäre ein schweres Gewicht von ihr genommen worden, und ließ sie genüsslich das ihren ganzen Körper durchströmende Gefühl auskosten.

———

„Hoch mit dir", forderte Dante Emily auf.

Stöhnend kämpfte sie sich von dem Tisch herunter.

„Etwas mehr Enthusiasmus bitte."

„Ich wüsste nicht, wo ich den hernehmen sollte."

„Da hätte ich etwas für dich. Ich werde dir jetzt gleich ein wenig Erleichterung verschaffen."

Das klang tatsächlich motivierend. Zumindest wenn man davon absah, dass Emily der Sache nicht traute. Gekrümmt trat sie vor Dante. Immerhin, er hatte wenigstens einen sehr großen Plastikbecher mit Henkel in der Hand.

Mit einem Ruck riss er das Klebeband von ihrer Hüfte, hielt den Schlauch über den Becher, und öffnete die Klemme.

Emily schloss die Augen und atmete erleichtert aus. Es war unvergleichlich, dieses Plätschern zu hören und dabei zu spüren, wie der Druck und die Krämpfe langsam nachließen.

Moment, wo war das Plätschern hingekommen? Sie war noch lang nicht fertig!

Ohne Erklärung ließ Dante sie stehen und nahm den Becher mit. Immerhin, sie konnte wieder aufrecht stehen, aber sie war immer noch bei ich-müsste-mal-ganz-dringend-weg. Was ziemlich beunruhigend war.

Dante kam zurück, ein Glas in der Hand. Mit einer klaren, ganz leicht gelblichen Flüssigkeit darin.

Nein ...

Er drückte es ihr in die Hand. Es hatte Körpertemperatur.

Nein!

Das konnte doch unmöglich sein Ernst sein!

„Schön austrinken", forderte Dante von ihr.

Zaghaft hob Emily das Glas an, doch dann verzog sie angeekelt das Gesicht und schüttelte heftig den Kopf.

„Nein, ich kann das nicht trinken! Das ist ekelerregend!"

„Du weißt, dass du es trinken wirst", erklärte Dante unbeeindruckt.

„Oh nein, das werde ich ganz sicher nicht. Und die Drohung, dass du es mir auch einflößen kannst, wird daran nichts ändern. Freiwillig rühre ich das Zeug nicht an."

„Wollen wir wetten?"

„Nein!"

Dante lachte.

„Dann kannst du auch gleich ein braves Mädchen sein und einfach tun, was ich verlange."

Emily antwortete nicht.

„Nein?"

Er seufzte aufgesetzt.

„Dass ich immer erst drohen muss. Aber du brauchst wohl erst eine ausreichende Motivation. Na schön. Ich gebe dir eine: Wenn du hier weiter auf renitent machst, dann stell ich dich auf Zehenspitzen unter den Deckenhaken, flöße dir alles, was eben rausgekommen ist plus noch ein weiteres Glas Wasser zwangsweise ein, und lasse dich dann einfach so lange stehen, bis du so dermaßen verzweifelt bist, dass du für eine Linderung deiner Qual sogar aus einer Jauchegrube bereitwillig trinken würdest."

Angewidert sah Emily erst Dante, dann das Glas an.

„Ich warte", mahnte Dante sie. „Aber nicht mehr lange."

Emilys ganzer Körper schüttelte sich vor Ekel, als sie das Glas an den Mund führte, auch wenn sie noch so sehr versuchte sich einzureden, dass es lauwarmer Tee sein könnte. Hastig stürzte sie das ganze Glas in einem Zug runter, um es möglichst schnell hinter sich zu bringen.

„Na bitte, ist doch gar nicht so schwer", meinte Dante leichthin, als er ihr das Glas abnahm.

„Ich bin fürs erste fertig mit dir. Du darfst jetzt zu Massimo betteln gehen. Mal sehen, ob er jetzt der Meinung ist, dass du deine Lektion gelernt hast."

Unsicher wandte Emily sich zu Massimo um. Sollte sie einfach zu ihm gehen, oder ... Pfeif drauf, inzwischen war es ihr egal. Sie sank auf die Knie und kroch untertänig zu ihm.

„Sieh an, sieh an, hat Dante die stolze Prinzessin nun doch endlich dazu gebracht, den ihr zugedachten Platz zu akzeptieren", spottete Massimo, doch Emily ignorierte es einfach.

„Glaubst du mir nun, dass ich meine Lektion gelernt habe?", fragte sie vorsichtig.

„Naja, immerhin bist du diesmal freiwillig auf Knien zu mir gekommen und nicht bloß, weil du nicht hochgekommen bist, wie vorhin. Das ist definitiv ein Fortschritt."

„Erweist du mir dann die Gnade mir zu erlauben, meine Blase ganz zu entleeren?", fragte Emily so untertänig sie konnte.

Die Worte hervorzubringen fühlten sich an, als würde sie Glasscherben aushusten, aber sie wusste, dass Massimo total darauf abfahren würde, und in ihrer momentanen Verfassung war sie für seine Gefälligkeit mehr als bereit, im einfach zu geben, was er begehrte.

Massimo hob mit dem Zeigefinger ihr Kinn an und strich ihr dann sacht mit dem Daumen über die Wange.

„Ja, für heute hast du deine Lektion wohl gelernt. Ich hoffe, du hältst mich aber nicht für so naiv dir abzunehmen, dass das auch nur bis zu unserem nächsten Treffen anhalten wird."

Emily schluckte verlegen, woraufhin Massimo wissend nickte.

„Du bist aus härterem Holz geschnitzt, als dass du dich so einfach beugen lassen würdest. Aber das ist mir von Anfang an klar gewesen. Soviel solltest du von dem heutigen Abend jedoch mitnehmen: Weichst du mir nochmal unerlaubt von der Seite, wenn wir ausgehen, dann schenke ich Dante eine ganze Nacht mit dir, damit er mal umfassend herausfinden kann, wie hart du wirklich bist. Und ich verspreche dir, danach wird dir alles Bisherige wie das reinste Zuckerschlecken vorkommen."

„Ich verstehe", antwortete Emily mit belegter Stimme.

„Gut."

Dann stand er einfach auf und ließ sie wie sie war zurück.

„Dante wird sich um dich kümmern", ertönte es noch, als er den Raum verließ, dann war er weg.

„Nimmst du mir das jetzt raus?", fragte sie bang, als Dante neben sie trat.

„Hm, Massimo hat bloß gesagt, ich soll mich um dich kümmern, er hat sich nicht geäußert wie", sinnierte Dante.

„Ich bin mir bei dir nie sicher, wann du Witze machst", stellte Emily nervös fest.

„Wer sagt, dass ich überhaupt je Witze mache?"

Immer noch auf Knien warf sie sich an sein Bein und grub ihre Hände in den feinen Stoff seiner schwarzen Anzughose.

„Witz oder nicht, bitte Dante, nimm mir das Ding raus", flehte sie, was ihn nur ein gelangweiltes Seufzen kostete.

„Du weißt, dass die Masche bei mir nicht zieht. Außerdem ist das erbärmlich und deiner nicht würdig. Wenn du nicht mehr den Schneid hast, mir direkt in die Augen zu sehen, wenn du ein Anliegen hast, solltest du besser einfach die Klappe halten und dich stillschweigend in dein Elend fügen."

Blitzschnell sprang Emily auf und funkelte ihn böse an.

„Jetzt tu mal bloß nicht so, als ob du meine Wünsche mehr respektieren würdest, wenn ich sie dir nicht auf Knien vortrage! Die sind dir doch sowieso scheißegal! Aber bitte, machen wir doch die Probe aufs Exempel. Du willst Stärke sehen? Das kannst du haben."

Sie baute sich vor ihm auf, sah im fest in die Augen und grollte mit Nachdruck:

„Nimm mir gefälligst das verdammte Ding raus!", um dann etwas hitziger hinzuzufügen: „Und nein, ich habe keine Angst, mich hiermit im Ton zu vergreifen, denn du tust ja sowieso, was du dir schon vorher ausgemalt hast. Das ist wie mit einer Wand zu reden, die bleibt auch gleich hart und unnachgiebig, egal wie man mit ihr spricht."

„Okay", erwiderte Dante, ohne eine Miene zu verziehen.

„Was okay?", fragte Emily, nun doch etwas unsicher, ob sie es nicht zu weit getrieben hatte mit ihrem Zornesausbruch.

„Ich nehme ihn dir raus."

„Wie, einfach so?", war Emily total verblüfft.

„Ja. Aber nicht wegen deiner charmanten Rede, sondern weil ich noch etwas zu erledigen habe."

Er holte den großen Becher und hielt ihn zwischen ihre Beine.

„Muss wohl dein Glückstag sein", meinte er und öffnete die Schlauchklemme, woraufhin es erneut zu plätschern begann.

Ein glückseliges Lächeln legte sich auf Emilys Lippen.

Du hast ja keine Ahnung.

20

Eingehüllt in eine warme Daunenjacke, die Haube tief in die Stirn und den Schal bis über die Nase gezogen, saß Selina auf einer Parkbank an einem Teich und warf den Enten kleine Brotstückchen zu. Ein Mann kam des Wegs, betrachtete die Entenschar, die Selina angelockt hatte, und setzte sich ans andere Ende der Bank.

„Das Füttern der Enten ist hier verboten", stellte er fest.

„Zeigen Sie mich doch an."

„Es wäre wohl zu auffällig, wenn eine brave Bürgerin wie du innerhalb eines Monats gleich zweimal in Handschellen aufs Polizeirevier gebracht würde."

„Na dann kann ich meine Enten ja unbesorgt weiter füttern."

„Was hast du so Dringendes für mich?"

„Einen Ohrring. Er steckt in meinem Handschuh."

„Du hast dir Zugang verschafft?", fragte Tyler mit begeisterter Überraschung in der gesenkten Stimme.

„Ja, letzte Nacht, als Dante kurz zum Telefonieren hinausgegangen ist."

„Dann wird es Zeit, dich abzuziehen."

„Das halte ich für keine gute Idee. Dante ist hereinge-schneit, kaum dass ich den Stick aus dem Gerät gezogen habe. Ich habe vorgetäuscht, meinen Ohrring verloren zu haben, denn natürlich wollte er eine Erklärung, warum ich mich ganze zwei Meter von meinem ursprünglichen Platz entfernt habe. Er hat es geschluckt, aber wenn ich jetzt verschwinde, wird er dahinterkommen, dass da et-was im Busch ist. Die Ohrringe haben ihn von Anfang an misstrauisch gemacht."

„Dann versuch, dich rauszureden. Ich will nicht, dass du dort nochmal hingehst, wenn es nicht notwendig ist."

„Bei Massimo gibt es keine Ausreden. Will er mich se-hen, dann habe ich zu erscheinen, egal, ob mir das gerade passt oder nicht."

„Sag, du bist krank."

„Toller Plan. Und wie täusche ich vierzig Grad Fieber vor, wenn Dante aufkreuzt, um das zu überprüfen? Mit irgendeiner nicht belegbaren Lappalie wird er sich näm-lich nicht abspeisen lassen."

„Dann erzähl ihm, du hättest deine Periode."

„Wie geistreich", ätzte Selina verächtlich. „Fallen dir vielleicht noch irgendwelche abgedroscheneren Klischees aus der Herrenumkleide ein, mit denen ich Dante lang-weilen könnte?"

„Hör auf, dich hier über Sexismus zu beschweren und mach es einfach."

„Ich beschwere mich in erster Linie, weil der Plan schwachsinnig ist. Selbst wenn es stimmen würde, könnte das bestenfalls funktionieren, wenn die beiden streng gläubige Juden wären, nur leider sind das katholi-sche Italiener, denen ist das piepegal, mit einer bluten-den Frau am selben Tisch zu sitzen."

„Ach komm schon, wir wissen doch beide, dass du dort nicht seit einem Monat bloß zum Essen hingehst."

„Und du glaubst, einer wie Dante stört sich an ein paar Tropfen Blut? Der würde nicht mal Anstoß daran nehmen, wenn er bis zu den Knien darin waten würde."

Tyler schwieg eine Weile.

„Muss ich mir Sorgen machen wegen der Mission?",
fragte er unvermittelt.

„Nein. Wieso?"

„Weil dein Auftrag gelautet hat, dich bei Scordato ein-
zuhauen, nicht mit seinen Bodyguard rumzumachen. Und
dass du das bisher mit keiner Silbe erwähnt hast, gibt mir
erst recht zu denken."

Selina schnaubte ungehalten.

„Was willst du mir unterstellen? Dass ich es zu meinem Privatvergnügen heimlich mit Dante in der Besen-
kammer treibe? Massimo ist ein Voyeur. Er hat mich noch
nie selber angefasst. Er will zusehen, wie Dante es tut.
Und ja, es ist mir peinlich, mit dir darüber zu reden. Es
mag zwar nicht privat sein, aber intim ist es trotzdem.
Außerdem, was beschwerst du dich? Ich habe doch be-
schafft, was wir haben wollten. Wen ich dazu vögeln
musste ist doch letztlich egal."

Verstimmt schüttelte Tyler den Kopf.

„Eigentlich müsste ich dich sofort abziehen. Du weißt,
dass es nicht angeht, dass du mir wichtige Informationen
vorenthältst. Aber du hast Recht. Es ist zu riskant. Wenn
sie nervös werden, und sicherheitshalber mal all ihre
Passwörter ändern, dann ist alles umsonst gewesen. Belassen wir also vorerst einmal alles, wie es ist. Aber sobald du die Nachricht von mir bekommst, dass es erledigt
ist, lässt du alles stehen und liegen und kommst sofort
zurück. Verstanden?"

„Logo. Ich habe schließlich kein Bedürfnis, dort als
Mafiabraut Wurzeln zu schlagen."

Emily stand auf und schüttelte die letzten Bröseln aus
ihrem Sackerl in den Teich.

„Miss, Ihnen ist Ihr Handschuh aus der Tasche gefallen", rief Tyler ihr nach, als sie gehen wollte.

„Oh, danke schön", bedankte sie sich, nahm den
Handschuh und spazierte davon.

21

„Bist du jetzt erst zurückgekommen?", fragte Massimo Dante, als er ihm am späten Vormittag das erste Mal an diesem Tag über den Weg lief.

„Ja. Einer von unseren Leuten hat gestern mitten in der Nacht endlich den flüchtigen Koch ausfindig gemacht."

„Und?", fragte Massimo, doch Dante schüttelte den Kopf.

„Der Kerl ist sauber, zumindest soweit es uns was angeht. Er ist untergetaucht, weil er ein Mädchen geschwängert hat und ihr Bruder nun hinter ihm her ist. Hat was gejeiert davon, dass er sich mit vierundzwanzig noch nicht bereit fühlt, Vater zu werden."

„Gibt es jetzt noch jemanden, den du noch nicht überprüft hast?"

„Nein, das ist der letzte gewesen. Ich habe alle überprüft, die aktuell für uns arbeiten und mir zusätzlich jeden einzelnen persönlich vorgeknöpft, der im letzten halben Jahr bei uns angefangen oder aufgehört hat, aber ich bin mir absolut sicher, dass keiner von denen für die Bullen arbeitet."

„Und das heißt?"

„Ich weiß es nicht. Die Ratte, die wir bezahlen, hat gesagt, sie wollen jemanden einschleusen, nicht sie haben. Könnte also sein, dass es ihnen bisher schlicht noch nicht gelungen ist. Aber das glaube ich eher nicht, er hat schon so gewirkt, als wäre die Sache bereits sehr konkret. Jedenfalls weiß er eindeutig mehr, als er mir erzählt hat."

„Dann frag ihn nochmal."

„Das wird nichts bringen. Er hat sich schon beim letzten Mal nicht von subtilen Drohungen überzeugen lassen, da wird etwas Handfesteres von Nöten sein. Zwar hat er zwei Töchter, über die ich Druck auf ihn ausüben könnte, aber das birgt auch ein gewisses Risiko. Bevor wir diese Karte ausspielen, möchte ich noch einmal sichergehen, dass ich sonst nichts übersehen habe."

„Na gut, halt mich auf dem Laufenden."

Dante nickte und machte sich auf den Weg in sein Zimmer, um etwas Schlaf nachzuholen. Aber die Sache ließ ihm keine Ruhe.

Er brauchte keinen Informanten, um dem auf den Grund zu gehen. Wenn es in ihren Reihen irgendjemanden gab, der ein falsches Spiel spielte, dann würde er ihn finden, dazu benötigte er keine Hilfe von außen. Und wenn er denjenigen fand, dann konnte der sein Testament machen, da würde er keine Gnade kennen. Verrat an der Familie war eine Todsünde.

Aber ehrlich gesagt konnte er es sich nicht so recht vorstellen. Seine Männer waren ihm gegenüber loyal, dafür würde er die Hand ins Feuer legen. Und auch unter den Hausangestellten war niemand, dem oder der er das zutrauen würde. Schließlich wussten hier alle, für wen sie arbeiteten und was ihnen blühte, wenn sie sich auf Abwege begaben.

Geräuschvoll ließ Dante seinen Atem entweichen. Irgendetwas entging ihm hier. Aber was?

Er drehte sich zur Seite und starrte auf die schweren, blauen Vorhänge, die das Zimmer verdunkelten. Mann, das Muster war vielleicht hässlich. Ob die Gute, die das ausgesucht hatte, sich so etwas auch bei sich daheim aufhängen würde? Vielleicht sollte er sich doch mal die Mühe machen und bei dem Hausmädchen, das bei ihm sauber machte, andere Vorhänge bestellen. Irgendwas lag bestimmt bei ihnen auf Vorrat, das ansprechender war als das hier. Es konnte ja gern blau sein, wenn das hier gut reinpasste, aber dieses Muster ...

Moment mal, blaue Vorhänge?

Da klingelte doch etwas bei ihm.

Dante sprang aus dem Bett und zog sich wieder an. An Schlafen war nicht mehr zu denken. Er schnappte sich sein Handy und wählte.

„Ich habe einen Auftrag für dich.

Ja es ist dringend.

Nein, es wird dich nicht in Teufels Küche bringen. Und jetzt halt die Klappe und hör mir zu."

22

Ratlos stand Selina vor ihrem Kleiderschrank. Eben hatte Dante sie angerufen, um ihr zu sagen, dass er sie in fünfzehn Minuten abholen würde. Und er hatte ihr aufgetragen, sich etwas Nuttiges anzuziehen. Wo zum Teufel sollte sie so etwas jetzt in der kurzen Zeit herzaubern? Mit ihrem eigenen Schrank daheim hätte sie wohl etwas aus ein paar alten Jugendsünden zusammenbasteln können, aber dieser Kasten war sehr überschaubar bestückt, und da war nichts Extravagantes dabei.

Vielleicht, wenn sie diese Bluse hier unten zusammenknotete, anstatt sie zuzuknöpfen und dazu den kurzen Rock?

Sie zog die Sachen an, aber das Ergebnis war mehr als mäßig. Das war eher Büroschlampe als Nutte.

Das Piepsen ihres Handys unterbrach ihr angestrengtes Grübeln, wie sich die Sache vielleicht doch noch verbessern ließ. Sofort griff Selina nach dem Telefon, um die SMS zu lesen.

Ich habe deine goldene Kette gefunden, die du letztes Mal so verzweifelt gesucht hast. Alles Liebe, Mama.

Juhu, damit hatte sich ihr Kleiderproblem in Wohlgefallen aufgelöst. Das war Tylers Abzugsbefehl. Gerade wollte Selina die Bluse wieder aufknöpfen, da läutete es an der Tür. Erschrocken fuhr sie zusammen.

Was für ein verflucht beschissenes Timing ist das denn?!

Dante kreuzte sonst immer pünktlich wie ein Uhrwerk auf, wieso musste er ausgerechnet heute zu früh dran sein?

„Du hast fünfzehn Minuten gesagt …“, setzte Emily zu einer Beschwerde an, als sie die Tür öffnete, aber Dante winkte sogleich ab und trat unaufgefordert ein.

„Ich weiß, dass du noch nicht fertig bist.“

Kritisch ließ er seinen Blick über sie schweifen.

„Und ich wusste auch, dass das, was du mir als nuttiges Outfit präsentieren würdest, ein Witz sein würde. Also habe ich dir etwas mitgebracht.“

Er drückte ihr ein relativ großes, unbedrucktes, weißes Sackerl in die Hand.

„Na los, geh dich fertig machen“, befahl er, als Emily sich nicht gleich in Bewegung setzte, denn ihre Gedanken kreisten gerade darum, was wohl das geringere Übel war: ihn in der Wohnung herumschnüffeln zu lassen, oder ihn zu bitten, sie zum Umziehen zu begleiten.

„Wage es bloß nicht, dich hier wie zu Hause zu fühlen, während ich mich umziehe“, warnte sie ihn, und machte sich auf den Weg ins Schlafzimmer.

Die Tür ließ sie offen, damit sie ein Auge auf ihn haben konnte. Sie selber hatte ja ohnehin nichts mehr zu verstecken, was er noch nicht gesehen hatte.

Dante drehte eine Runde durch Wohnzimmer und Küche, dann kam er zum Schlafzimmerdurchgang und lehnte sich in die Tür.

Was für ein Timing, sie war gerade nackt.

„Wozu das Doppelbett?“, fragte er. „Du lebst doch allein.“

„Dass ich Single bin, heißt nicht, dass ich kein Sexleben habe.“

„Ach ja? Wie viele Männer hast du denn schon in diesem Bett gehabt?", fragte er provokant.

„Noch keinen", gab Emily zu. „Aber ich wohne ja auch noch nicht lange hier. Und ein gewisser Tyrann hält mich außerdem hartnäckig davon ab, am Samstag mal ganz normal fortzugehen und jemanden kennenzulernen."

Mit einer lässigen Bewegung löste Dante sich vom Türrahmen und trat an Emily heran.

„Noch keinen ...", sinnierte er, und steckte ihr eine vorstehende Locke hinters Ohr. „Dann wird es aber höchste Zeit, das Bett standesgemäß einzuweihen."

„Oh nein!", fuhr sie ihn an. „Das kommt überhaupt nicht in Frage! Dass wir beide schon Sex miteinander gehabt haben bedeutet noch lange nicht, dass ich dich auch in mein Bett lassen würde. Du erfüllst keinen einzigen der Ansprüche, die ich an einen Mann stelle, der hier willkommen ist."

„Ach nein? Was ist mit: 'Kann mir einen hammermäßigen Orgasmus besorgen'?"

„Steht nicht auf der Liste."

„Lügnerin."

„Du weißt doch, wie leicht ich komme", belehrte Emily ihn herablassend. „Mich zum Höhepunkt gebracht zu haben, zeichnet dich nicht als Mitglied in einem besonders exklusiven Club aus."

„Beim letzten Mal hast du sogar meinen Namen geschrien dabei", schnurrte er an ihrem Ohr. „Das kommt bestimmt weit weniger häufig vor."

„Das zählt nicht", knurrte sie, „du weißt genau, was der Grund dafür gewesen ist."

„Klar. Der explosive Höhepunkt, den ich dir beschert habe."

„Kürzen wir das Gespräch ab: Du kommst nicht in mein Bett, egal für wie gut du dich hältst."

Ehe Emily wusste, wie ihr geschah, hatte Dante sie an den Handgelenken gepackt und ihre Arme hochgezogen.

Doch zu ihrer Überraschung warf er sie nicht aufs Bett, sondern drängte sie rücklings gegen den Kleiderkasten.

„Na schön, sag mir, was du dir von deinem Traumprinzen erwartest. Dass er dich mit Blümchensex beglückt? Das ist keine Kunst, das kann ich auch."

„Es ist kein Blümchensex, wenn die Blümchen dabei eingehen", ätzte Emily, doch sie spürte bereits, wie Dantes Nähe und sein forderndes Auftreten schon wieder ihr Verlangen schürten.

„Du traust mir nicht zu, dass ich auch sanft sein kann?", fragte er herausfordernd.

„Du weißt doch nicht mal, wie man sanft buchstabiert. Es wundert mich, dass das Wort in deinem Wortschatz überhaupt existiert."

„Na schön, lass es mich ebenfalls kurz machen: Du weißt, dass wir beide in deinem Bett landen werden, auf die eine oder andere Art. Aber ich lasse dir die Wahl. Wenn du dich traust, dann lädst du mich dazu ein und wir weihen das Ding mit dem Blümchensex ein, den du dir angeblich dafür wünscht. Oder ich falle einfach über dich her, und wir taufen das Bett mit deinen Tränen, was bestimmt interessanter wäre."

„Woher weiß ich, dass du das nicht sowieso tust?"

„Weil du inzwischen gelernt haben solltest, dass ich meine Versprechen immer halte."

„Das sind keine Versprechen, das sind Drohungen."

„Der Unterschied ist minimal. Und ein bisschen Risiko muss schon dabei sein für dich, sonst langweilst du dich doch. Also?"

„Lass mich los, dann sag ich es dir."

Dante gab ihre Handgelenke tatsächlich frei, und trat einen Schritt zurück.

Emily wandte sich einen kurzen Moment ab, um sich zu sammeln.

War sie wirklich im Begriff, das zu tun?

Eigentlich sollte sie hier schon längst weg sein, es gab keinen vernünftigen Grund, mit Dante ins Bett zu springen.

Entschlossen drehte sie sich wieder um, und trat mit einem lasziven Hüftschwung ganz nah an Dante heran. Herausfordernd sah sie ihm direkt in die Augen.

„Leck mich", säuselte sie gedehnt.

„Das heißt wohl nein", meinte er mit schlecht aufgesetztem Bedauern.

„Falsch", klärte Emily ihn zuckersüß auf, „leck mich heißt, dass du mich lecken sollst."

Sie ließ sich am Rand des Bettes nieder und spreizte provokant die Beine.

„Du hast doch gesagt, so wie ich es haben möchte. Wenn du das für mich machst, darfst du danach in mein Bett. Wenn nicht, dann bist du ein mieser Heuchler, dessen Wort keinen Pfifferling wert ist, und dann kannst du mich wirklich mal."

Milde lächelnd sah er sie an, als wäre sie ein Kind, das noch an den Osterhasen glaubte.

„Du willst, dass ich vor dir am Boden knie, während du es dir im Bett gemütlich machst?"

„Was beschwerst du dich, immerhin habe ich keinen Reis dort verstreut, wo du knien sollst", konterte sie liebreizend.

Ihre Art zu denken gefiel ihm sichtlich.

„Na schön", willigte er ein, und wollte sich vor ihr niederlassen, doch Emily stemmte ihm blitzschnell einen Fuß auf die Brust.

„Erst ziehst du dir die Schuhe und das Hemd aus", forderte sie.

Er neigte galant ein wenig den Kopf, trat einen Schritt zurück, zog sein Sakko und seine Schuhe aus und begann dann, sein übliches schwarzes Anzughemd aufzuknöpfen.

Ach du lieber Himmel ...

Damit hatte sie sich eindeutig ein Eigentor geschossen, denn den Anblick würde sie so leicht nicht wieder aus ihrem Kopf bekommen.

Was hast du dir erwartet?, schalt Emily sich selbst, schließlich sah man Dante seine Statur schon durch das Hemd an.

Aber dass der Anblick derart appetitlich sein würde ... Sein ganzer Oberkörper bestand nur aus wohlproportionierten Muskeln, die sich unter seiner von Natur aus leicht bronzefarbenen Haut mit der Geschmeidigkeit von fließendem Wasser zu bewegen schienen, als er sie von dem darüberliegenden Stoff befreite. Und selbst die diversen Narben, die Selina gleich ins Auge sprangen, vermochten nicht das Bild zu trüben, ganz im Gegenteil, bezeugten sie doch, dass dieser Körper sich nicht um der Schönheit willen in diesem Topzustand befand.

Als er das Hemd aufs Bett fallen ließ, schenkte Dante ihr von oben herab ein verheerendes Lächeln.

„Soll ich mir die Hose auch noch ausziehen? Vielleicht kommst du dann gleich so, und wir können uns dieses Vorspiel sparen."

Emily spürte überdeutlich, wie ihr die Röte in die Wangen schoss.

Verflucht, war das peinlich! Sie war eine erwachsene Frau, kein Teenager mehr, aber sie starrte ihn fasziniert an, als hätte sie noch nie einen nackten Mann gesehen.

„Du bist heiß", gestand sie, denn leugnen hatte eindeutig keinen Zweck, „aber so heiß nun auch wieder nicht."

„Das werden wir nie herausfinden, wenn wir es nicht ausprobieren", widersprach er zwar, ließ sich aber dennoch ohne weitere Aufforderung samt Hose vor ihr im Schneidersitz nieder.

Seine Hände glitten ihre Oberschenkeln hinauf, dann packte er sie an der Hüfte und zog sie ganz an den Rand des Bettes. Einen Moment hatte Emily das Gefühl, er würde unschlüssig wirken, doch dann vergrub er sein Gesicht zwischen ihren Beinen.

Emily konnte es sich nicht verkneifen, dass sie zu kichern begann.

„Sag mal, hast du das schon jemals gemacht?"

„Offen gestanden, nein. Merkt man das?"

„Ich fürchte schon. Brauchst du ein paar Anweisungen?"

Mit einem vor Selbstvertrauen strotzendem Lächeln hob Dante den Kopf.

„Ich habe noch nie Hilfe gebraucht, jemanden zum Schreien zu bringen."

Ja ja, dachte Emily, und lehnte sich zurück. Mal sehen, wie lange es dauern würde, bis er doch Hilfe ...

Oh, das war gar nicht schlecht. Wahnsinn, er lernte wirklich schnell. Endlich war es mal zu ihrem Vorteil, dass er so gut darin war, aufmerksam jede Reaktion von ihr zu verfolgen.

Auf einmal spürte sie seine Zähne an ihrer Perle. Sie wollte ihn schon rügen, dass er gefälligst sanft sein sollte, doch der Gedanke überlebte nicht lange genug, denn ein anderer Gedanke nahm schlagartig allen Raum ein:

Nicht aufhören!

Es dauerte nicht lange, bis sein geschicktes Lecken, Saugen und Knabbern sie zum Höhepunkt führte. Und er schenkte ihr sogar noch mehr, denn er begnügte sich nicht damit, sie gerade mal so über den Berg geschubst zu haben, sondern half ihr, das wunderbare Gefühl in die Länge zu ziehen, indem er hingebungsvoll weiter machte, bis sie sich schließlich glückselig flach aufs Bett fallen ließ und völlig befriedigt alle viere von sich streckte.

Als Dante aufstand, schenkte Emily ihm ein verklärtes Lächeln und klopfte mit der Hand neben sich aufs Bett.

„Du hast es dir verdient", schnurrte sie.

Verzückt beobachtete sie, wie nun auch seine Hose fiel und damit den Rest seines traumhaften Körpers offenbarte, dann war er über ihr.

„Nicht vergessen, ich erwarte mir, dass du in der gleichen Manier weitermachst", warnte Emily ihn, als er ihre Handgelenke fasste und über ihren Kopf zog.

„Wenn du das wirklich willst, kann ich dir versprechen, dass ich nicht beißen werde. Aber dass ich vom Pitbull zum Chihuahua mutiere, darfst du nicht erwarten", gab Dante zurück, ehe er seinen Mund auf eine ihrer Brustwarzen senkte und daran zu knabbern begann.

„Damit kann ich wohl leben", stimmte Emily mit einem genüsslichen Seufzen zu, ehe sie die Augen schloss und sich ganz Dantes Berührungen hingab.

⚔

Emily sammelte die Kleidungsstücke vom Boden auf, die Dante zuvor vom Bett gefegt hatte, und hielt das Bündel hoch.

„Sag mal, ist das wirklich dein Ernst, dass ich das hier anziehen soll?"

„Allerdings", bestätigte Dante und knöpfte sein Hemd zu.

Kopfschüttelnd verdrehte Emily die Augen.

„Wieso habe ich überhaupt gefragt?", murmelte sie, und warf die Sachen wieder aufs Bett, um sie anschließend anzuziehen.

Wenige Minuten später trat Emily fertig gestylt zu Dante ins Wohnzimmer hinaus. Mit einer extrakurzen Jacke aus rotem Zottelfell, die so eng war, dass sie sie nicht zubrachte, darunter ein knallenges, schwarzes Oberteil mit einem Ausschnitt, aus dem ihre von einem Super-Push-Up-BH aufgepolsterten Möpse fast herausfielen, dazu ein rotkarierter Faltenminirock, der kaum ihren Po bedeckte, mit schwarzen Netzstrümpfen darunter und schließlich weiße Lackstiefel mit Plateau und mörderischen Absätzen.

„Du hast mir nicht zufällig auch einen Sack mitgebracht, unter dem ich mich auf dem Weg zum Auto verstecken kann? Weil ich habe keine Ahnung, wie ich das meinen Nachbarn erklären soll."

„Von mir aus kannst du dir deinen Mantel darüber ziehen, bis wir im Auto sind", gab Dante sich gnädig.

Das war zwar besser als nichts, dennoch war Emily heilfroh, dass sie es nach unten schafften, ohne irgendwem zu begegnen.

23

„Dante, was machen wir hier?", verlangte Emily mit deutlichem Misstrauen in der Stimme zu erfahren, als Dante schließlich in einer dunklen Seitengasse mit ihr stehen blieb. Das sah eindeutig nicht danach aus, dass Massimo bloß ein peinliches Rollenspiel mit ihr abziehen wollte.

„Nicht wir, du", korrigierte er sie.

„Sag mal, spinnst du?!", fuhr sie ihn entrüstet an. „Falls du ernsthaft glaubst, dass ich *hier* aussteige, allein, und das auch noch in *den* Klamotten, dann hast du dich aber gründlich geirrt!"

Auch wenn Dante sich mit ihr sozusagen von hinten angeschlichen hatte, sie wusste sehr wohl, dass zwei Straßen weiter der Straßenstrich florierte.

„Müssen wir diese Diskussion schon wieder führen?", fragte Dante gelangweilt. „Dafür, dass du sonst recht helle bist, fällt es dir ziemlich schwer zu begreifen, dass du am Ende ja doch wieder tun wirst, was ich von dir verlange."

„Das hier ist aber wohl eine ganz andere Liga!", empörte Emily sich. „Dass ich mit dir inzwischen recht bereitwillig in die Kiste steige, heißt noch lange nicht, dass ich das jetzt mit jedem dahergelaufenen Typen mache!"

„Reg dich ab. Alles was du tun sollst, ist zu der Straße da vorne zu gehen und ein wenig gut auszusehen."

„Das ist in dem Fummel unmöglich", konterte Emily lapidar. „Und was dann?"

„Dann wartest du."

„Worauf? Dass mich einer mitnehmen will?"

„Dazu wird es nicht kommen."

„Nein, denn bestimmt werden mich die Nutten dort lang vorher zerfleischen, weil ich mich in ihrem Revier wichtigmache."

„Ich bin zuversichtlich, dass du und deine große Klappe mit ein paar Nutten fertig werden. Du bleibst jedenfalls dort, egal was sie sagen."

„Und dann?"

„Dann wird früher oder später ihr Zuhälter aufkreuzen."

„Oh, toll, der Plan wird immer besser und besser. Soll ich dem dann vielleicht etwas Freundliches erzählen? Etwa, nein, ich steh gar nicht wegen der Freier hier, sondern bloß, um ihm ein wenig auf den Sack zu gehen?"

„Nein. Alles was du tun sollst, ist ihn anzulocken. Ich muss mit dem Kerl ein kleines Pläuschchen führen, und ich habe keine Lust, ihn aus dem Loch, in das er sich jedes Mal verkriecht, sobald ich auftauche, erst herauszerren zu müssen."

„Will ich wissen, warum du mit so einem Typen reden willst?", fragte Emily vorsichtig.

„Nein."

„Okay."

Es war wohl besser, es dabei zu belassen.

Zögernd langte Emily nach der Autotür.

„Darf ich darauf hoffen, dass du mir zu Hilfe kommst, wenn ich dich brauche, oder wirst du mich im Regen stehen lassen, solange dein Freund nicht auftaucht?"

„Ich werde ganz in der Nähe sein", erklärte Dante, was freilich ihre Frage nicht beantwortete.

Um besser ein besorgtes Gesicht hinzubekommen, stellte Emily sich eine handfeste Auseinandersetzung mit dem Zuhälter vor, während sie Dante nochmal fragend ansah, ehe sie ausstieg und die Straße hinunterging.

In Wahrheit war der Auftrag keine allzu große Sache für sie. Ja, es war nicht ganz ungefährlich, aber mit den Huren und dem Zuhälter würde sie schon fertig werden, da machte sie sich keine Sorgen. Es war schließlich nicht das erste Mal, dass sie sich in diesem Milieu bewegte.

Was ihr dagegen sehr wohl Kopfzerbrechen bereitete, war die Frage, was Dante wohl mit dem Kerl anstellen würde, wenn er ihn erst einmal in den Fingern hatte. Es würde ihr verdammt schwer fallen, einfach tatenlos zuzusehen, sollte es nicht bei einem harmlosen Pläuschchen bleiben, aber eine andere Wahl hätte sie nicht, wenn sie ihre Tarnung nicht gefährden wollte. Davon, dass sie unbewaffnet war, einmal ganz abgesehen.

Emily bog um eine Ecke, die von einem hässlichen, gut zwei Meter hohen, blickdichten Holzzaun gesäumt wurde, und blieb wenige Meter weiter an den Zaun gelehnt stehen.

Es dauerte keine Minute, bis eine Frau, die ein Stück weiter an der Straße stand, auf sie aufmerksam wurde, zu einer Kollegin ging und auf sie zeigte. Zu zweit kamen die Straßennutten auf sie zu.

„Du hast dich wohl verlaufen, Schätzchen", erklärte die eine herausfordernd.

„Nö, ich bin genau da, wo ich sein soll", erwiderte Emily unbeeindruckt.

„Du hast hier aber nichts zu suchen", zischte die andere. „Zieh Leine, das ist unsere Straße!"

Emily stieß sich von der Wand ab und trat drohend an die zweite Hure heran, die ein Stück kleiner als sie war.

„Und wenn ich nicht will? Wer soll mich dazu zwingen? Du halbe Portion vielleicht?"

Die Angesprochene setzte ein bösartiges Grinsen auf.

„Tja, das ist vielleicht der einzige Vorteil an diesem scheiß Job hier: Ich muss mich wenigstens nicht selber um meinen Standplatz prügeln. Und jetzt verpiss dich endlich, ehe T.J. kommt und mit dir den Boden aufwischt."

„Sorry, aber ich habe selber einen T.J. im Nacken sitzen, und der sagt, ich muss hierbleiben."

Die junge Frau zog eine Grimasse, zeigte ihr den Stinkefinger und marschierte mit der anderen im Schlepptau davon, direkt auf einen Kerl zu, der eben aufgetaucht war, um nachzusehen, was hier gerade abging. Sie wechselte ein paar Worte mit ihm und zeigte auf Emily, woraufhin der direkt auf Emily zustapfte. Die Nutte schickte Emily noch eine Kusshand, dann ging sie wieder auf ihren ursprünglichen Platz zurück.

Okay, das war also T.J.: solariumsbraun bis zum abwinken, schwarze Lederjacke, kiloweise Goldketten, literweise Gel im Haar. Und vor allem mehr als einen Kopf größer und gut um die Hälfte schwerer als sie. Vorsorglich trat Emily ausreichend weit von der Wand weg, damit er sie nicht einkesseln konnte.

„Hey Bitch, was hast du hier zu suchen?", stänkerte er und trat äußerst aggressiv an sie heran. „Willst du meinen Mädels etwa das Wasser abgraben?"

Beschwichtigend hob Emily die Hände und wich zur Seite aus.

„He, bleib cool, ich will hier niemandem was streitig machen."

Ihrer Bewegung folgend drehte er sich mit ihr.

„Ach so, du natürlich nicht. Lass mich raten, das war alles die Idee von dem Wixer, der dich geschickt hat. Los, spuck's aus, wer ist die feige Sau, die ein Mädchen vorschickt, anstatt das mit mir persönlich zu regeln?"

„Ich habe sie geschickt", ertönte es unvermittelt hinter T.J.

Der Wandel in seinem Auftreten war beeindruckend. Von einem Wimpernschlag auf den anderen wurde er gut fünf Zentimeter kleiner, und sein Gesichtsausdruck wandelte sich von aggressiver Drohgebärde zu Hilfe-wo-kann-ich-mich-verstecken, ehe er sich hastig umdrehte.

„He, Dante, sorry Mann, das mit der feigen Sau war echt nicht so gemeint, ich wusste ja nicht, dass … also ich würde dir nie unterstellen, dass du …"

Mit einem knappen: „Halt's Maul, T.J.", stoppte Dante seinen hilflosen Redefluss, dann wandte er sich an Emily:

„Du bist hier nicht mehr erforderlich. Warte beim Auto auf mich."

Eilig setzte Emily sich in Bewegung, um den Schein zu wahren. Doch sie ging nicht wie befohlen zum Wagen, sondern bloß bis in die Seitengasse, von wo aus sie um die Ecke spähte.

Das Gespräch wurde schnell heftig, T.J. regte sich über irgendetwas furchtbar auf, und auf einmal sah Emily ein Messer in seiner Hand aufblitzen. Doch Dante konnte seinem Angriff ausweichen, und im nächsten Moment hatte auch er eine Klinge in der Hand. Der Kampf war rasch entschieden, mit einer Folge von drei schnellen, gut sitzenden Angriffen entwaffnete Dante seinen Gegner und brachte ihn zu Boden, um sich abschließend mit vollem Gewicht auf eines seiner halb abgewinkelten Beine fallen zu lassen. Es gab ein scheußliches Knacken sowie einen Schrei, die bezeugten, dass T.J. so bald nicht wieder auf diesem Bein herumlaufen würde. Mit einem Ruck drehte Dante den Besiegten auf den Rücken und kniete sich auf ihn. Er sagte ihm irgendetwas, woraufhin der Mann wie ein Kind zu weinen und zu flehen begann.

Auf einmal holte Dante mit dem Messer aus. Emilys Herz stand einen Schlag still, als das Messer begleitet von einem gellenden Schrei im Brustkorb des Mannes einfuhr.

Hastig machte sie einen Schritt zurück und drückte sich mit dem Rücken an die Holzwand hinter ihr. Sie war hier nicht wirklich gerade Zeugin, wie Dante einen Mord beging, oder?

Ihr Herzschlag beschleunigte sich. Sie musste hier weg, und zwar pronto. Wenn Dante herausfand, dass sie ihn beobachtet hatte, anstatt seiner Anweisung folgend brav beim Auto auf ihn zu warten, war sie geliefert.

So schnell das miese Schuhwerk es zuließ, ohne dabei einen Trommelwirbel zu veranstalten, lief Emily zum Wagen zurück.

Als Dante auftauchte, lehnte Emily unbekümmert am Auto, als hätte sie die ganze Zeit nichts anderes gemacht. Ihrer Einschätzung nach war sie völlig unverdächtig, doch Dante musterte sie trotzdem kritisch von oben bis unten, kaum, dass er vor ihr stand. Dann griff er nach ihrer Hand, und hielt sie sacht am Handgelenk, woraufhin in der Stille der Nacht sein leises Lachen zu vernehmen war.

„Und, wie hat es dir gefallen, mir heimlich bei der Arbeit zuzusehen?"

„Was? Wie kommst du darauf ...", stammelte Emily.

„Man sieht die Dreckspritzer auf deinen weißen Stiefeln, du bist ganz offensichtlich über die nasse Straße gelaufen."

Er hob ihren Arm auf Augenhöhe an.

„Und dein ohnehin schon erhöhter Puls ist gerade durch die Decke gegangen, als ich dir diese Frage gestellt habe. Das war eindeutig Angst, nicht bloß Überraschung."

Seine Finger öffneten sich, und Emily zog hastig ihre Hand heraus.

„Habe ich Grund, mich zu fürchten?"

„Ich weiß nicht. Sag du es mir."

Emily schluckte schwer und schüttelte den Kopf.

„Ich habe gar nichts gesehen."

„Oh, das glaub ich dir nicht. Du hast doch bestimmt mitbekommen, dass dieser Vollpfosten völlig unprovoziert ein Messer gezogen hat, woraufhin ich mich verteidigen habe müssen."

„Ja", bestätigte Emily mit belegter Stimme, „das habe ich gesehen."

„Na bitte. Wieso solltest du dich also fürchten?"

Nervös trat Emily von einem Bein auf das andere, sie wusste, dass es verdammt dämlich war, das zu sagen, aber sie brauchte Gewissheit. Und dass sie sonst nichts gesehen hatte, nahm Dante ihr ja sowieso nicht ab.

„Weil ich auch gesehen habe, wie du ihm dein Messer in die Brust gerammt hast."

„Nein, das hast du nicht gesehen", belehrte er sie, um dann mit der linken Hand ebendiese Hälfte seiner Jacke beiseite zu ziehen. „Es war nämlich kein Messer, sondern ein Dolch", erklärte er, während er die in einem Schulterholster steckende Waffe offenbarte. „Aber auf die Entfernung, aus der du es gesehen hast, kann man das schon mal verwechseln."

Diesmal musste Emily sich nicht erst bemühen, besonderes eingeschüchtert zu wirken, denn nun war sie es wirklich. Das Bild von Carlo Benini mit all seinen Schnittwunden blitzte vor ihrem geistigen Auge auf, und Emily fühlte geradezu, wie sämtliche Farbe aus ihrem Gesicht wich.

Reiß dich zusammen! Du bist nicht die kleine Büromaus, für die Dante dich hält. Du bist FBI-Agentin, verdammt nochmal! Also denk an deine Ausbildung und schmeiß vor allem nicht die Nerven weg!

„Es ist mir scheißegal, was du verwendet hast", brachte Emily unter Zusammennahme all ihres Mutes stockend heraus. „Mich interessiert nur, ob er tot ist."

Dante ließ seine Jacke los und sah sie amüsiert an, als würde er sich darüber wundern, auf was für abstruse Gedanken sie doch kam.

„Keine Ahnung", meinte er leichthin, und bescherte Emilys Herz damit einen erneuten Aussetzer. „Als ich gegangen bin, hat er jedenfalls noch gelebt, aber ich weiß natürlich nicht, was seine – von ihm bestimmt mit viel Wertschätzung behandelten – Arbeiterinnen in der Zwischenzeit mit ihm angestellt haben."

Als Emily ihn nur weiter wortlos anstarrte, fügte er etwas ernsthafter hinzu:

„Ich habe ihm den Dolch nicht ins Herz gestochen, falls du das andeuten willst. Ich wollte ihm nur ein wenig Angst machen. Was auch ziemlich gut hingehaut hat. Ich habe keinerlei Interesse, ihn umzubringen. Tote haben beim Begleichen von Schulden nämlich eine ganz schlechte Zahlungsmoral."

Ein zweifellos von einem Geräuschdesigner auf Wohlklang getrimmtes Klick-klack ertönte, als Dante die Türen seines Wagens entsperrte, doch Emily bekam eine Gänsehaut davon. Das eben Geschehene war eine allzu deutliche Ermahnung an sie, zu wem sie hier ins Auto stieg, und wo die Fahrt für sie enden könnte. Keinesfalls durfte sie zulassen, dass die eigenartige Vertrautheit, die sich langsam aber sicher zwischen ihnen einschlich, sie dies auch nur eine Sekunde lang vergessen ließ.

Nervlich etwas aufgerieben öffnete Emily die Tür, und ließ sich in den Beifahrersitz fallen.

Autsch!

Natürlich, an einem ohnehin schon miesen Abend ließen sich die kleinen Pannen des Alltags natürlich auch nicht lumpen, da wollten alle ein bisschen mitspielen. Sie tastete unter ihrem Hintern nach dem Gegenstand, auf den sie sich gesetzt hatte, was einen Kugelschreiber zu Tage förderte, der in einer Ritze des Ledersitzes stecken geblieben war. Gerade wollte sie ihn unangesehen genervt ins Handschuhfach schmeißen, als ihr etwas Seltsames auffiel. Die Oberfläche des zweifellos hochwertigen Stifts fühlte sich beschädigt an, verunstaltet von zahlreichen kleinen Löchern, die wirkten, als hätte ein Tier mit kleinen, spitzen Zähnen daran gekaut.

Emily rutschte das Herz in die Hose. Unmöglich, das konnte nicht derselbe Kugelschreiber sein. Sie zwang sich, die Finger zu öffnen.

Genau in dem Moment stieg Dante zu ihr ein.

„Was ist los? Du siehst ja immer noch ganz schön neben der Spur aus. Muss ich erst mit dir dort vorbeifahren, damit du dich mit eigenen Augen überzeugen kannst, dass er noch lebt?"

„Nein, ich glaube dir natürlich auch so", versicherte Emily ihm rasch.

„Gut. Was hast du da in der Hand?"

„Oh, da habe ich mich gerade draufgesetzt. Hier."

Stirnrunzelnd nahm Dante den Kugelschreiber von ihr entgegen.

„Das ist nicht meiner, den muss jemand bei mir verloren haben", stellte er stirnrunzelnd fest. „Sieh an, er ist graviert, na dann kann ich ihn ja bei Gelegenheit zurückgeben", meinte Dante und legte das Schreibinstrument vorne auf eine Ablage am Armaturenbrett.

„Ich bring dich jetzt heim."

Überrascht sah Emily ihn an.

„Wie, du bringst mich heim? Ich habe gedacht, du hast mich angerufen, weil Massimo mich sehen möchte."

„Nein, Massimo hat heute keine Zeit für dich. Ich habe dich bloß aufgesucht, damit du mir bei diesem kleinen Problem hier behilflich bist."

Schnurrend sprang der Wagen an, und Dante fuhr los.

Einen Augenblick sah Emily noch verwundert zu Dante hinüber, doch darüber würde sie sich jetzt nicht den Kopf zerbrechen. Momentan konnte sie ohnehin keinen klaren Gedanken fassen. Den Blick nach vorne gerichtet, versuchte Emily, sich bloß auf die Straße zu konzentrieren, aber ihr Blick wanderte ständig zu dem Kugelschreiber und der geschwungenen Gravur auf seiner Halterung: »Tyler«.

24

Mit einem Knall flog die Tür ins Schloss und Selina ließ sich erschüttert dagegen fallen. Vor Dante hatte sie ihre Emotionen und ihre Überlegungen noch im Zaum gehalten, aber nun überschlugen ihre Gedanken sich.

Tyler, ein Maulwurf?

Das war doch nicht möglich, sie kannte den Mann!

Oder zumindest hatte sie das geglaubt. Er war ihr Mentor, ihr Vorbild, er verkörperte das, wo sie sich in zehn Jahren auch sah. Außerdem war er ihr Freund. Sie war bei ihm Zuhause gewesen, hatte seine Frau und seine beiden Töchter kennengelernt. Was das erst für die armen Kinder bedeuten würde, sollte sich herausstellen, dass ihr Vater ein Verräter war.

Nur leider sah es ganz danach aus. Weshalb sollte er sich sonst ohne ihr Wissen mit Dante getroffen haben?

Ob er wohl so weit gegangen war, auch ihr Geheimnis preiszugeben? Sie hatte zumindest die leise Hoffnung, dass es nicht so war, denn da müsste Tyler schon wesentlich abgebrühter sein, als sie ihm zutraute. Erst so glaubwürdig große Besorgnis um ihr Wohlergehen zu heucheln, um sie dann eiskalt auszuliefern? Eher nicht. Und auch, dass Dante sie eben wohlbehalten daheim abgesetzt hatte, sprach vermutlich dagegen, dass er es wusste. Wenngleich das kein sicherer Beweis war. Dante war gerissen, und er konnte sehr geduldig sein, wenn er sich etwas davon versprach. Gut möglich, dass er längst im Bilde war, und aus irgendeinem Grund bloß noch ein wenig damit abwartete, sie einzukassieren.

Ratlos ließ Selina sich an der Tür entlang zu Boden rutschen und zog die Stiefel aus. Was sollte sie nun tun? Sie konnte nicht einfach wie befohlen zu ihrem Team zurückkehren und dort ohne handfeste Beweise behaupten, dass ihr Boss ein Maulwurf war. Die würden sie gewiss alle für verrückt erklären und Tyler brühwarm erzählen, dass sein Schützling im Einsatz wohl einen kleinen Nervenzusammenbruch erlitten haben musste, und nun unter arger Paranoia litt.

Nein, damit musste sie sich an jemand anderen wenden.

Schnellstmöglich entledigte sich Selina des grässlichen Nutten-Outfits und schlüpfte in eine schwarze Jeans, ein bequemes Shirt und einen dunkelgrauen Pullover mit Kapuze. Dazu ihre schwarze Daunenjacke und schwarze Turnschuhe. In letzteren verstaute sie ein paar Hunderterscheine, die ihren Vorrat an Bargeld gebildet hatten, die Geldbörse wanderte in ihre Jacke. Die Handys dagegen beließ sie in ihrer Handtasche, denn auf dem einem lauschte das FBI auf allen Kanälen mit, auf dem anderen Dante. Und natürlich hatte beide ein verstecktes Ortungsprogramm installiert, das sie nicht deaktivieren konnte.

Schöne neue Handywelt, die uns so frei macht, dachte Selina sarkastisch, während sie sich darüber ärgerte, nun ohne Navi und mobiles Internet losziehen zu müssen. Ein Glück, dass sie sich in den letzten Wochen ihre freie Zeit damit vertrieben hatte, sich mit der weiteren Gegend um ihre Wohnung herum vertraut zu machen.

Gemütlich gehend verließ Selina das Haus. Ihr Ziel war eine öffentliche Telefonzelle, zwei Blocks weiter.

Oh Mann, so ein Ding hatte sie seit ihrer Kindheit nicht mehr benutzt. Wäre die Lage nicht so ernst gewesen, hätte sie direkt nostalgisch werden können.

Ein paar Münzen rasselten den Einwurfschlitz hinunter, dann wählte Selina aus dem Gedächtnis eine Nummer. Es läutete zweimal, ehe sich eine Männerstimme meldete:

„Harrington."

„Ted, ich bin es, Selina. Ich brauche deine Hilfe."

„Selina, bist du wahnsinnig, mich anzurufen? Wie kannst du so leichtsinnig deine Tarnung gefährden?"

„Ich bin mir nicht sicher, ob die nicht schon längst aufgeflogen ist. Du erinnerst dich an das Gespräch über den Maulwurf, das wir geführt haben? Ich fürchte, du könntest Recht gehabt haben. Ted, du musst mir helfen, ich weiß nicht, ob ich meinen Kollegen noch vertrauen kann."

„Das klingt übel." Es herrschte einen Moment Stille, während Ted nachdachte. „Auf dem Revier können wir uns nicht treffen, da hängen zu viele Leute vom FBI herum. Es gibt da ein Stundenhotel, nur wenige Blocks von deiner Wohnung entfernt, wo sie keine Fragen stellen, wer bei ihnen ein und aus geht." Er nannte ihr die genaue Adresse und den Namen, unter dem sie sich anmelden sollte. „Sagen wir in zirka einer Stunde? Dann kann ich meine Schicht regulär beenden und niemand stellt Fragen, wo ich hin will."

„Ja, das passt, viel eher werde ich eh auch nicht dort sein können."

„Gut, dann sehen wir uns dort. Gib auf dich Acht!", mahnte Ted noch eindringlich, ehe er das Gespräch beendete.

Selina hängte den Hörer in die Gabel und atmete erst einmal tief durch. Das Wichtigste war jetzt ruhig zu bleiben und einen kühlen Kopf zu behalten, damit sie sich auf ihre Ausbildung und all die vielen Trainingsstunden besinnen konnte.

Während sie sich in der Telefonzelle umdrehte, ließ sie den Blick über die Umgebung schweifen, aber alles schien normal zu sein. Kein Anzeichen von „unauffälligen" Passanten, die schwer nach Mafia oder FBI rochen. Trotzdem, auf direktem Weg zum Treffpunkt zu gehen war zu riskant.

Selina verließ die Telefonzelle ohne sich weiter umzusehen und steuerte ein TexMex-Lokal drei Straßen weiter an, das sie in letzter Zeit öfter frequentiert hatte. Dort setzte sie sich an ihren üblichen Platz, mit dem Rücken zur Wand, im hinteren Teil des Lokals, aber mit gutem Blick auf die Straße hinaus. Sofort kam eine Kellnerin, die ihr die Karte brachte und sie freundlich begrüßte.

„Eine große Zitronenlimonade wie immer?"

„Ja bitte", bestätigte Selina, während sie die Karte aufschlug. Die Kellnerin wusste, dass sie stetes schnell entschlossen war und wartete deshalb ab, bis sie ihre Entscheidung getroffen hatte. Selina ließ den Blick einmal über die großformatige, bunte Karte mit den Hauptspeisen schweifen.

„Ich nehme heute die Tacos nach Art des Hauses", entschied sie und gab der Kellnerin die Karte zurück.

Nachdem diese ihr das Getränk gebracht hatte, nahm Selina einen großen Schluck von ihrer Limonade und überprüfte dann zum Schein, dass ihre Geldbörse sicher in der Innentasche ihrer Jacke steckte, ehe sie sich die Jacke über den Arm hängte und in Richtung Toilette aufbrach. Dazu verließ sie den Lokalbereich hinten durch eine Schwingtür, die auf einen Gang führte. Auf der rechten Seite waren zwei Türen, die zu den WCs führten, links eine Tür in die Küche. Selina nahm die letztere.

Während der Koch es dabei beließ, sie grimmig anzusehen, kam die freundliche Kellnerin von vorhin gleich zu ihr gestürmt, aber Selina war schneller mit ihrer Ansage als die Servierkraft.

„Es tut mir leid, dass ich einfach hier hereinplatze", begann sie nervös, wobei sie einen hektischen Blick zu der Tür hinter sich warf. „Aber sie haben nicht zufällig einen Hinterausgang?" Die Frage war nur Show, Selina wusste genau, dass das Lokal einen hatte, der in eine schlecht einsehbare Gasse führte, deshalb hatte sie es ausgesucht. Sie gab der Kellnerin Gelegenheit, sie fragend anzusehen, ehe sie zögerlich erklärte: „Da ist wieder dieser Typ. Ich bin einmal mit ihm aus gewesen, aber es hat sich als Reinfall herausgestellt. Ich habe ihm gesagt, dass ich mich nicht wieder mit ihm treffen will, aber er ruft trotzdem ständig an und taucht dauernd irgendwo auf."

Die Kellnerin sah sie verständnisvoll an.

„Ja klar. Kommen Sie, ich bringe Sie raus."

„Danke. Ach ja, ich muss die Limo noch zahlen",

Selina zog einen Fünf-Dollar-Schein aus ihrer Jackentasche und drückte ihn der Kellnerin auf dem Weg zur Hintertür in die Hand.

„Danke für Ihre Hilfe", wiederholte sie, ehe sie ging.

Mit übergezogener Kapuze verließ Selina das Restaurant. Ihr Weg führte durch wenig frequentierte Seitengassen in Richtung des vereinbarten Treffpunkts. Immer wieder blieb sie nach einer Ecke stehen und spähte vorsichtig hinter sich, aber sie konnte nichts Ungewöhnliches entdecken. Rein logisch betrachtet war es wohl auch unwahrscheinlich, dass sie verfolgt wurde. Es war noch nicht so viel Zeit seit ihrem Rückzugsbefehl vergangen, als dass jemand beim FBI nervös werden und nach ihr suchen würde. Und dass Dante ihr nachstellte, war auch kaum anzunehmen. Er war schließlich der direkte Typ. Wenn er sie verdächtigte, würde er ihr nicht erst hinterherschleichen, um herauszufinden, ob sie tatsächlich ein Spitzel war. Er hätte einfach geradeaus gefragt, um dann sehr eindringlich nach einer glaubwürdigen Antwort zu forschen.

Jedenfalls war es das, was Selina sich fest einredete.

In Wahrheit wusste sie sehr wohl, dass Dante keineswegs so einfach gestrickt war, aber darüber wollte sie jetzt gerade nicht eingehender nachdenken. Es führte zu nichts und würde nicht gerade dazu beitragen, ruhig und besonnen zu bleiben.

25

Nach gut einer halben Stunde Fußmarsch hatte Selina ihr Ziel fast erreicht. Inzwischen war die Gegend deutlich zwielichtiger geworden. Die Wohnhäuser waren regelrechte Bruchbuden, und anstatt kleiner Läden und netter Boutiquen säumten versifft aussehende Bordelle und heruntergekommene Schnapsläden die Straße. Erneut bog sie von der großen Straße in eine lange, schmale Seitengasse ab, denn das Stundenhotel, zu dem sie wollte, befand sich zwei Parallelstraßen weiter. Sie hatte die düstere Gasse gerade halb durchquert, als sie einige Meter weiter laute Stimmen aus einem Gebäude vernahm. Ihre Schritte verlangsamten sich ein wenig, ehe sie an Tempo zulegte, um hier möglichst schnell wegzukommen.

Keine gute Entscheidung.

Unmittelbar neben ihr wurde polternd eine Tür aufgerissen, aus der ein überaus erregter Mann herausstapfte, ein herzhaftes „Fick dich doch!" zum Abschied über die Schulter brüllend, ehe er die Tür hinter sich so gewaltvoll zustieß, dass man fürchten musste, sie würde gleich aus ihren Angeln fallen.

Selina blieb nur eine Vollbremsung, um nicht mitten in Mister Türschreck hineinzulaufen, für ein Ausweichmanöver war der Weg zu schmal.

Mit beunruhigender Routine checkte er sofort die Umgebung ab, als er sie erblickte. Sie waren allein.

„Na wen haben wir denn da?", fragte er mit einer perversen Freude in der Stimme. „Dich habe ich hier ja noch nie gesehen. Hast du dich verlaufen, Püppchen?" Noch während er das sagte, zog er bereits ein Butterflymesser aus seiner Hosentasche und klappte es versiert auf.

Verflucht, das hatte ihr gerade noch gefehlt. Sie hatte keine Waffe dabei, nicht einmal ein popeliges Taschenmesser, dafür aber ihr ganzes Bargeld, das sie dringend benötigte, um sich abzusetzen. Zwar wäre sie durchaus in der Lage, sich notfalls auch unbewaffnet zu verteidigen, aber die Gefahr, dass sie dabei etwas abbekam war groß, und ein Besuch im Krankenhaus, um sich wieder zusammenflicken zu lassen, war momentan einfach nicht drinnen. Irgendetwas musste sie sich einfallen lassen, damit der Typ Leine zog.

Mit herablassendem Blick sah Selina sich leicht zu beiden Seiten über die Schulter um und schüttelte dann langsam den Kopf.

„Hier gibt's kein Püppchen. Und ich bin genau da, wo ich hin muss." Mit einem leichten Nicken deutete sie auf einen nahen Hauseingang.

„Also mir kommst du auf jeden Fall gerade recht", stimmte er ihr bedrohlich zu. „Ich bin nämlich ziemlich am Sand, also fangen wir mal damit an, dass du als erstes deine Geldbörse rüberwachsen lässt. Wertvollen Schmuck scheinst du ja leider keinen zu tragen."

In Selinas Kopf überschlugen sich die Gedanken, als sie ihre Möglichkeiten durchging. Die Geldbörse könnte sie ihm zur Not auch einfach geben, da waren kaum fünfzig Dollar drinnen. Das große Geld lag ja in ihren Schuhen unter dem Fußbett versteckt. Die Frage war nur, ob er sich mit dem bisschen zufriedengeben und abhauen würde.

Wohl eher nicht.

Erneut schüttelte sie langsam den Kopf, während sie ihn mit aufgesetztem Mitleid ansah.

„So viel Glück, wie du denkst, hast du nicht. Auf das, was du hier siehst" – sie machte mit beiden Händen eine Bewegung von oben nach unten seitlich an ihrem Körper entlang – „hat schon ein anderer Anspruch angemeldet. Und glaub mir, das willst du kleiner Möchtegern-Gangster ihm gewiss nicht streitig machen."

Keck beugte sie sich ein Stück zu ihm vor und legte säuselnd nach:

„Also steck das herzige Messerchen weg und zieh Leine, bevor du lernst, was ein echter Dolch ist und was man damit alles machen kann."

Zunächst war ihr Gegner einfach nur baff und eindeutig ein wenig gekränkt ob ihrer Unverfrorenheit, doch dann lachte er leise. Vielleicht war es auch ein Knurren. Jedenfalls kein angenehmes Geräusch.

„Netter Versuch, aber dein imaginärer Freund mit dem Längsten von allen ist leider nicht hier."

Erneut lächelte sie ihn überheblich bemitleidend an, als hätte er keine Ahnung, wovon er redete.

„Oh, er ist nicht mein Freund. Wirklich nicht. Aber er ist sehr real. Sein Name ist Dante Napolitani. Er hat gemeint, ich solle das erwähnen, wenn mir einer Probleme macht, denn er sei sehr bekannt in der Unterwelt."

Bei der Erwähnung von Dantes Namen zuckte der Messerheld tatsächlich ein klein wenig zurück, doch er fing sich schnell wieder.

„Natürlich habe ich von ihm gehört, wer nicht? Aber egal, ob du ihn wirklich kennst oder nicht, so wie ich das sehe, ist er nicht hier."

„Nein", antwortete Selina gedehnt, „aber er erwartet mich. Und rate mal, er wartet nicht gerne, weshalb er sicher bald ungeduldig werden und herauskommen wird, um herauszufinden, ob ich mich etwa drücken will, wenn ich so lange vor dem Haus herumhänge."

Sie schnaubte verächtlich:

„Als ob ich mich das trauen würde!"

Das Gesicht leicht angewidert verzogen erklärte sie genervt:

„Er verfolgt mein Handy. Der Typ hat einen Kontrollwahn, und keinen kleinen, das kann ich dir sagen!"

Schön langsam kamen ihrem Angreifer wohl doch leise Zweifel, jedenfalls warf er kurz einen nervösen Blick zu dem Hauseingang, auf den Selina eingangs gedeutet hatte.

„Schluss jetzt mit diesem Unsinn! Dein trauriges Leben interessiert keinen!", zischte er und machte einen Schritt auf Selina zu, das Messer drohend auf ihren Bauch gerichtet, „Los, her mit dem Geld!"

Mit einem Seufzen sah Selina erst das Messer, dann den Hauseingang an, wobei sie nachdenklich den Mund verzog.

„Sag mal, hast du mich etwa nicht gehört? Da gibt's nichts zu überlegen", herrschte der Ganove sie an.

„Meinst du!", stänkerte sie zurück. „Ich bin mir nicht sicher, ob ich nicht besser dran bin, mich von dir abstechen zu lassen, als die Nacht mit Dante zu verbringen. Er hat mich vorhin angerufen, um mich herzubestellen ... und er scheint heute echt miese Laune zu haben, die er an irgendwem auslassen wird wollen ..."

Auf einmal erhellte sich ihr Gesicht und sie rieb sich vor Freude die Hände.

„Au ja, das ist es! Wenn Dante dich erwischt, bin ich aus dem Schneider! Wenn er die Wahl zwischen uns hat, wird er garantiert lieber dich für ein paar Stunden in die Mangel nehmen, erst recht, wenn er so mies drauf ist wie heute. Ich bin ja immer da, aber die Gelegenheit, einen aufrührerischen Wegelagerer auseinanderzunehmen, wird er beim Schopf packen."

Das strahlende Lächeln, mit dem sie ihn bedachte, gab dem Kerl endgültig den Rest. So schnell wie er es gezogen hatte, klappte er sein Messer wieder ein und ließ es in der Hosentasche verschwinden.

„Das ist es nicht wert. Pfeif auf den Schnaps, da sauf ich lieber Wasser", murmelte er, als er sich eilig an ihr vorbeischob und das Weite suchte.

Selina gestatte sich ein glückseliges Lächeln, als sie einen Moment so dastand und ihm nachsah, während das Adrenalin noch immer in Strömen durch ihre Adern rauschte.

Das zufriedene Gefühl verschwand aber allzu schnell, und eigentlich sollte sie zusehen, dass sie weiter kam, aber ein paar grüblerische Gedanken störten ihre Konzentration.

Denn leider war es nicht allein ihr Verdienst, dass es so gut gelaufen war. Klar, sie hatte darauf gesetzt, dass Dantes Name Eindruck schinden würde, aber dass er so einschlagen würde, hatte sie nun doch nicht erwartet. Dante hatte wirklich ganze Arbeit geleistet, sich einen Namen zu machen, das musste man ihm lassen. Vielleicht war der Typ diesbezüglich auch nur ein Glückstreffer gewesen, aber Selina konnte sich des Gefühls nicht erwehren, dass Dante es tatsächlich geschafft hatte, dass wirklich jede kleine Ratte in der Stadt ihn kannte und fürchtete.

Na toll, ihre kleine Scharade war so überzeugend gewesen, dass sie nun selber schon das Hosenflattern bekam.

Mit einem mulmigen Gefühl setzte sie ihren Weg fort. Das beruhigende Mantra, dass Dante ihr zumindest heute Nacht wohl keine Probleme bereiten würden, nachdem er sie kurz zuvor erst wohlbehalten daheim abgeliefert hatte, hatte seine Wirkung verloren.

26

Mit einem vernehmlichen Seufzen stellte der Motor der alten Limousine sein Tuckern ein, als Dante den Schlüssel herumdrehte. Das Ding war eine Schrottkarre in Kackbraun, aber es war unauffällig, ganz im Gegensatz zu dem neu glänzenden europäischen Fabrikat, das er sonst fuhr. Immerhin hatte es ein geräumiges Handschuhfach. Er nahm den mittelgroßen, gut gefüllten, braunen Umschlag darin an sich und stieg aus. Die Gasse war verlassen, aber es waren nur wenige Schritte zu einer etwas größeren Straße.

Mit geübtem Blick hatte er rasch die wenigen Leute sondiert, die hier so spät noch unterwegs waren, und auch gleich eine passende Kandidatin ausgemacht: eine sehr junge Frau, höchstens zwanzig, die unweit von ihm mit dem Handy in der Hand an einer Straßenlaterne lehnte und immer wieder genervt die Straße hinunter sah. An ihrem Aussehen war nichts Besonderes, sie war ein typisches Fashion-Victim und trug ungeachtet der frostigen Temperatur eine zu kurze, offen stehende Jacke aus hellbraunem Lederimitat, die den Blick auf ein gemustertes, locker sitzendes Oberteil freigab, das nur vorne in der Mitte ein Stück in die schwarze Jeans hineingesteckt war. Der Jeans fehlte am Oberschenkel größtenteils der Stoff, und natürlich waren auch ihre Knöchel

blank. Die Schminke bestand hauptsächlich aus Abdeck-
creme, und ihre dunkelbraunen Haare hatte sie zu einem
strengen Pferdeschwanz zusammengebunden.

„Du siehst aus, als ob du gerade ein wenig Zeit hättest. Willst du dir nicht ein paar schnelle Mäuse verdienen?"

Er zog einen zusammengefalteten Fünfziger aus seiner Jackentasche und hielt ihn einladend zwischen ihnen
beiden hoch.

Das Mädchen sah ihn entrüstet an.

„Ey, verpiss dich doch! Glaubst du etwa, dass jede
Frau, die auf der Straße einfach nur so rumsteht, bloß
darauf wartet, dir für Geld deinen stinkenden Schwanz
lutschen zu können?"

Ihre aufbrausende Reaktion ließ Dante lächeln. Er
schien gut gewählt zu haben. Mal sehen, ob die Kleine
tatsächlich so viel Mumm hatte, wie sie vorgab.

„Also mal ganz abgesehen davon, dass ich viel Wert
auf Körperpflege lege, ist es für das, was ich von dir will,
gar nicht notwendig, dass wir uns näher kommen, als wir
jetzt stehen. Ganz zu schweigen davon, sich einer von
uns beiden ausziehen müsste."

Ihr Blick ging von angewidert nahtlos zu empört über,
als ihr der Umschlag in seiner Hand auffiel.

„Klingt, als würdest du bloß einen Dummen suchen,
aber da bist du bei mir falsch. Für krumme Dinger bin ich
nicht zu haben. Also schwirr endlich ab!"

„Ich kann gut verstehen, dass du misstrauisch bist",
entgegnete Dante ungerührt, während er den Geldschein
einsteckte, um das Kuvert öffnen zu können. Er drehte es
um und schüttelte es, dann zog er die zusammengefalteten Seiten ein Stück heraus und zeigte es ihr. „Da sind
keine Drogen drinnen. Siehst du, es ist bloß Papier. Alles
was du tun musst, ist es da vorne links in die Querstraße
zu bringen. Das dritte Haus rechts ist ein Stundenhotel,
dort gibst du es am Empfang ab. Sag, dass es für eine
Frau Dreyfus ist, die gleich dort absteigen wird. Und dass

sie es nur ihr persönlich aushändigen dürfen. Auf keinen Fall dürfen sie es an Herrn Dreyfus übergeben."

Nachdem die Frau ihn bisher mit demonstrativem Desinteresse bedacht hatte, besah sie ihn nun eingehend. Vermutlich überlegte sie gerade, ob der perfekt auf seinen breiten Schultern sitzende, maßgefertigte schwarze Wollmantel, die feine schwarze Anzughose und die handgenähten schwarzen Lederschuhe so teuer gewesen waren, wie sie aussahen.

„Und das ist dir fünfzig Dollar wert?", inquirierte sie skeptisch. „Warum trägst du es nicht einfach selber hin, scheinst mir ja noch gut zu Fuß zu sein."

„Ohne dich mit den Details zu langweilen, es ist mir wichtig, dass sie das heute noch bekommt, und es wäre sehr ungut, wenn der Typ, mit dem sie sich dort trifft, mich sieht."

Fragend musterte die junge Frau Dantes Statur.

„Für dich oder eher für ihn?"

Diesmal hütete Dante sich davor, ihr das Lächeln zu zeigen, das ihm ob ihrer Andeutung auf den Lippen lag, schließlich wollte er sie nicht verschrecken. Stattdessen zuckte er scheinbar unwissend mit den Schultern.

„Willst du der armen Frau Dreyfus diese ausgesprochen unangenehme und sicher sehr peinliche Situation nicht ersparen?"

Die Frage war in Anbetracht ihrer sehr unverblümten Art etwas riskant, aber wie erhofft hatte das Mädchen für ihre Geschlechtsgenossinnen doch mehr übrig als für fremde Männer. Anstatt zu antworten, verzog sie unschlüssig die Lippen.

„Tick, tack, die Uhr läuft", drängte Dante sie sacht. „Ich habe nicht ewig Zeit. Wenn du nicht willst, suche ich mir eben jemand anderen."

„Ich weiß nicht, ob ich das nicht bereuen werde. Außerdem bin ich doch eigentlich hier verabredet ...", druckste sie noch herum, aber da wusste Dante bereits, dass er sie am Haken hatte.

„Willst du das Geld gleich haben? Dann musst du dir keine Sorgen machen, über den Tisch gezogen zu werden."

Erneut offerierte er ihr den Geldschein, und diesmal griff sie zögerlich danach.

„Also alles ganz legal, sagst du ...?"

Was für eine dämliche Frage, als ob er darauf ehrlich antworten würde. Aber gut, im Flugzeug musste man vor der Einreise schließlich auch ankreuzen, ob man Drogen einführen oder ein Attentat auf den Präsidenten verüben wollte.

„Ja. Du wirst deswegen keine Probleme bekommen, versprochen."

In diesem Fall musste er aber nicht einmal lügen. Die Polizei würde nie herausfinden, wer das Päckchen abgegeben hatte. Damit war die Frau auch für ihn uninteressant. Sie stellte kein Risiko dar und würde daher unbehelligt von dannen ziehen können.

Ihr reichte seine Erklärung jedenfalls, doch als sie ihm den Schein abnehmen wollte, hielt Dante ihn fest.

„Ich kann mich doch darauf verlassen, dass du deinen Auftrag auch wirklich ausführst, nicht wahr?"

Den strengen Unterton und den Zusatz, dass es ihr leid tun würde, wenn nicht, sparte er sich. Er wollte nicht riskieren, dass sie doch noch absprang, wenn er ihr offensichtlich drohte.

„Natürlich!", erwiderte sie brüsk und riss den Fünfziger an sich, als Dante ihn freigab.

Ehe er ihr das Kuvert überreichte, feuchtete Dante noch den Falz an mit einem Wassertropfen, den er von dem Laternenmast fischte, und klebte die Lasche sorgfältig zu, denn der Inhalt ging außer Frau Dreyfus niemanden etwas an.

In den Augen seiner Botin spiegelten sich nun doch wieder Zweifel, als sie das Kuvert übernahm. Ihr Blick blieb etwas zu lang an seinen schwarzen Lederhandschuhen hängen. Aber gut, es hatte unter null Grad, da konnte man durchaus Handschuhe tragen. Vermutlich machte es sich gerade bezahlt, dass er ihr das Geld bereits gegeben hatte, denn das machte es ihr schwerer, doch noch einen Rückzieher zu machen. Erneut musterte sie ihn, aber dann drehte sie sich ohne ein weiteres Wort um und machte sich auf den Weg.

Braves Mädchen.

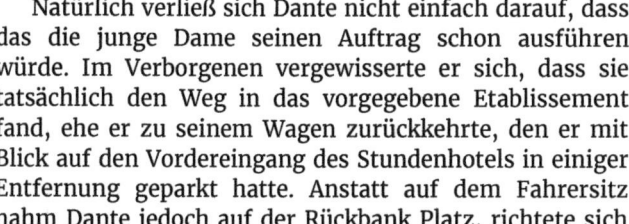

Natürlich verließ sich Dante nicht einfach darauf, dass das die junge Dame seinen Auftrag schon ausführen würde. Im Verborgenen vergewisserte er sich, dass sie tatsächlich den Weg in das vorgegebene Etablissement fand, ehe er zu seinem Wagen zurückkehrte, den er mit Blick auf den Vordereingang des Stundenhotels in einiger Entfernung geparkt hatte. Anstatt auf dem Fahrersitz nahm Dante jedoch auf der Rückbank Platz, richtete sich den kleinen, kabellosen Kopfhörer in seinem linken Ohr und zückte eines seiner Handys. Geduldig verfolgte er, wie sich der rote Punkt über die Karte bewegte, während er gleichzeitig das Kommen und Gehen in dem Stunden- hotel im Auge behielt.

Gut eine viertel Stunde ging ereignislos vorbei, in der Dante nur unbekannte Gesichter beobachtete und belang- lose Hintergrundgeräusche hörte. Der rote Punkt lag gut in der Zeit, er war inzwischen nicht mehr weit entfernt von seinem Ziel. In wenigen Minuten sollte er ankom- men. Da drangen auf einmal unvermutet Stimmen durch seinen Kopfhörer, und der Punkt stoppte. Dante drehte die Lautstärke höher und lauschte interessiert dem Wort- wechsel. Bald schon musste er sich schwer zurückhalten, nicht laut loszulachen, denn er wollte um keinen Preis etwas von dem Gespräch verpassen. Er hatte nicht damit gerechnet, dass diese Observierung derart amüsant wer- den würde.

Schließlich war die Unterredung beendet und der rote Punkt setzte seinen Weg fort.

Ja, du hättest dich wirklich von ihm niederstechen lassen sollen, dachte er noch bei sich, *dann würde dir tatsächlich so einiges erspart bleiben.*

Aber so war das Glück auf seiner Seite und alles konnte wie geplant weiterlaufen. In diesem Sinne nahm er nun ein anderes Mobiltelefon zur Hand. Zeit, einen Anruf zu tätigen.

„Harrington", meldete sich sein Gesprächspartner.

„Ich bin es", erwiderte Dante bloß knapp. Wie immer rief er mit unterdrückter Nummer an.

„Was auch immer es ist, ich habe heute keine Zeit für dich", erklärte Harrington sofort entschieden. „Ich habe bereits Feierabend gemacht und bin auf dem Weg zu einer Verabredung. Und die werde ich für dich garantiert nicht sausen lassen."

„Oh, wie könnte ich dir ein Treffen mit eurem heißen Maulwurf vereiteln wollen? Sag mal, ist es wirklich nur Zufall, dass du sie in ein Stundenhotel bestellt hast? Ich meine, ich kann das verstehen, sie ist ja auch ziemlich unwiderstehlich. Eine wirklich gute Wahl, die ihr da getroffen habt, das muss ich euch lassen. So wie Emily – ach nein, Selina heißt sie ja – hat es noch keine geschafft, mich um den Finger zu wickeln. Kaum zu glauben, dass ich das sage, aber es ist direkt schade um sie."

Am anderen Ende der Leitung quietschten hörbar die Bremsen von einem Auto.

„Was hast du mit ihr gemacht?!"

Harrington war so aufgebracht, dass er offenbar keinen Gedanken daran verschwendete, irgendetwas abzustreiten.

„*Ich* habe gar nichts mit ihr gemacht – das wirst du erledigen."

„Wie bitte? Sag mal, geht's dir noch gut? Ich werde Selina kein Haar krümmen!"

„Abwarten. Erinnerst du dich noch daran, dass ich dich gewarnt habe, dass eure kleine Ratte über dein Geheimnis stolpern könnte, wenn ich kein Auge auf sie haben kann?"

„Was? Wie soll sie das herausgefunden ...“

Harrington stockte, dann war ein Knurren zu vernehmen.

„Du dreckiger, hinterhältiger Bastard! Du hast ihr das gesteckt?! He, ich arbeite für dich! Schon vergessen?! Und du verpfeifst mich?!“

„Jetzt krieg dich mal wieder ein“, entgegnete Dante völlig ruhig, „Sie hat es eben erst erfahren, das heißt, du hast noch die Chance, deinen Kopf aus der Schlinge zu ziehen.“

„Indem ich Selina dafür opfere?“

Ein paar derbe Flüche schallten aus dem Handy, die Dante mit einem höhnischen Schnauben quittierte.

„Du checkst es echt nicht, oder? Selinas Schicksal ist besiegelt, egal ob du mitspielst oder nicht. Und das hast du zu verantworten. Die Möglichkeit sie zu retten hast du schon vor Wochen verschenkt, als du dich geweigert hast, mir ihre Identität zu offenbaren. Lern daraus und sieh zu, dass du die Gelegenheit, deine eigene Haut zu retten, nicht ebenso verpasst!“

Ein ersticktes, dahingejammertes „Warum ausgerechnet sie?“, drang an Dantes Ohr.

„Du hängst an dem Mädchen?“, setzte Dante kalt nach. „Dann sei kein Versager und erspar es ihr, dass ich sie in die Finger bekomme. Weil so wie sie mich wochenlang verarscht hat, bekommt sie von *mir* garantiert keinen sauberen Gnadenschuss.“

„Du bist ein Monster!“, spie Harrington ihm voller Verachtung entgegen.

Das war nicht die Antwort, die Dante hören wollte.

„Ach, tu hier doch nicht so gefühlsduselig, sondern schalt mal dein Hirn ein und überleg dir, was es für dich und vor allem für deine Familie bedeutet, wenn Selina dich auffliegen lässt. Das ganze Geld, das für die Ausbildung deiner Kinder zur Seite geschafft hast, kannst du dann vergessen. Selbst wenn das FBI es nicht findet und beschlagnahmt, solange du hinter Gittern sitzt, wirst du auch nicht drankommen. Und bis du endlich rauskommst, sind deine Kinder schon längst in einem schlecht bezahlten Job für Leute mit geringer Bildung angekommen. Weil deine Frau wird es sich mit ihrem Einkommen nicht leisten können, die Kinder auf eine höhere Schule zu schicken. Vielleicht kommt es auch noch schlimmer und sie werden ihr sogar das Haus wegnehmen. Schließlich hast du das ja auch aus deinen kriminellen Einnahmen finanziert. Du hast schon eine Ex-Frau und eine Tochter, die nichts mehr von dir wissen wollen. Willst du, dass deine jetzige Frau und deine beiden jüngeren Kinder es ihnen gleichtun?"

Darauf wusste Harrington keine Antwort, also holte Dante mit ruhiger, akzentuierter Stimme zum finalen Schlag aus.

„Du wirst heute dieser kleinen Ratte das Licht ausblasen, die in deinem Wissen wochenlang bei uns ein- und ausgegangen ist und dabei weiß Gott was angestellt hat. Und ich rate dir in deinem eigenen Interesse, dabei nicht zu versagen."

Selbst durchs Telefon konnte Dante hören, wie Harrington verbittert mit den Zähnen knirschte.

„Damit eines klar ist, ich tue das nicht für dich, du meuchelmörderischer Hurensohn. Und wenn es vorbei ist, will ich nie wieder etwas von dir hören. Ich bin raus, und zwar endgültig!"

„Für wen du es tust ist mir scheißegal. Sieh einfach zu, dass es erledigt wird."

Damit legte Dante auf.

27

Ach herrje, das war vielleicht ein heruntergekommener Laden. Es wunderte Selina nicht, dass man hier keine Fragen stellte. Wer so einen verkommenen Schuppen führte, konnte es sich definitiv nicht leisten, bei seinen Gästen wählerisch zu sein. Die abgewetzte, angeschmierte Tapete sah aus, als wäre sie noch original aus den fünfziger Jahren, der graue Linoleumboden war stellenweise durchgelaufen, und der Empfangstresen war in einem derart desolaten Zustand, als hätte man ihn auf einer Müllkippe unter einem Steinehaufen ausgegraben. Wenigsten war heute offenbar aufgewaschen worden, denn der Geruch von Chlor hing schwer in der Luft.

„Guten Abend", begrüßte Selina den hageren Mann in fortgeschrittenem Alter hinter dem Tresen. „Ich hätte gerne ein Zimmer. Der Name ist Dreyfus. Ich weiß nicht, ob mein Mann schon da ist."

„Nein, auf den Namen habe ich noch kein Zimmer vergeben. Wie lange wollen Sie bleiben?"

„Ähm, ich weiß nicht. Sagen wir mal eine Stunde?"

„Die erste Stunde macht dreißig Dollar."

Selina holte ihre Geldbörse aus der Jacke und überreichte dem Mann drei Scheine, wofür sie im Gegenzug einen Schlüssel erhielt und ein braunes Kuvert.

„Hier, Sie können Nummer vier nehmen. Und das ist vorhin für Sie abgegeben worden."

„Für mich?", fragte Selina baff, während sie das Kuvert wendete. Es stand nichts darauf, kein Empfänger und kein Absender. „Sind Sie sicher? Wer hat das abgegeben?"

Der Alte zuckte mit den Schultern.

„Keine Ahnung. Irgendeine junge Frau. Sie hat gesagt, ich soll es Ihnen und nur Ihnen persönlich aushändigen. Auf keinen Fall Ihrem 'Mann'."

Unschlüssig sah Selina erst den Hotelangestellten an, dann das Kuvert, wobei sie vorsichtig draufdrückte.

„Ich übernehme keine Verantwortung für den Inhalt", stellte dieser fest. „Und wenn Sie mir das Zimmer damit versauen, müssen Sie für den Schaden aufkommen."

„Natürlich", bestätigte Selina und machte sich mit ihrem mysteriösen Kuvert auf den Weg in ihr Zimmer.

Dort angekommen, warf sie den Umschlag aufs Bett und sah sich erst einmal um. Der Zustand von Wänden und Boden war ähnlich katastrophal wie im Empfangsbereich, aber immerhin machte das Bett einen stabilen Eindruck und war frisch überzogen. Wenngleich die Laken nicht mehr so ganz blütenweiß waren. Ein eigenes Badezimmer gab es nicht, stattdessen stand eine Duschkabine in einer Ecke des Zimmers herum, daneben war ein Waschbecken an die Wand montiert.

Nett.

Ein Glück, dass sie nicht vorhatte, das Zimmer auf seine vorgesehene Art zu nutzen.

Zögerlich nahm Selina das Kuvert vom Bett und befühlte es nochmals eingehend. Soweit sie das sagen konnte, wirkte es unverdächtig, also riss sie vorsichtig die Seitenlasche auf und spähte hinein. Mit spitzen Fingern zog sie die gefalteten Blätter heraus, ohne dass etwas passierte. Es schien sich wirklich nur um eine Nachricht und keinen Attentatsversuch zu handeln. Um sicherzugehen, dass sie nichts übersehen hatte, schüttelte Selina das Kuvert noch kopfüber und auch die Zetteln, aber sonst war nichts drinnen. Also faltete sie den Stapel von Papierbögen auf.

Verflucht, was war das denn?

Das oberste Blatt war leer, bis auf einen einzigen aufgedruckten Satz: „Jemand vom Revier verkauft für Geld das und andere Gefälligkeiten."

Schnell zog sie das Deckblatt beiseite. Das war die Kopie einer Polizeiakte. Und nicht irgendeiner. Es war eine mit eingeschränktem Zugriff, deren Aushändigung auch im Akt in einer Liste mit Dienstnummer und Namen vermerkt wurde.

Der letzte Name in der Liste war der von Ted.

Selina gefror das Blut in den Adern. Das war doch nicht möglich, erst Tyler und jetzt Ted? Sie konnte doch nicht ernsthaft von lauter Verrätern umgeben sein!

Ihre Schockstarre hielt nur wenige Sekunden an. Hier war doch eindeutig etwas oberfaul.

Wo kam dieses seltsame Kuvert überhaupt her? Außer ihr und Ted wusste doch niemand, dass sie hier sein würde und unter welchem Namen sie sich verabredet hatten. Irgendjemand musste ihr Telefonat mitgehört haben. Könnte es sein, dass jemand Teds Dienstanschluss überwachte?

Grübelnd nahm sie das Kuvert in die Hand. Es war ein braunes Standardkuvert, ohne irgendwelche Auffälligkeiten. Falls der Absender es zum Verschließen abgeleckt hatte, würden sich vielleicht verwertbare DNA-Spuren darauf finden lassen. Was ihr momentan aber leider genau gar nichts brachte, weil sie nicht auf die Unterstützung des Labors zurückgreifen konnte. Sie würde es als Beweismittel für später aufheben, momentan war das Kuvert jedoch wertlos.

Als nächstes nahm Selina sich die Zetteln vor. Auch hier ließ sich nichts Herausstechendes finden, also widmete sie sich dem Inhaltlichen. Auf den ersten Blick schien das wirklich eine echte Akte zu sein, aber ohne einen Abgleich mit dem Original auf dem Revier war es unmöglich festzustellen, ob nicht zumindest Teile davon manipuliert worden waren.

Kopfschüttelnd steckte Selina die Seiten in das Kuvert zurück. Wer könnte ein Interesse daran haben, ihr das zukommen zu lassen?

Mal angenommen, es wäre wahr. Dann wäre eine naheliegende Annahme, dass die Dienstaufsicht Ted auf der Spur war. Die hätten auch die Möglichkeit, sein Telefon abzuhören. Aber warum sollten die ausgerechnet ihr das schicken? Und warum war es so vage?

Vielleicht jemand vom Revier? Das ergab mehr Sinn. Womöglich hatte jemand etwas bemerkt, aber nicht mehr Beweise gefunden als das hier. Die Möglichkeit das Gespräch mitzuhören war unter Umständen auch gegeben.

Und das Motiv?

Eine Warnung für sie?

Die Hoffnung auf ihre Unterstützung dabei, etwas herauszufinden?

Natürlich könnte es auch gut möglich sein, dass jemand bewusst versuchte, sie in die Irre zu führen. Einen Keil zwischen sie und Ted zu treiben. Der Hauptverdächtige hierfür wäre Tyler. Wenn ihr Verdacht stimmte, und er mit Dante gemeinsame Sache machte, konnte er kein Interesse daran haben, dass sie sich mit Ted gegen ihn verbündete.

Nein, das hinkte. Warum sollte Tyler so einen Aufwand betreiben? Mit einer gefälschten Akte konnte er Ted nichts anhängen. Und wenn er wusste, wo sie war, könnte er sie einfach auflesen und heimholen, das wäre für ihn in jeder Hinsicht vorteilhafter.

Hm ... ihm etwas anhängen ...

Was, wenn es umgekehrt war? Wenn nicht Tyler, sondern Ted sich mit Dante getroffen hatte? Er könnte den Kugelschreiber dort absichtlich platziert haben, in der Hoffnung, dass sie ihn finden und Tyler verdächtigen würde.

Ob Dante davon gewusst hatte?

Wäre naheliegend, wenn Ted sichergehen hatte wollen, dass Dante das Korpus Delikti nicht zuerst finden und entsorgen würde.

Aber wer zum Teufel hatte ihr dann die Akte geschickt?!

Tyler wusste in diesem Szenario von alldem nichts, und Ted und Dante hätten keine Veranlassung, ihr das in die Hand zu geben.

Selina stieß einen frustrieren Laut aus.

Zu viele Möglichkeiten, zu wenig Fakten!

Ja, das Ganze stank gewaltig, und zwar so umfassend, dass es ihr nicht möglich war, das faulige Stück ausfindig zu machen. Sie konnte sich das Hirn zermartern so viel sie wollte, am Ende würde sie immer zum selben Ergebnis gelangen: Sie konnte momentan niemandem vertrauen.

Das unvermittelte Klopfen an der Tür ließ Selinas Puls ruckartig in die Höhe schnellen.

„Ich hoffe, ich störe nicht, aber ihr 'Mann' ruft gerade für Sie an", tönte die Stimme des Portiers durch die alte Holztür zwischen ihnen. „Er sagt, es sei dringend."

Mit wenigen Handgriffen stopfte Selina rasch das Kuvert in eine Tasche ihrer Jacke und schlüpfte in selbige hinein. Sie hatte ohnehin nicht vorgehabt, hier noch länger zu bleiben.

Da sich das Telefon als fest verdrahtet herausstellte, blieb Selina nichts anderes übrig, als das Gespräch im Beisein des alten Mannes in der Lobby zu führen.

„Hallo?", meldete Selina sich zurückhaltend.

„Selina, bin ich froh, dich zu hören!", sprudelte es sofort aus Ted heraus. „Es gibt schlechte Nachrichten. Ich habe Grund zu der Annahme, dass mein Telefon abgehört wird. Deshalb rufe ich jetzt auch aus einer Telefonzelle an. Mir scheint, du hast jemanden nervös gemacht. Du musst dort umgehend verschwinden! Mir ist ein Plätzchen eingefallen, an dem du für ein paar Tage untertauchen kannst."

Er nannte ihr eine Adresse und gab ihr eine Wegbeschreibung.

„Wir haben dort vor ein paar Tagen einen Dealer hochgenommen. Die Spurensicherung ist schon da gewesen, das Haus steht leer, und die nächsten Tage wird dort auch verlässlich keiner aufkreuzen."

„Na gut, wenn du meinst, dass es dort sicher ist", stimmte Selina verhalten zu.

„Es ist zumindest das Beste, was mir auf die Schnelle einfällt. Ich werde zusehen, dass ich vor dir dort bin, damit ich dich reinlassen kann."

„Okay. Also dann, auf ein Neues."

Selina legte den Hörer auf, gab dem Mann am Tresen kommentarlos den Schlüssel zurück und verabschiedete sich.

Ihr souveräner Abgang hielt jedoch nur bis hinter die Tür an, wo sie zögerlich stehen blieb und sich unschlüssig umsah.

Sollte sie sich wirklich mit Ted treffen?

Sicherer wäre es, es nicht zu tun und stattdessen auf eigene Faust unterzutauchen.

Und was dann?

Solange sie sich versteckte, würde sie keine Antworten auf die vielen Fragen finden, die der heutige Abend aufgeworfen hatte.

Ohne Antworten wusste sie nicht, wem sie vertrauen konnte.

Solange sie das nicht wusste, musste sie sich verstecken …

Nein, das war nicht ihres. Wenn sie bevorzugt Vogel Strauß spielen würde, wäre sie nicht zum FBI gegangen.

Entschlossen schlug Selina den Weg zum neuen Treffpunkt ein.

28

Das Haus unter der Adresse, die Ted ihr genannt hatte, entsprach nicht ganz Selinas Vorstellungen. Ein hübsches kleines Häuschen mit weißer Garage, gepflegtem Vorgarten und einem Willkommen-Schild mit Katze an der Tür. Es war direkt eine Überraschung, dass tatsächlich Ted und nicht ein Fremder auf ihr Klopfen öffnete.

„Hast du nicht gesagt, dass hier ein Drogendealer wohnt?", wunderte sie sich, als sie in das unbeleuchtete Wohnzimmer trat, das selbst in dem wenigen, fahlen Licht, das von den Straßenlaternen hereinfiel, einen äußerst gemütlichen, liebevoll eingerichteten Eindruck machte.

„Ja, man mag es nicht glauben, aber die nette Dame, die hier wohnt, hat im Keller eine Hanffarm betrieben und in der Garage Partydrogen gekocht", erklärte Ted, während er leise die Tür hinter Selina schloss und wieder sorgfältig versperrte.

Selina schüttelte den Kopf.

„Hätte wohl auch keiner von ihr gedacht."

„Nein", stimmte Ted ihr zu, aber er wirkte auf einmal irgendwie abwesend.

„Ziemlich finster hier drinnen", stellte Selina ungezwungen fest.

„Ja, es gibt leider nur das große Licht und ich wollte nicht, dass man uns von draußen sehen kann."

Scheinbar beunruhigt drehte Ted eine Runde im Zimmer. Selina beließ es dabei, ein paar Schritte vorzutreten.

„Alles in Ordnung?"

Teds Blick schnellte zu ihr und sein Mund öffnete sich, zweifellos um irgendeine Beschwichtigung vom Stapel zu lassen, doch dann stockte er.

„Nein. Nichts ist in Ordnung. Diese Sache mit dir macht mir ehrlich gesagt schwer zu schaffen."

Jetzt hieß es Fingerspitzengefühl beweisen. Sie und Ted kannten sich schon so lange, wenn er wirklich Dreck am Stecken hatte und sie es geschickt anstellte, würde er sich ihr vielleicht öffnen. Zumindest so weit, dass sie ihre eigenen Schlüsse daraus ziehen konnte.

„Erzähl mir mal, was passiert ist, seitdem ich dich angerufen habe. Du hast davon geredet, dass du abgehört wirst?"

Ted nahm einen langen, tiefen Atemzug und schüttelte unglücklich den Kopf.

„Lass das, Selina. Dafür kenne ich dich zu gut. Du magst selbst Dante täuschen können, aber ich merke es, wenn du deine Spielchen spielst."

Mist, soviel zu ihrem optimistischen Plan. Leider hatte gerade Ted schon immer so ziemlich als Einziger ein untrügliches Gespür dafür gehabt, wenn sie log oder etwas verbarg. Irgendwie hatte sie wohl darauf gehofft, dass sie inzwischen noch besser geworden oder er aus der Übung gekommen war. Anscheinend nicht. Sie hatte aber auch nie herausgefunden, woran er es so treffsicher erkannte. Sicher nicht an ihrer Nasenspitze, wie er damals in Kindertagen zu ihr zu sagen pflegte.

Ihr Versagen gerade eben erwies sich aber als nicht weiter schlimm, denn wider Erwarten redete Ted trotzdem weiter.

„Ich habe Scheiße gebaut und zwar so richtig. Aber das weißt du schon, nicht wahr?"

Die interessantere Frage war, woher Ted das hatte. Wäre ihr das bewusst gewesen, hätte sie es anders aufgezogen. Aber schön der Reihe nach.

„Dann ist es also war? Ich wollte es nicht glauben, als ich die Kopie der Akte gesehen habe, die du verkauft haben sollst. Das hätte ich nie von dir gedacht. Was ist bloß in dich gefahren?"

Ihre Frage ließ sichtlich Ärger bei Ted hochkochen.

„Was weißt du schon? Du bist noch jung und idealistisch. Aber irgendwann stellt man fest, dass die hohen Ideale, mit denen man ins Erwachsenenleben startet, sich im Laufe der Zeit an den Widrigkeiten des Lebens ziemlich abreiben können. Ich habe für meinen Job alles gegeben, weil ich überzeugt gewesen bin, der Gesellschaft und dem großen Ganzen damit einen wertvollen Beitrag zu leisten. Und der Dank dafür ist gewesen, dass meine Frau mich nach zwanzig Jahren für einen Buchhalter verlassen hat, der irgendeinem großen Konzern dabei hilft, seinen Umsatz auf null herunterzurechnen, um keine Steuern zahlen zu müssen, der dafür aber jeden Abend pünktlich zum Essen zu Hause ist. Die Scheidung hat mir alles genommen, meine Frau, mein Kind, mein Haus. Ich bin pleite und desillusioniert gewesen, frisch versetzt in eine fremde Stadt, ohne Freunde, die mir durch diese schwere Zeit helfen hätten können. Und dann ist Dante dahergekommen und hat mir eine Stange Geld angeboten, damit ich ihm ein paar Akten über das hiesige Gesindel verkaufe, an dem sich die Polizei sowieso schon seit Jahren die Zähne ausbeißt, weil die Kerle einfach nicht dingfest zu machen sind. Ich weiß, du wirst mir jetzt vorwerfen, dass ich naiv gewesen bin anzunehmen, es würde dabei bleiben. Aber ganz ehrlich: Es ist mir damals egal gewesen. Ich habe keine Lust gehabt, mich nochmal zwanzig Jahre abzustrampeln und mühsam genug Geld zusammenzusparen, um damit in der Pension mehr schlecht als recht über die Runden zu kommen. Und dann habe ich auch noch Mary kennen gelernt. Ich wollte ihr etwas bieten können, und sie hat von Familie und Kindern geredet.

Hast du überhaupt eine Vorstellung, was das alles kostet?"

So schnell, wie der Elan gekommen war, verließ er ihn in der kurzen Pause, die er hier einlegte, auch wieder. Niedergeschlagen fuhr Ted fort:

„Naja, und wie du dir denken kannst, bin ich bald so tief drin gesteckt, dass es kein Zurück mehr gegeben hat. Dante hat mich in der Hand. Und er hat sehr klar festgestellt, dass es für mich keinen Weg raus gibt."

Selinas Stirn legte sich in Falten, als sie die neuen Informationen verarbeitete.

„Weiß Dante, wer ich wirklich bin?"

„Ja. Mehr oder weniger."

„Was soll das heißen? Was hast du ihm erzählt?"

„Nichts."

„Nichts? Das soll ich dir glauben? Woher sonst sollte er es wissen?"

„Keine Ahnung. Aber ich habe es ihm nicht gesagt." Ein schwerer Seufzer von Ted erfüllte den Raum. „Das ist mein größter Fehler gewesen."

Noch während Selina irritiert fragte: „Was meinst du damit?", zog Ted unvermittelt eine Pistole mit Schalldämpfer und richtete sie auf Selina.

„Ted, was soll das?", fragte Selina betont ruhig, obwohl ihre Emotionen gerade ziemlich entgleisten und ihr Körper den Ausnahmezustand ausrief. Aber es reichte, wenn hier einer die Nerven wegschmiss, da konnte sie sich nicht auch noch anschließen. „Steck die Waffe weg. Wir können doch ganz in Ruhe darüber reden. Du willst doch nicht wirklich auf mich schießen."

Ein Zittern ging durch Teds Körper, als er erneut tief Luft holte.

„Nein, das will ich nicht. Aber ich muss. Dante ist sauer, weil ich ihm nicht verraten habe, wer der Agent ist. Ich habe dich unbedingt beschützen wollen, aber wie es aussieht, habe ich uns beiden damit einen Bärendienst erwiesen. Er will, dass du verschwindest, nachdem du scheinbar einen ziemlich guten Job gemacht hast."

Ihr Blick war so schwer wie ihr Herz, als Selina beschwichtigend die Hände hob.

„Du musst das nicht tun, Ted. Wir finden eine andere Lösung. Leg die Waffe weg und lass uns vernünftig reden."

Ihre Worte zeigten leider nicht die erwünsche Wirkung. Anstatt sie zu senken umschloss Ted die Pistole nur noch fester und straffte die Schultern.

„Tut mir leid, aber ihr beide lasst mir leider keine andere Wahl. Ich würde dir ja im Austausch für dein Schweigen gern ein Stück vom Kuchen anbieten, aber dafür kenne ich dich zu gut. Das könntest du nie mit deinen Grundsätzen vereinbaren. Ich weiß genau, dass du mich eher früher als später auf jeden Fall verraten würdest, und das kann ich leider nicht zulassen."

„Ted, weißt du, was du da sagst?", redete Selina ihm nun in schärferem Ton ins Gewissen. „Du redest davon, mich zu erschießen. Du bist wie ein Vater für mich, und ich bin wie eine Tochter für dich. Wie könntest du deine Tochter ermorden?"

Auch wenn er bei ihren drastischen Worten zusammenzuckte, die Waffe blieb unverändert auf sie gerichtet, und seine Stimme war hart, als er antwortete:

„Ja, du stehst mir nahe. Sehr sogar. Aber ich habe noch zwei Kinder, deren ganzes Leben hier am Scheideweg steht. So hart es klingt, Selina, aber für dich gibt es keine Zukunft, egal was ich mache – für meine Kinder schon. Denn selbst, wenn du mir glaubhaft dein Schweigen zusichern könntest – wovon ich sowieso nicht ausgehe – würde Dante sich damit nicht zufrieden geben. Und Dante hat Recht, ich will nicht, dass er dich in die Finger bekommt. Wenn ich schon sonst so viel falsch gemacht habe, wenigstens das will ich dir ersparen."

Selina schnaubte ungehalten.

„Ach so, jetzt willst du es also als Gnadenakt hinstellen, um mich vor Dante zu beschützen. Meinst du wirklich, du kannst dir das erfolgreich einreden? Weil es ist ja nicht so, als würde Dante bereits mit seinem Dolch auf mich einstechen. Wenn du mir jetzt nicht in den Rücken fällst, ist mein Leben keineswegs schon gesichert vorbei."

„Wenn du das glaubst, bist du mindestens genauso naiv, wie ich es gewesen bin. Der Mann hat ein ganzes Kartell von der Bildfläche verschwinden lassen! Die Frage ist nicht ob, sondern bloß wann er dich findet."

Als Teds Schultern erneut in Bewegung gerieten und er sie ins Visier nahm, wurde Selina überdeutlich bewusst, dass es schlecht für sie aussah. Er würde das wirklich durchziehen, da konnte sie noch so sehr an sein Gewissen appellieren.

Plan A – sich rausreden – war damit gescheitert.

Plan B – flüchten – hatte miserable Erfolgsaussichten.

Und Plan C – auf verängstigtes Kind machen und einen hysterischen Anfall hinlegen, um ihn aus dem Konzept zu bringen – konnte sie sich bei Ted sparen, das würde er ihr nicht abnehmen.

Aus dem Augenwinkel schielte Selina zu der Couch rüber. Vielleicht konnte sie es schaffen, sich dahinter in Deckung zu bringen. Es war jedenfalls ihre beste Chance. Und dann … Keine Ahnung. Mit etwas Glück würde sich eine Gelegenheit für sie ergeben, nahe genug an Ted heranzukommen, um ihn überwältigen zu können. Wenn nicht …

Darüber wollte Selina gar nicht nachdenken. Stattdessen konzentrierte sie sich auf den Moment, denn das war jetzt gerade alles, was zählte. Wenn sie diesen Sprung nicht hinbekam, bräuchte sie sich über alles Weitere sowieso keine Gedanken mehr machen.

„Bitte Ted, tu das nicht", flehte sie mit erstickter Stimme, um für Ablenkung zu sorgen, während sie sich vorbereitete.

„Es tut mir leid. Ich wünschte wirklich, es wäre anders gekommen", erklärte er bloß tonlos. Es war eindeutig ein Abschied.

„Mein Gott, wie lang soll dieses gefühlsduselige Schmierentheater noch andauern? Das hält ja kein Mensch aus!", ertönte es unvermittelt hinter Ted, genau in dem Moment, als er den Abzug betätigte.

Erschrocken verriss Ted die Waffe, sodass die Kugel zur Eingangstür anstatt zu Selina flog, während diese sich bereits mit einem beherzten Hechtsprung in die entgegengesetzte Richtung hinter das Sofa flüchtete.

„Was machst du denn hier?", stammelte Ted, der mit den Nerven scheinbar komplett am Ende war, nachdem Dante so unvermutet hinter ihm aufgetaucht war. Er musst sich wohl durch die Hintertür über die Küche angeschlichen haben.

„Ja was glaubst du denn?"

Selbst in dem fahlen Licht sah man, wie Ted erbleichte.

„Ich war doch gerade dabei, es zu erledigen! Wenn du mich nicht gestört hättest, wäre jetzt alles schon vorbei!"

„Von wegen, vorbeigeschossen hättest du, weil du Armleuchter gar nicht bemerkt hast, dass dein Ziel schon am Sprung gewesen ist."

Hilflos reckte Ted den Kopf, um Selina ausfindig zu machen, dann schluckte er schwer.

„Sie kann ja nicht weit sein ..."

Seine Stimme versagte, als er sah, wie Dante mit harter Mine ungnädig den Kopf leicht schüttelte.

„Vergiss es. Du hast deine Chance gehabt. Und du hast versagt."

Es ging so schnell, dass Ted gar nicht wusste, wie ihm geschah. In einer einzigen, durchgängigen Bewegung packte Dante seine rechte Hand, in der er die Waffe hielt, drehte sie herum und drückte ab.

Strauchelnd grub Ted seine freie Hand in Dantes Jacke.

„Du wolltest doch raus. Jetzt bist du es", erklärte Dante noch unbekümmert, dann sackte Ted rücklings zu Boden, wobei Dante ihm die Pistole aus der Hand zog.

In einem ersten emotionalen Impuls wollte Selina aufspringen und zu Ted laufen, aber ihr Verstand sagte ihr, dass es keinen Zweck mehr hatte und darüber hinaus unglaublich dämlich wäre. Schlimm genug, dass sie immer noch hinter der Couch hockte und das ganze Drama mitverfolgte, anstatt sich heimlich vom Acker zu machen. Wobei man zu ihrer Verteidigung sagen musste, dass sie nicht wirklich eine Gelegenheit zum Abhauen gehabt hatte, ohne dass Dante es bemerkt hätte.

Indes drehte dieser sich völlig ungerührt davon, dass er eben seinen eigenen Informanten umgelegt hatte, zu ihr um, und sah ihr direkt in die Augen.

„Komm her zu mir", befahl er mit einer Selbstsicherheit in der Stimme, die klar machte, dass er von augenblicklichem Gehorsam ausging.

Tja, hätte er wohl gerne gehabt, doch Selina schüttelte den Kopf, und kroch zurück in Deckung.

„Ich bin ja nicht lebensmüde!", rief sie ihm zu.

„Was du nicht sagst. Dann solltest du aber lieber schleunigst damit anfangen, mich davon zu überzeugen, dass du gefügig sein wirst. Also hör auf, mit dem Gedanken an Flucht zu spielen, das ist sowieso völlig aussichtslos, und beweg endlich deinen Hintern hier her!"

Leider musste Selina sich eingestehen, dass Dante recht hatte. Es gab hier keinen Weg zu einem Ausgang, der sie nicht über ein freies Schussfeld für ihn geführt hätte.

Vorsichtig spähte Selina wieder hinter dem Sofa hervor. Die Pistole lag immer noch in Dantes Hand, doch er zielte immerhin nicht auf sie.

Obwohl sich alles in ihr dagegen sträubte, rang Selina sich mangels anderer Optionen dazu durch, aufzustehen und Dantes Befehl Folge zu leisten. Sein Gesichtsausdruck, als sie sich hervorwagte, war dermaßen kalt, dass sie fest damit rechnete, dass er ihr entgegen seiner Behauptung doch jeden Moment ohne mit der Wimper zu zucken einfach eine Kugel in den Kopf jagen würde.

Es geschah jedoch nichts dergleichen. Anstatt die Waffe zu heben, belehrte Dante sie lediglich:

„Wenn du dieses Haus auf eigenen Beinen verlassen willst, tust du jetzt genau, was ich dir sage. Für den Moment bist du lebend für mich mehr wert als tot, aber das kann sich durchaus ändern, wenn ich befinde, du machst zu viele Scherereien. Ich hoffe, wir verstehen uns."

„Ja", bestätigte Selina betreten.

„Gut. Hier, nimm die Pistole in die Hand."

„Du traust dich, mir eine geladene Waffe zu geben? Du hast inzwischen schon mitbekommen, dass ich FBI-Agentin und keine Schreibkraft bin? Oder soll das ein Test werden?"

„Sie ist gesichert", stellte Dante unbeeindruckt fest, um dann provokant hinzuzufügen: „Aber wenn du dir zutraust, schnell genug damit zu sein, mich zu erschießen, bevor ich sie dir wieder abnehme und dich damit erschieße, kannst du es gerne versuchen."

Selina antwortete nicht.

„Vergiss nicht, was ich dir gerade gesagt habe. Du bist durchaus entbehrlich, wenn du dich nicht zu benehmen weißt. Und jetzt nimm das Teil und leg schön brav deine Finger drauf, so als wolltest du schießen. Aber sei so gut, und dreh dich dabei mit dem Rücken zu mir."

Widerstrebend nahm Selina die Pistole an. Dante selbst trug Handschuhe, am Ende würden also nur Teds und ihre Fingerabdrücke darauf zu finden sein.

„Okay, das reicht. Leg sie Harrington in die Hand", befahl er, woraufhin Selina sich jedoch nicht bewegte, sondern erstarrte.

„Stell dich nicht so an, du bist FBI-Agentin, da wirst du ja wohl schon ein paar Leichen angefasst haben", trieb Dante sie mitleidlos an.

„Keine, die praktisch zu meiner Familie gehört haben und auch noch vor meinen Augen erschossen worden sind", verteidigte Selina sich.

„Das nennst du Familie? Diese miese Ratte wollte dich gerade ohne große Gewissensbisse einfach abknallen.

Also lass die Gefühlsduselei und mach weiter, wir haben nicht die ganze Nacht Zeit. So, und wenn du schon da unten bist, dann kannst du ihm auch gleich deine Fingernägel in den Arm schlagen. Es soll nach einem Handgemenge aussehen."

„Bist du wahnsinnig, du willst, dass ich Teds Leiche kratze? Das ist widerwärtig!"

Doch Dante war nicht in der Stimmung für Ausreden.

„Mach hier nicht auf Mimose, er ist ja noch nicht einmal kalt. Stell dir halt vor, dass er bloß k.o. ist."

Fluchend tat Selina, was Dante verlangte, und trat schließlich wieder voller Verachtung vor ihn.

„Sonst noch was?"

Zu ihrem Entsetzten zog Dante seinen Dolch aus dem Schulterholster.

„Zieh deine Jacke aus und gib mir deine linke Hand."

„Was hast du damit vor?", fragte Selina mit einem riesigen Knoten im Hals.

„Etwas weniger Schmerzhaftes, wenn du kooperierst. Also her mit deiner Hand."

Mit wild klopfendem Herzen streifte sie die Jacke ab und streckte ihren Arm aus. Verflucht, sie war ernsthaft dermaßen aufgewühlt, dass ihre Finger zitterten.

Ihr Handgelenk fest haltend, drehte Dante ihre Handfläche nach oben.

„Ich hoffe, du bist weiterhin so folgsam, damit es sich noch auszahlt, dass ich so nett zu dir bin. Wir müssen hier etwas Blut von dir verteilen, aber weil du bisher so brav mitgespielt hast, erspare ich es dir, dafür einfach deine Handfläche aufzuschneiden."

Mit großer Präzision machte Dante mit dem Mordinstrument einen Schnitt in ihren Unterarm, aus dem sofort dunkelrot das Blut quoll. Gemäß seiner Anordnung schmierte Selina es in ihre rechte Hand und damit dann auf den Rand des Couchtisches und des Fernsehers, sowie auf einen Fauteuil, den Dante daraufhin umwarf und den Tisch dagegen schob.

Zu Selinas Leidwesen bestand Dante schließlich noch darauf, dass sie ihr Blut auch auf Ted und der Waffe verteilte. Kummervoll ließ sie sich erneut neben Teds Leiche nieder, wobei ihr das Herz so schwer wurde, dass sie meinte, es würde ihre Brust sprengen. Denn es war keineswegs so einfach, wie Dante es hinstellte. Der Kummer und das Entsetzen über seinen Verrat minderten nämlich in keinster Weise das Gefühl, einen geliebten Menschen verloren zu haben. Im Gegenteil, es summierte sich zu einer Masse, die sie zu erschlagen drohte.

Selina hatte keine Ahnung, woher sie die Kraft nahm, wieder aufzustehen, anstatt einfach an Ort und Stelle zusammenzubrechen.

Wieso machte sie dies alles überhaupt mit?

Sie glaubte doch nicht ernsthaft daran, dass Dante hier so sorgfältig einen Tatort inszenierte, ohne sich abschließend ebenso gewissenhaft um die Zeugin zu kümmern. Noch dazu, wo sie von Ted bereits wusste, dass sie bei Dante sowieso auf der Abschussliste stand.

Dante kam zu ihr und reichte ihr ein paar Taschentücher.

„Schön fest draufdrücken", wies er sie an. „Wir wollen ja nicht, dass du zu viel Blut verlierst."

Während Selina ihre Wunde notdürftig versorgte, hob Dante ihre Jacke auf. Er holte den verhängnisvollen Umschlag aus der Tasche, zog die kopierte Akte heraus und warf alles zwischen den umgeworfenen Möbeln auf den Boden. Danach legte Dante ihr in einer bizarren Geste der Freundlichkeit erst ihre Jacke und dann seinen Arm um die Schulter und führte sie zur Hintertür.

„Wir werden da jetzt Arm in Arm rausgehen, so als wären wir ein ganz normales Pärchen. Machst du Dummheiten, schlag ich dich nieder und du fährst im Kofferraum mit. Verstanden?"

„Natürlich", erwiderte Selina matt, und folgte Dante anstandslos zu seinem Wagen.

29

„Seit wann weißt du es schon?" fragte Selina unver-mittelt, nachdem sie eine Weile gefahren waren.

„Erst seit ein paar Tagen", gab Dante zu.

„Und woher? Ted hat behauptet, nicht von ihm."

„Nein. Er hat sich zwar verplappert und was von Un-dercover erwähnt, aber er wollte mir partout nicht verra-ten, wer es ist. Das habe ich mir vor ein paar Tagen selber zusammengereimt."

„Was hat mich verraten?"

„Deine Vorhänge."

„Wie bitte?!"

„Ich weiß, die Stolperfallen, die einen zu Fall bringen, liegen oft erstaunlich tief. Die Vorhänge in deiner Woh-nung sind blau. Ebenso wie deine Couch und deine Früh-stücksteller."

„Ja und? Was ist daran so außergewöhnlich?"

„Du kannst blau nicht ausstehen, oder? Als ich mit dir einkaufen gewesen bin, hast du die blauen Kleider nicht mal eines Blickes gewürdigt. In deinem Kasten gibt es kein einziges blaues Kleidungsstück, selbst deine Jeans sind grau, schwarz oder dunkelgrün. Du hast es ja sogar vorgezogen, deine Kung-Fu-Kämpferin in Pink anstatt in Blau zu kleiden. Was mich – zugegebenermaßen erst reichlich spät – zu dem Schluss geführt hat, dass du deine Wohnung wohl nicht selber eingerichtet hast. Von deinen Nachbarn habe ich aber erfahren, dass die Wohnung nicht möbliert gewesen ist, ehe du sie gemietet hast. Und für eine Inneneinrichterin, die deine Wünsche zugunsten ihres vorgeblichen Fachwissens ignoriert, bist du nicht vermögend genug."

Selina schnaubte verärgert.

„Ich frage dich jetzt nicht, woher du das vor ein paar Tagen schon alles gewusst hast, wo du doch heute zum ersten Mal in meiner Wohnung gewesen sein solltest."

Da sie nicht fragte, sah Dante sich auch nicht zu einer Antwort bemüßigt.

„Jetzt wird mir auch klar, warum du heute so überaus entgegenkommend gewesen bist, um nur irgendwie in mein Bett zu kommen. Die Trophäe, eine FBI-Agentin, die auf dich angesetzt ist, noch schnell zu verführen, ehe du sie hochgehen lässt, wolltest du dir wohl nicht entgehen lassen. Muss ein wahnsinnig geiler Triumph für dich gewesen sein, als ich ja gesagt habe."

Auch darauf hatte Dante nichts zu sagen, und so kehrte wieder Schweigen zwischen ihnen ein.

Nicht, dass Selina nicht etliche Fragen auf den Lippen gelegen wären, allen voran: 'Wohin bringst du mich?', und: 'Was hast du mit mir vor?'. Nur war sie sich sehr sicher, dass sie Antworten darauf gar nicht hören wollte.

Während sie so darüber nachdachte, wurde der Gedanke an Flucht trotz der schlechten Aussichten auf Erfolg doch überlegenswert. Denn sich beim Sprung aus dem Auto bei voller Fahrt das Genick zu brechen war mit ziemlicher Sicherheit besser als das, was Dante mit ihr machen würde.

Dem stand nur leider entgegen, dass sie angeschnallt und die Tür verriegelt war. Vermutlich würde sie sich durch zweimaliges Ziehen am Griff zwar öffnen lassen, aber bis dahin hatte Dante gewiss eine Vollbremsung hingelegt und ihr schöner Plan würde bloß damit enden, dass sie mehr oder weniger schwer verletzt im Kofferraum landete, ohne ihr Schicksal irgendwie zum Besseren zu wenden.

30

Das verlassene Fabrikgelände, zu dem Dante sie brachte, ließ Selinas allerletzte Hoffnungen, die Nacht vielleicht doch zu überleben, zu Staub zerfallen. Der Drang, einfach aus dem Auto zu springen und zu laufen, so schnell sie konnte, wurde geradezu übermächtig, als Dante anhielt und das Geräusch der sich entriegelnden Türen ertönte.

Sollte er ihr doch in den Rücken schießen, es würde nicht an ihrem Ego kratzen, auf diese Art zu sterben.

Nur, dass Dante ihr niemals gestatten würde, sich so einfach aus der Affäre zu ziehen, ehe er mit ihr fertig war. Und darauf, dass er sie lediglich anschoss, um sie an der Flucht zu hindern, konnte sie getrost verzichten. Also blieb sie einfach nur wie erstarrt sitzen, bis Dante die Beifahrertür öffnete.

„Soll ich mich geschmeichelt oder beleidigt fühlen, dass du es nicht für nötig hältst, eine Waffe auf mich zu richten?", fragte sie, als sie seine leeren Hände sah.

„Dass ich keine Waffe im Anschlag brauche, um mich gegen dich zu behaupten, musst du nicht als Beleidigung sehen. Das ist eine physiologische Tatsache."

Er bedeutete ihr auszusteigen. Mit weichen Knien kam Selina seiner Aufforderung nach.

„Aber du darfst dich von mir aus gern geschmeichelt fühlen, dass ich dich außerdem für clever genug halte, nichts Unvernünftiges zu versuchen."

Seine Hand verschwand in seiner Jackentasche und förderte ein Paar Handschellen zutage.

„Aber wenn du dich dann mehr respektiert fühlst, kann ich dir die hier auch gleich anlegen."

In einem seltsamen Anfall von Galgenhumor begann Selina zu lachen.

„Wow, was für eine Art, einer Frau Respekt zu zollen."

Ein flüchtiger Ausdruck von Erheiterung huschte über Dantes bis dahin so unbewegtes Gesicht, ehe er sie auf einmal packte, bäuchlings gegen das Auto warf, und ihr im Nu die Handschellen anlegte. Provokant drückte er seine Hüften an ihren Hintern, um sie seinen Ständer spüren zu lassen.

„Wir werden bestimmt ein wenig auf Massimo warten müssen. Wollen wir die Zeit bis dahin nutzen, dir noch mehr von meiner Wertschätzung zu demonstrieren?"

Selina wusste nicht, was schlimmer war: Dass er in dieser Situation so einen Vorschlag machte, oder dass sie ernsthaft darüber nachdachte, ihn anzunehmen. Dieser Mann war wirklich pures Heroin für sie: Selbst das Bewusstsein, dass es sie gewiss umbringen würde, schmälerte nicht im Geringsten ihr Verlangen danach.

Zum Glück wartete Dante nicht auf eine Antwort, sondern drehte sie einfach mit Schwung erneut um und gab ihr einen Schubs in Richtung des Gebäudes.

Es war kein weiter Weg, den sie zurückzulegen hatte. Gleich am Ende der ersten Halle stand ein einsamer Holzsessel, auf den Dante sie setzte.

„Also, hast du darüber nachgedacht, wie du die Wartezeit überbrücken möchtest?"

„Ihr braucht gar nichts überbrücken, ich bin bereits da", ertönte es von weiter hinten, als Massimo durch einen anderen Eingang die Halle betrat.

Sein Blick war hart, von der Leichtigkeit und Unbekümmertheit, die er sonst bei ihren Treffen an den Tag zu legen gepflegt hatte, war keine Spur mehr zu sehen.

„Du bist also unsere Verräterin. Ich muss gestehen, dass mich das außerordentlich überrascht hat, als Dante mir von seinem Verdacht erzählt hat. Da habe ich dich eindeutig unterschätzt."

An einen Deckenpfeiler rund zwei Meter vor ihr gelehnt, musterte Massimo sie kritisch.

„Na schön, fangen wir mit ein paar einfachen Fragen an: Wie heißt du wirklich?"

„Selina Nesbit", antwortete sie wahrheitsgemäß, denn es war die Mühe nicht wert, zu lügen, wenn Dante die Wahrheit vermutlich bereits kannte.

„Und für wen arbeitest du?"

„Für das FBI."

„Siehst du, wie leicht das geht, wenn du mitspielst? Dann probieren wir es doch gleich mit etwas Herausfordernderem: Wozu haben sie dich zu mir geschickt?"

„Um Beweise zu sammeln, die dich endlich hinter Gitter bringen werden", gab Selina sich bissig.

„Natürlich, was sonst", erklärte Massimo mit aalglattem Lächeln. „Aber meiner Einschätzung nach hast du deine Zeit mit ganz anderen Dingen verbracht. Also entweder, du warst leidlich erfolglos, oder mein Wissensstand weist gewisse Defizite auf, die es zu beheben gilt."

„Warum sollte ich dir irgendetwas von meinen Ermittlungen erzählen? Ihr werdet mich doch sowieso umbringen, nicht wahr?", trotze Selina unter Vortäuschung von mehr Courage, als sie tatsächlich besaß.

Dass Massimo jedoch bloß gelangweilt die Augen verdrehte und Dante einen Wink gab, dämpfte ihren kurz aufgeflammten Funken der Rebellion rasch wieder.

„Du hast recht, du wirst sterben", erläuterte Dante mit einer Ungerührtheit, als würde er mit ihr das Für und Wider bedufteter Schuheinlagen diskutieren. „Die Frage ist nur wann und wie. Beantwortest du unsere Fragen zu unserer Zufriedenheit, dann verspreche ich dir einen schnellen, schmerzfreien Tod. Bist du aber bockig, dann muss ich die Antworten aus dir herausfoltern, was ziemlich hässlich werden wird. Und weil Geständnisse unter Folter nicht unbedingt sehr zuverlässig sind, kann ich dir nicht einmal den Luxus vergönnen, dich gleich danach sterben zu lassen, noch ehe ich die Bestätigung habe, dass deine Angaben richtig sind. Und die zu bekommen wird ein Weilchen dauern. Genug Zeit also, mich einstweilen ausgiebig mit dir zu vergnügen. Aber nicht auf die Art von heute Abend in deiner Wohnung, sondern auf die Art, die dich um deinen Tod betteln lassen wird."

Er ging vor ihr in die Hocke und sah ihr direkt in die Augen.

„Sagt dir der Name Carlo Benini etwas?"

Selina schluckte schwer, was Dante als Bestätigung wertete.

„Dann verstehen wir uns?"

„Ja", brachte sie erstickt hervor.

Ehrlich gesagt hatte sie noch bis zuletzt gehofft, dass Dante vielleicht gar nicht Beninis Mörder war, aber diese Hoffnung konnte sie seit heute Abend wohl endgültig begraben. Laut Autopsiebericht stammten Beninis Verletzungen von einer rund fünfzehn Zentimeter langen, sehr scharfen, zweischneidigen Waffe. Eine Beschreibung, die perfekt auf Dantes Dolch zutraf. Außerdem hatte er es ja gerade quasi gestanden, dass er den armen Kerl auf dem Gewissen hatte.

Also Schluss mit den Heldenfantasien. Wenn Dante erst einmal seinen Dolch zückte, würde er früher oder später absolut alles von ihr bekommen. Denn er besaß nicht nur den nötigen Langmut, sondern war gewiss auch erfahren genug, sie beliebig lange mit dem scharfen Instrument zu bearbeiten, ohne sie dabei versehentlich ins Jenseits zu befördern. Und Selina machte sich keinerlei Illusionen, dass sie tough genug war, das ewig durchzustehen. Ganz zu schweigen davon, dass das, was sie erzählen konnte, bei weitem nicht so wichtig war, dass es solch ein Martyrium gerechtfertigt hätte. Tatsächlich war es sogar erstaunlich belanglos.

„Versprichst du mir, dass ich nicht leiden werde, wenn ich dir freiwillig alles erzähle?", fragte Selina bang.

„Ja. Du hast mein Wort."

„Kann ich mich darauf verlassen?"

„Die Frage hatten wir heute doch schon mal."

„Du wirst vielleicht nicht zufrieden sein mit dem, was du bekommst."

„Ich erwarte bloß, dass du absolut ehrlich bist. Erwische ich dich beim Lügen, dann stirbst heute nicht du, sondern bloß diese Abmachung, während dich ein Expressticket in die Hölle auf Erden erwartet."

Alles, was Selina zustande brachte, war ein schwaches Nicken, denn in ihrem Kopf flammte erneut das Bild von Beninis grauenhaft zugerichtetem Leichnam auf.

„Fein, nachdem das geklärt wäre, kann ich nun hoffentlich mit meinen Fragen fortfahren", schaltete Massimo sich wieder ein. „Fangen wir doch gleich mit dem Wichtigsten an: Was habt ihr Schmeißfliegen bei mir gefunden?"

„Ich weiß es nicht", antwortete Selina Massimo kreidebleich, den ihre Antwort sichtlich verstimmte.

Verzweifelt wandte sie sich an Dante, der immer noch vor ihr hockte und mit Adleraugen jede Regung von ihr beobachtete.

„Ich weiß es wirklich nicht, ich habe bloß für den Zugang zu eurem Netzwerk gesorgt. Aber ich habe keine Ahnung, was für Daten die Kollegen inzwischen ausgelesen haben."

„Was du nicht sagst", ätzte Massimo, worauf Dante jedoch nicht einging.

„Habt ihr etwas Verwertbares gefunden?", wollte er stattdessen von ihr wissen.

„Ja", gestand Selina nach kurzem Zögern. „Kurz bevor du gekommen bist, habe ich eine SMS von meiner 'Mutter' bekommen, dass sie meine goldene Halskette gefunden hat, sprich, dass wir auf Gold gestoßen sind.

Das ist eigentlich mein Zeichen gewesen abzuhauen, aber da bist du schon vor der Tür gestanden."

„Und wie hast du es angestellt, diesen Zugang zu schaffen?"

„Über die Spielkonsole."

In Dantes Gehirn ratterte es beinahe hörbar, als er ihre Aussage analysierte.

„Diese verfluchten Ohrringe. Ich habe von Anfang an das Gefühl gehabt, dass die nicht ganz koscher sind. Sie bloß einmal in Augenschein zu nehmen ist eindeutig nachlässig von mir gewesen, nicht wahr?"

„Du hast die ganz normalen Ohrringe untersucht, aber an dem Tag, an dem wir gespielt haben, ist in einem ein USB-Stick versteckt gewesen."

Dante erhob sich und wandte sich an Massimo:

„Ich werde mit Pino reden, ob er herausfinden kann, worauf sie zugegriffen haben. Vielleicht kommen wir ja so weiter. Auf jeden Fall soll er unser Netzwerk gründlich unter die Lupe nehmen und dafür sorgen, dass diese Tür dicht gemacht wird."

Damit wollte Massimo sich jedoch nicht so einfach zufrieden geben.

„Du nimmst ihr den Mist ab, dass sie sonst von nichts eine Ahnung haben will?"

„Ja, das tue ich", erwiderte Dante selbstsicher.

„Nicht, dass ich an deinen Fähigkeiten zweifeln möchte, aber willst du nicht sicherheitshalber doch noch einmal mit etwas mehr Nachdruck fragen?"

„Falls du es schon vergessen hast, ich habe ihr vorhin mein Wort gegeben, dass ich genau das nicht tun werde."

„Unter der Voraussetzung, dass sie ehrlich ist. Wovon ich nicht im Geringsten überzeugt bin."

„Ich schon."

„Dann sind wir hier unterschiedlicher Meinung."

Zu Selinas maßlosem Entsetzten zog Dante auf einmal seinen Dolch und hielt ihn Massimo hin.

„Wenn das so ist, dann fragst du sie am besten selber noch einmal, wenn du ihr so nicht glaubst. Immerhin hast du ihr ja auch nichts versprochen."

Selinas Herzschlag ging durch die Decke, während sie fassungslos darauf wartete, dass Massimo den Dolch nehmen würde.

Das war also sein Versprechen wert?

Wie unglaublich dumm und leichtgläubig war sie gewesen anzunehmen, Dante wäre auch nur um einen Deut besser als Massimo? Wo er doch offenbar genauso ein mieser, hinterhältiger, verlogener Drecksack wie sein Cousin war.

Die Sekunden zogen sich endlos in die Länge, doch schließlich schüttelte Massimo bloß entnervt den Kopf, anstatt den Dolch anzunehmen.

Das erleichterte Ausströmen ihres angehaltenen Atems war in der Stille überdeutlich zu hören. Trotzdem schien keiner der beiden davon Notiz zu nehmen.

„Na schön, wenn du dir sicher bist, dann wird es wohl so sein. Aber ich warne dich, Dante: Wenn sich später herausstellt, dass du hier Mist gebaut hast, dann wirst du das verantworten müssen!"

„Sie weiß nichts", stellte Dante nachdrücklich klar. „Und es bringt einfach nichts, jemanden zu foltern, der nichts weiß."

„Seit wann ist das ein Argument für dich? Ist ja nicht so, als ob du es zum ersten Mal aus reinem Spaß an der Freude tun würdest", unkte Massimo.

„Du erwartest, dass ich verlässliche Informationen liefere, egal um welchen Preis. Und das habe ich heute um den Preis meines Versprechens erreicht. Es ist nicht immer zielführend, einfach mit der größten Keule zuschlagen, es gibt Leute, die sind überzeugenden Argumenten viel besser zugänglich. Aber wie gesagt, wenn dir meine Methoden nicht gefallen, kannst du es in Zukunft gerne selber machen."

„Nicht nötig, ich habe vollstes Vertrauen in deine Methoden und dein Können", winkte Massimo ab.

Selina konnte nicht anders, als sich erleichtert gegen die Lehne des Sessels fallen zu lassen. Von Massimo würde sie definitiv nichts zu befürchten haben, denn der hatte ganz offensichtlich nicht den Mumm, selber Hand anzulegen. Und Dante wusste das freilich genau, er hatte nie vorgehabt, sein Versprechen zu brechen.

Die Erkenntnis war erstaunlich, aber es bedeutete ihr tatsächlich etwas, dass Dante sie eben nicht verraten, sondern sich im Gegenteil sogar schützend vor sie gestellt hatte. Soviel Anstand hätte sie nicht von ihm erwartet. Und auch wenn er ihrem Leben gleich ein Ende setzten würde, unterm Strich hatte dieser Mafiakiller sich damit heute Abend mehr für sie eingesetzt als der Mann, für den sie einst wie eine Tochter gewesen war.

„Wie schön, dass das nun geklärt wäre", teilte Dante Massimo leicht von oben herab mit. „Und jetzt gib mir deine Krawatte."

„Wozu?", fragte Massimo gedehnt.

„Na was glaubst du wohl?"

„Sag mal, willst du mich verarschen? Du willst sie mit meiner Krawatte kalt machen? Das ist ein Designerstück, die liegt mir am Herzen. Und vor allem, was soll dieser Kuschelkurs? Nimm einen Draht, so wie du es sonst auch machst, und die Sache hat sich!"

„Du weißt, was ich ihr versprochen habe. Und hör bloß auf, über deine Krawatte zu jammern, du hast dutzende, alle vom Designer, außerdem bekommst du sie ja unversehrt zurück. Und komm mir ja nicht mit DNA-Spuren, sie ist wochenlang bei dir aus- und eingegangen, da werden überall Haare und Hautpartikel von ihr zu finden sein."

Murrend löste Massimo den Knoten und drückte Dante die Krawatte in die Hand.

„Ein Glück, dass dieser Spuk in Kürze ein Ende haben wird, denn schön langsam frage ich mich, ob ich mir Sorgen darüber machen muss, wie du auf dieses Weibsbild reagierst. Wenn das so weiterginge, würdest du mich womöglich demnächst nach einem Seidenschal fragen, um sie damit ganz sanft ans Bett binden zu können, weil ihr die harten Handschellen nicht mehr zumutbar sind."

„Was natürlich vor allem für dich eine Katastrophe wäre, weil da lohnte sich dann das Zusehen ja gar nicht mehr. Und jetzt halt endlich die Klappe, es gibt hier Leute, die nicht bloß herumstehen und schauen, sondern ihrer Arbeit nachgehen müssen. Und das würde ich gerne ungestört tun."

Massimo hob kapitulierend die Hände und ging sich wieder an seinen Pfeiler lehnen, während Dante an Selina herantrat.

Ihr Herz sank immer tiefer, während sie dabei zusah, wie Dante die Enden der Krawatte sorgfältig um seine Hände wickelte. Das war es dann also. Ihr Leben würde in wenigen Augenblicken hier, in dieser heruntergekommenen Fabrikhalle, viel zu früh zu Ende gehen. Seltsam, es hieß immer, wenn man dem Tod begegnete, würde das Leben, das man gehabt hatte, an einem vorbeiziehen, doch Selina dachte stattdessen bloß daran, was sie alles noch erleben hätte können, wäre die SMS nur fünf Minuten früher gekommen.

„Erlaubst du mir einen letzten Wunsch?", fragte sie Dante schwermütig.

„Wenn er nicht zu ausgefallen ist."

„Küss mich. Und zwar so, als würdest du es ernst meinen."

Von seinem Platz aus hörte sie Massimo genervt stöhnen, doch das blendete Selina gekonnt aus. Stattdessen war ihr Blick fest auf Dante geheftet.

„Schenke mir zum Abschied die Illusion, dass wenigstens mit dir zu schlafen keine weitere dumme Fehlentscheidung heute Abend gewesen ist."

„Das lässt sich machen", stimmte Dante zu und nahm die Krawatte wieder von seiner Hand, um sie in seine hintere Hosentasche zu stecken.

Die Wärme seiner Hand an ihrer kalten Wange fühlte sich wunderbar an, und Selina schmiegte sich mit geschlossenen Augen dankbar hinein. Ganz sacht neigte er ihren Kopf nach hinten, damit er seine Lippen auf ihre senken konnte. Wie unglaublich weich sie doch waren. Sie hätte nie vermutet, dass irgendetwas an Dante wirklich zart sein könnte. Ihre Lippen öffneten sich leicht, und er nahm die Einladung an. Neugierig stieß seine Zunge vor und nahm ihren Mund in Besitz.

Sofort fing ihr ganzer Körper erwartungsvoll zu prickeln an, begierig darauf, noch viel umfassender erobert zu werden. Begleitet von einem ganz leisen, genüsslichen Stöhnen, gab Selina sich diesem ersten Kuss von Dante, der zugleich ihr allerletzter sein würde, gänzlich hin.

Freilich währte ihr kleines Glück nicht lange. Früher als es ihr lieb war, zog Dante sich von ihr zurück.

Die Vorstellung, die Augen nun wieder zu öffnen, löste ein flaues Gefühl bei Selina aus. Der Kuss war so schön gewesen, dass sie für eine Weile tatsächlich in der Illusion treiben könnte, sie hätte bei ihrem letzten Mal mit einem Mann geschlafen, der sie tatsächlich um ihretwillen begehrt hatte. Wollte sie das wirklich zerstören, indem sie die Augen öffnete und der vielleicht sehr ernüchternden Realität begegnete?

Aber sie ertrug die Unwissenheit einfach nicht, was da draußen gerade vor sich ging. Sie musste sehen, was auf sie zukam und wann es sie ereilen würde. Gefasst auf eine harte Landung in der Wirklichkeit schlug sie die Augen wieder auf und sah Dante an.

Doch der Aufprall blieb aus. Kein Hohn, keine Gehässigkeit wegen ihres mädchenhaften Wunsches waren zu sehen, keine sadistische Freude darüber, sie auf Wolke Sieben gehoben zu haben, um sie nun abstürzen zu lassen.

Aber auch kein Anzeichen darauf, dass dieser Kuss irgendeine reale Bedeutung für ihn gehabt hatte. Es war, als hätte er nie stattgefunden.

Als Dante erneut die Krawatte um seine Hand wickelte, rollte eine Träne über Selinas Wange. Vielleicht war ihr Wunsch doch keine so gute Idee gewesen. Es wäre besser gewesen, ihn um etwas zu bitten, wofür sie ihn hätte hassen können, denn daraus hätte sie Stärke ziehen können. So war es viel schwerer, von irgendwo die Kraft zu nehmen, nicht wie ein Schlosshund zu Heulen anzufangen, als Dante nun hinter sie trat und den Kragen ihrer Jacke beiseiteschob, damit er den kühlen Seidenstrick um ihren Hals legen konnte.

„Es ist keine Trophäenjagd gewesen. Du bist tatsächlich ganz besonderes für mich", flüsterte Dante ihr unvermutet an ihrem Ohr zu, ehe er den feinen Stoff um ihren Hals zusammenzog.

Zu Selinas Erstaunen war ein beklemmendes Gefühl der Enge alles, was sie spürte. Der Druck war nicht so groß, dass es schmerzhaft gewesen wäre. Was für eine Ironie, dass ausgerechnet ihr Tod ihre einzige Begegnung mit Dante absolut ohne jegliche Qualen gewesen sein würde.

Bereits nach wenigen Sekunden begann ihre Sicht zu verschwimmen, als ihr Gehirn durch das Abdrücken der Halsschlagader nicht mehr ausreichend mit Sauerstoff versorgt wurde.

Wahnsinn, er hat sein Versprechen wirklich gehalten, war Selinas letzter Gedanke, als ihr auch schon schwarz vor Augen wurde und sie gleich darauf das Bewusstsein verlor.

——◆——

Zufrieden verfolgte Massimo, wie das Licht in Selinas Augen verlosch und sie in sich zusammensackte. Er stieß sich von dem Pfeiler ab und trat etwas näher an Dante heran, der noch immer die Krawatte fest zusammengezogen hielt.

„Gut, dass das nun erledigt ist. Als du sie vorhin so hingebungsvoll geküsst hast, habe ich nämlich schon ernsthaft Sorge gehabt, du würdest am Ende glatt noch weich werden und sie verschonen wollen."

„Du solltest mich besser kennen."

„Oh, gerade weil ich dich so gut kenne, habe ich mir Sorgen gemacht. Normalerweise küsst du die Frauen nicht, und erst recht nicht so. Ich bin mir sicher, dass du ihr ihren letzten Wunsch erfüllt hast, denn sogar ich habe von da hinten das Gefühl gehabt, dass du voll auf sie ab-fährst. Offensichtlich habe selbst ich unterschätzt, wie eiskalt du tatsächlich bist, wenn du solche Hundertacht-zig-Grad-Wendungen ohne mit der Wimper zu zucken durchziehen kannst."

Er deutete eine Verbeugung der Hochachtung an und wandte sich zum Gehen.

„Sehen wir uns beim Frühstück?"

„Nein, ich muss noch einen Unfall zur Beseitigung der Leiche inszenieren, und das möchte ich etwas weiter weg tun. Es soll so aussehen, als hätte sie Panik bekommen und wäre abgehaut."

„Okay, gib mir Bescheid, wenn du wieder da bist", verabschiedete sich Massimo, und verließ die Halle auf demselben Weg, auf dem er gekommen war.

Dante nahm Selina die Handschellen ab und wuchtete ihren leblosen Körper über seine Schulter, um sie zu sei-nem Auto zu tragen. Ein Druck auf den Schlüssel, und der Kofferraumdeckel seines BMW sprang von allein auf. Mit dem Hintern voran ließ er sie hineingleiten, dann schob er ihre Gliedmaßen hinterher und faltete sie so, dass er den Deckel seiner Limousine wieder schließen konnte.

Nachdem er eingestiegen war, zog er sein Handy aus der Tasche.

„Ich bin es, Dante", meldet er sich.

„Ist alles planmäßig verlaufen?"

„Ja."

„Gut. Dann mach weiter, wie wir es besprochen ha-ben. Und Dante ..."

„Ja?"

„Keine Fehler mehr, verstanden? Wehe du vermasselt das."

„Werde ich nicht."

„Das will ich schwer für dich hoffen."

Ein Tuten in der Leitung verkündete, dass am anderen Ende aufgelegt worden war.

Dante steckte das Handy weg und fuhr los. Er hatte noch eine lange Fahrt vor sich.

Lesen Sie weiter in

Messerscharf

Vertrauen